混亂創世紀 01

凌舞水袖 × lemonlait

悲催世界——
姐的苦，你們懂嗎！?

引・雲千千的悲催世界

雲千千曾經也是個絕代風騷的人物。

用一個褒義的句子來說，雲千千是一個會過日子的姑娘，可是如果說得直白的話，雲千千就是一個不擇手段搶錢的貨，其手段每每讓人驚愕。

雲千千長相普通、家庭普通、整個兒不上不下，可是周圍的鄰里朋友們只要是認識她的，卻都能狠狠的記住這位姑娘，而他們之所以對其印象深刻，也正是因為其執著的斂財天性。

也不知道這一個普通的家庭是怎麼教育出這樣極端的姑娘的，雲千千此人從五歲時就開始專心研究賺錢，逢年過節收到的紅包從來沒有一次被父母成功回收過，小學時代以奶娃之姿開始在同學和老師中坑蒙拐騙，六年來的早飯、零食、中飯全是由周圍人群上貢，她自己從父母那拿到的錢錢則一分不少的全部存進小金庫，重重上鎖，鑰匙縫在小內褲裡，誰也拿不到。

國中的時候更加變本加厲，國一開始販賣作業筆記、國二開始幫人捉刀寫情書、國三就以一張甜嘴糊弄得學校外奶茶店破例以高薪收了她這名小童工。國中畢業後開始幫叔伯阿姨家的小朋友做家教，以賺取來自長輩的辛苦費，高中時給一些企業當工讀人員……一路走來，雲千千的賺錢生涯豐富多姿，存摺上的數字呈現逐年遞增、不斷充實的趨勢。

終於，在大學的雲千千開始了擺攤做生意之後，家裡父母再也忍受不了這樣極品的女兒，索性把原本打算留給女兒當嫁妝的一處小公寓提前發配了出去，讓她單飛了。

雲千千滿足的包袱款款，毫無眷戀的揮一揮手，不帶走一片雲彩，搬進了離父母家不到一百米的小公寓。在脫離了管束之後，她從此更加無所顧忌，人擋殺人、佛擋殺佛，見錢錢就搶，見好處就上。

但杯具終於降臨，在雲千千熬到大學畢業的那一年，正準備光明正大的開始職業型的賺錢生涯時，高擬真全息網遊創世紀上市，且豪邁宣布遊戲幣可與現實幣實行1：X兌換。而雲千千則偏巧在首批遊戲接駁器販賣當日踩到巨大狗屎，無巧不巧的免費領到了十個豪華遊戲頭盔中的一個。

認為這是自己成功徵兆的雲千千，以自信滿滿之姿進入遊戲，試圖在無限的網路中、在全國的玩家中，再次開闢新一輪的搶錢壯舉，衝出亞洲，搶向世界。

沒想到的是，雲千千的好運到此為止，此妞甫一踏進遊戲就被NPC糊弄了一把，悲催的選到了一個後來在遊戲中被公認是廢到不能再廢的職業，接著練級時再無意得罪某惡勢力的老大的小三的妹妹的男朋友的朋友……被人掄白掄白再掄白(注)，等人終於對她失去興趣的時候，雲千千已經落後了同期玩家不止一步，與創造財富的黃金時期失之交臂。一代搶錢巨星就這樣不幸被人扼殺在繦褓中，從此萎靡……

注：網遊中，每死一次級數就會掉一級。掄白的意思是把人從原本的等級殺到只剩一級。

01．如果可以回到當初

創世紀開服已經兩年多了。

在這段時期裡，基本上風騷玩家該露頭的都露頭了、遊戲資料該揭密的都揭密了、隱藏地圖該開放的也都開放了……用閱讀觀看一部小說或動漫的進度來形容的話，就是這遊戲裡的主角已經全部登場，情節也已經鋪墊完成，接下來馬上就要進入轟轟烈烈的劇情高潮了。

尤其是最近一、兩個月，創世紀遊戲中神、魔、人三界地圖之間完全打開通道，領主功能開放，玩家們可以正式在遊戲中擁有屬於自己的土地，開始經營包括 NPC 在內的勢力，這更將遊戲中的熱潮推向了一個新的高峰。

於是本來就廝殺得厲害的玩家們更加的狂熱，男人們高興了，有架打有老大當有新裝備新武器新技能；女人們也高興了，有架看有老大傍有新寵物新時裝新地圖逛；遊戲公司更高興了，有錢賺有錢賺有人把大把的錢賺……

你好他好我也好，大家好才是真的好嘛！幾乎所有人都滿意了。

可是，就是在這樣一片滿天喝彩的氣氛中，卻還是有玩家高潮不起來，比如說雲千千就是其中之最。

「千千，決定好了沒有？我們該去幫哪一邊？」雲千千的傭兵團老大如此向雲千千詢問著。周圍還有十來個轄屬於同一傭兵團的夥伴們同樣期待的看著雲千千。

萎靡的雲千千抓了抓頭髮，耷著小腦袋一臉的鬱悶：「老大，老實說我不建議你攪和到這麼沒腦子的事情裡去，人家兩個公會爭領土，僱傭的傭兵說白了就是去當炮灰的，而且你不管被雇到哪一家，都無可避免的會有一個屁都不懂的傻子來指手畫腳的做指揮，到時候兄弟們拿到的那點僱傭金都不夠填掉級損失的，何必捏？」

老大聽完，遠目做高手寂寞狀：「在這樣的亂世裡，如果不熱血搏上一搏的話，怎麼會有成功的機會!?」說完頓了頓，他沉重的嘆息：「我們團的兄弟們都不是什麼大人物，所謂亂世出英雄，想出人頭地的話，只有這個機會了……我，不能不拼！」瞧！他是多麼熱血的一爺兒們啊！

「哦！受教受教，那麼可不可以再請問老大一個問題？」雲千千一臉謙虛受教，在看到老大沉重的點頭之後才眨著純潔的大眼睛又一次開口：「被僱傭去幹活我沒意見，但為毛非得在這麼雜碎的兩個公會中選其一？如果要出人頭地的話，也得找個好勢力依靠吧？比如說，三國時期人家名將要跳槽都是在魏蜀吳裡選，只有不起眼的小蝦米才會隨便找個農民起義軍給人當不入流的狗腿子耶！」

雲千千的怨念已經到達了無以復加的地步，主要是這眼看著是死路還要往下跳，心理障礙實在不是一般的大耶！她雖然說墮落至今，不得不在一個小傭兵團當狗頭軍師混飯吃，但好歹人家也是雙十年華、貌美如花來著，大好的青春等著她，大把的錢錢召喚著她，怎麼能就這麼隕落在一幫廢物指揮的手裡!?把這點小等級交到人家手裡死了再死、又活又死、再活再再死……雲千千自認自己還沒對生活絕望到需要自虐的地步。

老大啞口無言，周圍群眾則交頭接耳，繼而紛紛譁然。

雲千千的擔憂也引來了其他人的騷動，仔細想一想，好像老大給大家列出備選的那兩個公會確實都不是什麼有名氣的貨，考慮到這一點後，大家也憂慮了。

「老大，咱們確定要去嗎？」這是跟風型，四處徵詢意見的。

「老大，說實話這僱傭金也不高，要不咱看看風向再選個有潛力些的？」這是保守派，無利不起早的。

「不好意思啊老大，剛才我老婆來訊息叫我回家煮飯，恐怕這次任務我不能參加了。」……行動派，已經開始扯幌子準備撤退了。

「老大……」

一時間，群情沸騰，七嘴八舌的一大堆憂慮全部砸向了自家的傭兵團團長。

身為老大，他沒想到自己只是向雲千千徵詢一下都能引來那麼大的動靜，頓時對這妞十分怨念。讓妳在兩個公會裡選，妳就好好選一個不就得了，非要說那麼多，炫耀自己有見地嗎!?

老大越想越覺得不滿──老子難道不知道其他大公會更有前途!?問題是其他大公會哪會看得起自己這幫人啊！

這就好比考試的時候，明明試卷上出了一個單選題讓人作答，可人家偏偏一個答案都不勾，反而在下面洋洋灑灑寫了一大篇字，最後歸納：老師您有病吧!?這些答案換作是我的話，一個都看不上眼耶……

在心裡狠狠的把雲千千給罵了個狗血淋頭之後，老大黑著臉直接拍板，強勢鎮壓騷動的手下們：「不用再議論了！反正就是這兩個公會！既然大家選不出來的話，那麼就抓鬮！」

抓鬮!?這麼慎重認真嚴肅正經的場面，您老人家居然要抓鬮!?

包括雲千千在內的傭兵團成員們個個都是一臉的慘不忍睹，表情古怪的瞅著自家老大。

而團長不愧是當大哥的，在這樣的萬眾矚目下依舊淡定，鎮靜自若的當是根本沒注意到大家的視線聚焦，草草取了兩張紙，分別把自己曾提議的兩家公會名稱寫上，往桌子上閉眼一丟，一摸……依附勢力決定！

「……在充分吸取了大家的意見之後，經過我的慎重選擇，我決定，我們團在明天的會戰中接受廢柴公會的僱傭！大家現在就去準備吧，明天強制要求全員到場，不到場的扣除團隊貢獻踢出傭兵團！沒意見最好，有意見保留，散會！」老大抓著一個紙團氣勢凌人的宣布。

吸取意見!?慎重選擇!?靠之！

人群一致對老大比出中指，表示自己的鄙視。

老大無視之，轉頭當沒看見。

老大要玩一言堂，手底下的小兵還能有什麼辦法?被強制踢出傭兵團是會被傭兵公會掛上黑名單的，僱傭狀態鎖定一個月，在這段時間裡，不能接任務也不能加入其他的傭兵團，對於玩家們來說，傭兵公會發布的傭兵任務就是他們日常任務的主要支撐，沒有這塊收入和經驗補足，那肯定會比其他玩家艱辛上許多。

無奈了一把，雲千千還是只能認命，低眉順眼的像是剛受虐完的小媳婦一樣往外走，為明天的送死行動多做些準備。

「千千，妳去哪？」老大正要和雲千千再商量一下明天的行動，沒想到一抬眼就看到人家已經在往外面走了，連忙叫住。

雲千千鬱悶的轉頭，小臉兒上一副想哭的表情：「老大，小的要陪您去送死，您說不讓咱做逃兵了，那小的多準備點藥藥和替身草人總可以吧!?不然那損失很大的耶！」

「呃……」老大臉紅了下，接著強自鎮定：「先等等吧，留下來幫我想想明天的行動安排。」

「不用想了！」雲千千無力的擺了擺小手：「你被人家僱傭就是人家的兵，公會裡的人自然會派人出來指揮我們，到時候即便如我這般驚才絕豔的風騷人物也是無法不服從人家安排的，想再多也沒用。」

老大臉色紅白交錯的變幻了一下，看表情十分忍耐，像是胃部不適，但最終還是忍了下來。看出雲千千是真鬱悶了，老大只能上來拍拍這姑娘的肩膀表示安慰：「沒關係，那些公會答應過我們，如果大家死了的話，每掉一級都會額外再發撫卹金的……」

雲千千垂著腦袋沉默了好一會兒，良久之後才終於抬起頭來，嚴肅的繃著小臉開口：「老大，你給一個大人1000塊，人家能買輛自行車騎，但你給一個嬰兒100萬，誰敢賣他個寶馬開!?就算車行敢賣，警察叔叔也不幹的說！等咱們真被掄白了的話，就算給你再多的錢錢也只能買新手裝備用好不好！」

「千千，不要這麼悲觀嘛！」老大噎了噎，語重心長的安慰此妞。

「不！」雲千千認真的搖了搖頭，再認真的板著臉糾正對方：「我這不是悲觀！是客觀！」

撇下無語的老大，雲千千終於走出了開會的小辦公室，走到門外之後，她首先就是長長的大吐了一口氣，呼出胸中的鬱悶。

廢柴公會!?這名字一聽就是個廢柴的，公會會長絕對是個非主流的妖人，想玩把標新立異，沒想到卻是暴露了自己的真實水準……雲千千忿忿的詛咒著明天的東家，順腳踢掉腳邊的一顆石子。

一想到自己風騷的熱血的飛揚的青春還沒來得及綻放，就得敗落在一幫廢柴手裡，雲千千就無法不感到辛酸。

如果當初，她沒有被糊弄選到一個廢柴職業的話；如果當初，她沒有被人追殺那麼長時間的話；如果當初，她能預見到一個有前途的公會加入的話……

如果可以回到當初，雲千千相信，憑自己的能力一定可以玩得風生水起，斂財無數。

他大爺的！可惜這世界上偏偏就沒有如果！雲千千握著小拳頭咬牙切齒。

02．死到哪裡去了

這世界上有個詞叫運氣。運氣好的雜碎，即便摔個一跤都能領悟個絕世神功或者撿到把傳奇武器啥的；而運氣不好的悲催如雲千千之流，那是躲得再遠也能踩中巨大狗屎，被萬分之一機率的流彈給擊中，打到半殘吐血。

雲千千就非常不能理解，明明廢柴公會這邊有十多家小傭兵團來助陣，隊伍擴散範圍廣闊到布滿了半座山頭，為毛敵人的火力就偏偏集中於自己所在的這偏僻角落，還堅持不懈的炸了又炸、一炸再炸!?難道是自己風華絕代，連在漫山遍野的人群中也掩蓋不了的亮眼，所以才會讓敵人如此執著!?

雲千千非常不要臉的一邊吞藥一邊鬱悶，堅決不承認是自己運氣太爛。

「靠！千千妳還沒死!?」

旁邊有一認識的哥兒們扭頭一看，正好看到蹲在岩石後的雲千千正在一臉糾結的吞藥，而在隊伍的顯示中，雖然此妞的血條也是殘缺不全，但比起其他人的大起大落卻是穩定了許多，看上去安全到不行。已經掛掉兩級的此哥兒們鬱悶之下，忍不住就吼了這麼一聲。

「呃!?」雲千千茫然抬頭，看到氣奮填膺的此哥兒們一直怒瞪自己的藏身之地後，終於醒悟過來對方在不爽些什麼了，於是好心的招手把人家叫過來諄諄教誨：「你傻啊!?那麼多人，偷懶一、兩個誰注意得到？沒看那廢柴指揮都衝到前面去了嗎？你跟我一樣找個掩體躲起來，混到他們P完不就好了……如果那指揮記性不好的話，還不是可以照樣謊報個一、兩級損失撈點撫卹金……」

「那他要是剛好記得我原本的等級呢？」哥兒們一聽也來了興趣，想想確實是這麼回事，於是受教之餘又追問了一句。

雲千千翻了個白眼，從空間袋裡掏出個替身草人在對方面前晃了晃：「瞧見沒！你就說自己是用了草人才逃出一死，叫他賠你。」

「拜託，不掉級的話他頂多賠你草人錢，一個草人才五十金，比起撫卹少多了……」哥兒們也翻眼，對雲千千的這招很不屑。其實50金也不少了，不過在大錢面前，小錢就是那毛毛雨，哥兒們他看不上。

「說你傻你還真傻啊!?究竟用掉幾個草人不都是你自己說了算？你還指望他能一直盯著你個小兵點陣亡數？積少也能成多耶，你上報就說用掉了一百個草人，還不是照樣可以讓他賠到破產！」

「哦……這麼一說也有道理！不過誇張了點兒，我還是厚道點兒，報八十個就可以了。」

兩人一起躲在岩石後嘰嘰喳喳，討論得熱火朝天、紅光滿面，就站在兩人身後不遠處的老大抽了抽嘴角，黑線掛上滿頭，對雲千千這貨已經無語了。她自己不學好不說，還非要把他團隊裡的純潔孩子也給汙染了，什麼娘兒們啊這是！

這位老大完全可以預見，如果這兩個貨真敢不要臉的一個報一百、一個報八十的話，自己傭兵團的信譽絕對就此掃地了，沒準兒這個被敲詐的公會一個不樂意，還會糾集人手滅了自己團的這兩隻禽獸。

「咳！千千啊……」老大覺得到這一步他已經不能再繼續坐視下去了，於是清咳一聲，終於決定上前阻止這兩個貨。

可是他才剛起了個頭，團隊頻道中就傳來了淒厲的警報聲：「快跑啊——大家快跑啊——九夜出現了——」其慘叫聲之悲戚無助，猶如柔弱的清純少女在半夜遇見了十來個色狼。

九夜!? 這貨怎麼會出現在兩個廢柴公會的戰場!?

如果說雲千千是這個遊戲中最衰的人，那麼九夜就絕對是創世紀中站在傳奇頂點的存在了。

雲千千的職業是廢柴，九夜的職業是唯一性隱藏高端的存在。雲千千昨天從團裡拿到的僱傭金是50金，只夠買一個替身草人；九夜的最低出場價起碼就是1000金往上喊，藥品和草人還都是別人包了的……

啥叫差距？

這就是赤裸裸的差距！

不僅如此，人家九夜還很大牌。傳說中，這位大爺似乎還是個混血兒，混哪裡的不知道，但是聽說長得俊美無比，直接就是一男性公敵，所到之處雄性生物無不對其怒目之。

而更讓人憤怒的則是這傢伙的行事風格，傳聞中的九夜喜怒無常，基本上就是一個隨時都有暴走危險的超S級罪犯，遊戲開通那麼久，即便是雲千千這樣消息靈通的人士也從沒聽說他有什麼朋友，只聽說過他又多了哪個仇家了。

雲千千萬分感慨、感慨萬分，對這位傳說中的拉風男人嚮往不已。她春心蕩漾的嚮往著，如果自己能和那傢伙對換一下身分職業該有多好啊……

老大心神一凜，也顧不上教育雲千千的事了，抄起兵器就往前衝，順手把剛探出個頭的雲千千給推回了岩石後面去，嚴厲的大喝：「別出來！給老子躲好！」說完，急急的往前跑去。

「老大真爺兒們！」本來就只是想看個熱鬧的雲千千意外得到了合法避難的許可，頓時也忘了要繼續感嘆自己和九夜之間的落差，光明正大的縮回了岩石後面，喜孜孜的誇讚了自家老大一句。

「嘿嘿，嘿嘿！」和雲千千一起避難的哥兒們看著雲千千奸笑不已，一臉的曖昧。

「笑毛啊笑！」雲千千實在看不慣這哥兒們的嘴臉，翻了個白眼，拿出串葡萄邊吃邊鄙視。

哥兒們一噎，一臉的挫敗：「千千啊，老大怎麼就看上妳這貨了!?」

「噗——」雲千千噴了一地，順便把自己噎著了，嗆咳了半晌之後，她這才漲紅著一張小臉回過神來，一臉驚魂不定的看著那哥兒們，忍不住探手往人額頭上貼：「兄弟，你沒發燒吧？啥叫老大看上我了!?」

「有話說話，別動手動腳的啊！我清純著呢！」哥兒們拍掉雲千千伸過來的爪子，嚴肅的聲明。看著雲千千不給面子的做出乾嘔狀，哥兒們忍了又忍，想了想，終於還是忍不住開口了：「千千啊，兄弟們都早看出來老大對妳有意思了，難道妳真沒啥感覺？」

「沒感覺！」雲千千抓抓頭髮，很老實的搖頭。

哥兒們再噎，擺正臉色幫人理思路：「比如說，難道妳不覺得老大經常拉著妳單獨去辦事？」

「那是我好欺負。換你經常被人撈去搬東西打架跑腿……最重要的還是無償勞動，你會樂意？」雲千千嚴重的鄙視此人，選擇性遺忘了老大經常在事後隨便找個由頭把些小極品獎勵給自己的事情，不然她這財迷肯幹白工才怪。

「這個……可能是老大的表達方法不大對吧！」不了解其中內情的哥兒們一聽也尷尬了，猶豫了一下之後，繼續擺出其他例證：「可是兄弟們都看得出來，老大看妳的眼神就不對勁，那裡面經常透點賊亮賊亮的猥瑣光輝，就跟哥兒幾個走大街上運氣好的時候看到美女一樣。」

「這很正常啊！難道我不是美女!?」雲千千詫異了，哥兒們無語了。

正當兩人還在乾瞪眼較勁間，突然，話題男主角的聲音就在兩人的耳邊暴喝開來。

「千千！跑！」

老大的聲音帶著嘶吼的焦慮和擔心，在團隊頻道中爆開，轟得雲千千頭昏眼花，心想這老大還真給勁，中氣十足啊！

還沒等她這頭回過神來，岩石上空一個黑影飛掠撲下，雲千千下意識的抬頭，就見著一個看上去有點邪性的大帥哥高高躍起並正在玩自由落體，落點似乎就是她躲的這石頭後面。而此人手中，還握著一柄造型詭異的匕首。

「九夜！」雲千千迅速回神，想起了這個傳聞中聽到過無數次的傳奇匕首和傳奇男人。她的驚呼聲剛剛喊出，九夜已經曲膝落地，對方只這麼原地風騷的一擰身，順勢遞出匕首一劃，雲千千就感覺到胸前一涼，接著慢慢的失去了力氣。

他大爺的！居然是秒殺！雲千千悲憤得想抽人！

在消失於白光中之前，悲憤的雲千千抬眼一瞥，正好看到已經站起身的九夜身後，自家老大正狂暴得如同一頭怒獅一樣，一邊吼著自己的名字、一邊飛蛾撲火般衝向九夜。

難道這人真的暗戀自己!?雲千千倒吸一口涼氣，帶著詫異的眼神終於消失在了白光之中。臨死還不忘最後鄙視人家一把──遊戲裡死了至於悲憤成這樣嗎!?而且老大是不是忘了自己有個草人，可以免掉一次死亡懲罰?……

在創世紀中，玩家死亡時就是直接眼前一黑，等到再出現時，就已經是在附近的復活點內了。因為這個遊戲裡沒有復活技能的關係，所以也就沒有那些亂七八糟的程序，整個死亡再復活的過程十分乾脆俐落。

可是，雲千千覺得自己的頭盔也許是出了問題，她這回眼前一黑的持續時間也實在長了點兒吧!?而且在遊戲人物死亡的瞬間，她居然感覺到腦中一陣針扎般的尖銳刺痛掠過，雖然痛楚時間不長，但還是讓人很難忍受。

雲千千一邊怒罵著果然免費沒好貨，一邊靜靜的等待著，過了好一會兒後，才終於感覺到眼前再次出現了濛濛的亮光。

迫不及待的雲千千連忙睜眼，準備抄傢伙再赴戰場，可是下一秒，雲姑娘就被華麗麗的震撼了。

眼前這看似自家社區的街道是怎麼回事？她不是在遊戲裡嗎!?還有，自己腰上的通訊器怎麼沒了？

這是啥!?NOKIA9999？

靠！她究竟是死到哪去了啊!?

「千千！還不快走!?妳又在發什麼愣？」

雲千千還在怔愣間，耳邊已經響起了一個熟悉的女聲。

雲千千傻呼呼的回頭，正好瞅見住隔壁的大嬸在關心的看著自己。這大嬸就住在雲千千家對門，身材肥胖愛嘮叨，做菜是一把好手，在菜市場討價還價更是一把好手。

就因為這樣，雲千千剛搬來的那會兒還和對方挺有共同語言的，經常湊一塊兒嘰歪交換經驗，並且日日相約，一起去市場殺價買菜……雖然雲千千偶爾也會反省一下自己和一個大嬸混得那麼鐵，是不是會有點兒不符合自己青春少女的形象，但想想還是便宜東西更實惠，於是也就釋然了。

可惜的是，等雲千千後來開始玩遊戲之後，就漸漸沒這時間再和大嬸交流感情了，只是偶爾看到對門打開閒聊幾句的時候，會發現大嬸的饅頭臉漸漸進化成了包子臉——有褶子了！

這會兒站在雲千千面前的大嬸雖然樣子沒有變化，那一臉的褶子卻明顯少了不少，又變回了饅頭，整個人油光水滑……咳！反正就像是原本的一塊抹布被撐開了似的。

「喝！」雲千千被嚇得倒吸了一口冷氣，小手撫著胸口做受驚狀，瞪大了眼睛看著大嬸驚問：「大嬸您去拉皮了!?」

大嬸一愣，隨即樂得眉花眼笑，瞅著雲千千越瞅越順眼：「瞧妳這孩子說的！大嬸哪有這閒錢啊！」

雲千千臉色古怪隱忍的又盯了大嬸好一會兒，遲疑著還是有些不信任：「真沒去拉皮？」

「別拿大嬸開心了！」大嬸更開心了，蒲扇一樣的大巴掌往雲千千嬌弱單薄的小背心上一拍，直接把這姑娘拍得一踉蹌。

您倒是開心了，可是能小心點兒嗎!?這力道真給勁！

雲千千齜了齜牙，痛苦得一臉糾結。

「對了！有妳的明信片！」往雲千千身上拍了一巴掌後，大嬸像是突然想起了什麼，一邊喊住正要離開的雲千千，一邊在身上左摸右掏的找了起來。

雲千千眨眨眼回頭，看著大嬸的動作感覺有些熟悉，似乎記憶中，這個大嬸也有一次這樣翻找東西的架式，最後才從褲子後頭口袋裡找到一張皺巴巴的明信片，說是雲千千抽獎抽到了創世紀價值10萬的豪華遊戲頭盔，再後來，雲千千就這樣踏上了創世紀的萎靡不歸路……

就在雲千千為往事唏噓不已、惆悵糾結的時候，大嬸興奮的聲音在耳邊響起：「找到了找到了！千千啊，這是妳的抽獎明信片！小丫頭運氣不錯啊，抽到了創世紀的豪華遊戲頭盔！我兒子說這個玩意兒可是價值10萬聯盟幣呢……」說完，從褲子後頭口袋裡掏出一張雲千千眼熟的紙片。

「……」

她作夢了!?雲千千愕然無語，突然有種恍惚的不真實感。

道具名稱，創世紀中獎明信片。

道具使用效果，可獲得高深度睡眠品質的豪華遊戲頭盔一頂，同時附帶電波刺激鍛鍊身體效果，讓玩家在遊戲中完全不影響休息，更不會造成肌肉萎縮。

道具使用領取時限，2300年11月21日17:00前……

玩遊戲有點走火入魔的雲千千，習慣性的用遊戲資料的眼光來打量著這張明信片，快速歸納出了名稱、屬性和使用時限。接著，她茫然的抬頭看了看眼前這個、給她發放了一個讓她倒楣了後半生的偶然觸發性事件的隔壁大嬸，糾結了。

捏著明信片，雲千千眨眨眼，再眨眨眼，再抬起小爪子揪了揪自己的臉蛋……嘶，會疼，不是作夢，那麼她確實是重新收到了這張開啟她厄運之路的明信片，可是為什麼!?這張明信片明明在她登錄遊戲一個月後，就被為了驅除楣運的她給忿忿然燒掉了啊！而且她清楚的記得後來的結果，楣運不僅沒除，還害自己差點引起火災……

又一次沿襲著命運之路重新走在去往創世紀遊戲公司的路上，雲千千依舊糾結著。剛才在和大嬸揮手告別之前，她小心的詢問了一下現在的年月日，然後驚愕的得知今天居然正是她兩年多前去領取了遊戲頭盔的那一天，也就是說，她回到了過去!?

不會吧!?老天是厚愛她還是想再玩她一次!?

「小姐您好，這裡是創世紀公司。請問您是有什麼事情要辦，還是來找人的？」

就在雲千千還在恍惚的時候，創世紀櫃檯小姐的甜美聲音驚醒了她。

抬頭一看，原來自己已經在不知不覺中走到創世紀公司大樓了耶！雲千千愣了愣，隨即回神，平復了一下情緒，笑得比對方還甜美的把手裡捏了一路的那張已經快皺成梅乾菜的明信片遞了出去，笑嘻嘻的說道：「美女姐姐好啊！小妹我是來領頭盔的，剛才聽大嬸說我踩到狗屎……呃，我的意思是抽中獎了！您能幫我辦理一下手續嗎？」

櫃檯小姐看著價值10萬的那張小紙片現在在雲千千手中的淒慘造型，臉色古怪的變了又變，噎了好久才從牙縫裡艱難的擠出幾個字來：「小姐請稍等……」說完立刻不忍的別過臉去，不敢再看那張紙，她怕再看下去，自己沒準兒會衝動得上去抽這姑娘一嘴巴子！大爺的，那可是價值10萬的頭盔兌獎明信片啊！轉手賣出去都夠自己一年的薪資獎金了，沒見過這麼糟蹋東西的姑娘！

櫃檯小姐的心在滴血，聲音在顫抖，不一會兒就撥進內線，聯絡了發獎部的人員。放下電話後，櫃檯小姐僵硬的又扯出一抹笑容：「小姐，請帶著明信片上十樓，第29號科室就是負責發放領獎頭盔的了。」

又是和兩年前一樣的臺詞……雲千千這會兒已經徹底適應了，乖乖的點頭，再拽著手裡的「梅菜乾」繼續往十樓衝。

在29號科室內，工作人員熱情的接待了雲千千同學，核對明信片編碼、核對雲千千的身分、核對……足足半個多小時後，才把所有手續都辦齊，轉身從一邊的幾個頭盔裡取出其中一個交給雲千千，抓著人家的小手手一握，禮貌的祝賀：「恭喜您！頭盔現在就交給您了，祝您遊戲愉快，在遊戲過程中如果發現BUG或有什麼建議的話，請隨時聯絡我們的客服部……」

前世……對！雲千千現在已經習慣於把自己曾經經歷過的那兩年多經歷當成是前世了。

前世的這個時候，她拿上頭盔，歡欣鼓舞了一會兒之後就歡快的離開了，完全不知道其後的淒慘命運。可是此時，雲千千抱著手裡的盒子，打開來取出遊戲頭盔看了一眼，卻有點兒猶豫了起來。

「還有什麼問題嗎？」工作人員看到雲千千並沒有馬上離開，而是瞪著遊戲頭盔發呆，忍不住主動問了一句。

雲千千想了想，還是鼓起勇氣把頭盔遞了出去：「對不起，我懷疑這個頭盔有問題，能請您幫我查一下嗎？」她不知道自己到底為什麼會回到兩年前，但可以肯定的是，這個不可思議的現象一定是和遊戲有關。

擬真遊戲是用生物電波刺激人腦，從而分離出思維控制來直接連接遊戲的，而連接的仲介自然就是這遊戲頭盔，所以雲千千只能猜測是頭盔出了什麼問題，這才讓自己莫名其妙的回到了兩年前的此時。為了安全保障，她必須要檢查這個頭盔。

聽了雲千千的要求之後，工作人員笑了：「您對獎勵物品的擔心我們可以理解，要求技術盤查也是正常的……」

「嗯嗯！」雲千千高興的點頭，看來有門，人家願意幫自己檢查來著。

「可是……」工作人員語鋒一轉，又來了個轉折：「可是我們的人手畢竟有限，不可能每一個客戶上門都能為其免費檢查，所以，您得交錢！」

「……」我討厭可是！雲千千淚流滿面。

交？不交？

萬一真是頭盔有問題，而自己又為了省錢不繼續堅持要求檢查，那以後不是得再死一次!?

可是萬一頭盔沒問題，而自己又交錢檢查了，那自己心愛的錢錢不就等於是打了水漂!?

雲千千糾結萬分，哀怨而痛苦的看著那個工作人員，猶如他是拋棄了自己的負心男人一樣，淚眼朦朧的傷心哽咽著：「不能不交嗎？」

「……」妳以為這是菜市場買菜還興討價還價!?工作人員笑容有點兒僵硬，但還是非常有服務品質的禮貌搖頭：「很抱歉，這錢必須得交。」

雲千千不甘的瞪了那工作人員一眼，終於鬱悶的低下頭去掏口袋，全身摸遍之後找出100塊錢，顫抖著手，心痛的遞了出去：「好吧，我交！剩下的零頭要找給我啊……」

「……」工作人員瞪著那張百元「大」鈔看了好一會兒，內心感慨萬分——真是好……大的一筆錢啊！還找零頭!?這踏馬的連付檢查費的零頭都不夠！

「對不起小姐，100 塊是不夠的。」感慨完後，工作人員堅定的搖頭。

「那、那麼你們要多少錢？」雲千千吞了吞口水，瞪著大大的眼睛死瞅那工作人員，生怕對方會說出一個自己承受不起的數字。

「檢查頭盔的技術人工、儀器使用、拆裝手續、替換機芯、生物……加起來總共需要 4220 塊！」工作人員很有職業道德的把一長串花費列出來，最後得出數字。

雲千千白眼一翻，幾乎當場暈厥過去。

「你們這是敲詐！」等回過神後，雲千千終於忍不住氣憤填膺的含淚嘶吼。

「怎麼回事!?」正當憂鬱的工作人員剛想要解釋自己並不是在敲詐的時候，有個人被 29 科室傳出的悲鳴吸引了進來，他從門外探進半個身子往辦公室裡打量了一番，第一時間注意到了鬱悶的工作人員面前那悲憤的雲千千，於是疑惑的又問：「這位小姐是誰？」

「肥羊一頭，正要挨宰！」雲千千眼淚汪汪的忿然咬牙。

「……」

聽著無限委屈的工作人員把事情的來龍去脈給講述了一遍之後，後面進來的人終於明白了是怎麼回事，他笑了笑，再安撫了一下那個工作人員，這才轉身對雲千千伸出手來：「您好，我是技術部組長程旭。這批遊戲頭盔就是我帶小組主要研發的。聽說您懷疑頭盔有問題，想檢查卻又拿不出錢？」

雲千千無視對方伸出的友好之手，瞪了程旭一眼，很有原則的嚴肅聲明：「美男計是不管用的！」混蛋！這就是害死自己的疑似凶器開發人!?以為伸隻爪子讓自己握握，再加幾句公司規定啥的就能糊弄她掏錢了!?沒門！別說門，連窗戶都不給！

「……我個人認為這只是禮儀的握手，不含帶任何糊弄您的目的。」程旭笑得有些勉強了，沉默了許久之後才咬著牙憋出一句話來。他終於能理解剛才在29科室工作人員臉上看到的表情是怎麼來的了……

雲千千是一個執著的姑娘，是一個堅持自己信念、脫離了低級趣味的純粹的姑娘。在嚴重懷疑頭盔有問題的情況下，她是無論如何都一定要檢查的，而且堅持要免費。

接下來，29科室的全體工作人員們以悲憫的表情看著程旭向雲千千苦口婆心，擺事實講道理、諄諄教誨，折騰得都滿頭是汗了，而雲千千則哀怨的一直保持沉默、持續沉默，看樣子人家還絕對有毅力能沉默到天荒地老。

「小姐！您開個價吧！多少錢拿得出來!?」到最後，程旭終於悲憤了，索性直接詢問雲千千的底線。

雲千千眼含淚花、目露堅定，沉默的把剛才掏出的100塊又遞了出去。

「……」程旭同樣眼含淚花，卻神情恍惚。這到底是什麼樣的姑娘啊!?普通人能無恥到這一步嗎!?啊!?

最終，經由程旭的痛苦掙扎之後，總算是和雲千千達成了協定。100塊，幫她檢查，他就當是幹白工了。如果頭盔有問題的話，這屬於他們的責任，錢不收她的，再免費幫她組裝個新頭盔。但如果頭盔最終沒有問題的話，則雲千千的頭盔報廢，因為他們不可能倒貼錢重新幫她裝生物腦連接頭、電波發送弧、遊戲主晶片等等高成本的玩意兒。

雲千千終於歡喜的點頭了，程旭悲憤的抱著頭盔出去了。29科室全體成員對雲千千佩服得五體投地，景仰之情如滔滔江水連綿不絕——這姐兒們是強者啊！能把技術部的老大折騰到這一步，絕對是壯舉一件！

接下來，雲千千和崇拜她的29科室成員足足在辦公室裡等了三個多小時，消耗公用咖啡、零食無數之後，才終於等回了神色古怪的程旭。

「怎麼樣!?」雲千千拍拍手上的食物屑，蹦蹦跳跳的跑到程旭身邊詢問最終結果。

程旭古怪的看了雲千千一眼，想了想，把手中抱著的盒子給她：「這是新組裝的豪華頭盔，檢測過的，絕對安全。」

話音一落，29科室集體譁然，程旭拿來了新頭盔，這是不是代表剛才的那個確實有問題?大家紛紛面面相覷。

「那我就不謝了！」雲千千喜孜孜的抱過頭盔，也明白了是怎麼回事，但她多善良啊，沒想著要過於打擊人家，於是直接轉身就想走。

「能請問一下，您是怎麼發現本公司送出的這個免費頭盔有問題的嗎？」程旭叫住想跑的雲千千，認真的看著她。這倒不是他們想找碴或趁機推卸責任，而是這麼精密的儀器居然出了一個大家都沒察覺到的可能導致出現人命的問題，況且這個問題居然還被一個非技術部的外行看了出來……不管從哪一點上來說，這都是極為值得重視的。

雲千千愣愣的回頭，看著程旭眨了眨眼，過了好一會兒才臉色古怪的開口：「如果我說我是死亡後重生回來的，而且死亡原因正是被這頭盔給弄死的，您信嗎？」

「……」程旭嘴角抽了抽，再抽了抽，最後終於板著臉嚴肅的搖頭：「我個人認為您應該是網路小說看多了。」

「呀！您也知道網路小說啊!?」雲千千欣喜的一拍巴掌，小臉上滿是找到知己般的興奮。

「噗！」的一聲，程旭額角上爆出了一條青筋，他忍了又忍，終於還是沒能忍住，咬牙切齒的看著雲千千：「我們現在討論的應該不是網路小說的事情吧!?」

「呃……」雲千千也回過了神來，不好意思的笑了。

程旭揉了揉太陽穴，努力平復情緒，把自己的問題又再次問了一遍：「現在能不能請您認真的回答我，到底您是怎麼發現頭盔有問題的？」

「我真是被頭盔弄死了再重生回來的！」雲千千板著小臉非常認真的回答。

「……呸！」程旭終於沒能保持住自己的良好修養，忿忿的朝地面吐了口唾沫。

雲千千很委屈的抬頭望天，看吧！說實話果然沒人信來著。想了想，雲千千平復了一下情緒，靦腆的一低頭，羞澀如一朵嬌羞的水蓮花，不好意思的絞著手指頭細聲細氣的哼哼：「那我還是說實話吧，其實事實是這樣的，我從小就是個天縱的英才，IQ 高達 9999，被譽為新一代的救世主、地球的未來寄託、全人類的進化頂點、世界人民的精神偶像，這次能發現這個頭盔的問題，就是因為我那睿智的眼光和超人的直覺以及……」

「送客！」程旭忍無可忍，不等雲千千說完便拂袖而去——他大爺的！這姑娘太能胡扯了。

而在程旭轉身之後，雲千千則拍著胸口，狠狠的鬆了一大口氣。

走出創世紀的大樓，抱著新頭盔的雲千千抬起頭，瞇著眼睛盯著天空愣神——SAVE&LOAD!?自己真的重生回到了兩年前!?

04．註冊——種族挑選

有了重生的記憶在腦子裡之後，配置頭盔參數、連接遊戲之類的事情對雲千千來說完全是小菜一碟，熟練得不能再熟練了。

在創世紀正式啟動的第一時間，雲千千就毫不費力的登錄了這個自己早已經在前世登錄過無數次的遊戲。

還是老樣子，熟悉的一道白光閃過後，雲千千出現在一個熟悉的房間，熟悉的面癱美女登場，揮一揮她那熟悉的小手，熟悉的房間頓時變成熟悉的虛無、一片熟悉的混沌開啟、熟悉的絢爛過場劇情忽忽悠悠就這麼開始上演了……

人家這叫片頭動畫，又叫開場劇情，每一個登錄遊戲的人面前都會放上這麼一段，吹噓一遍這個遊戲世界的起源故事。

大部分玩家在登錄一個新遊戲的時候，一般情況下都不會忽略這個片頭動畫的，第一，人家這頭一次看著覺得新鮮；而第二，也是因為很多片頭動畫中都大概介紹了一些遊戲背景，了解一下這些背景之後，在自己的遊戲過程中遇到 NPC 時總會有點用處的，不然您要是不小心抱住了一個黑暗種族的大腿，卻跟人家拼命的敘述著天使是多麼多麼的純潔美好，自己對神界又是如何如何的嚮往，那不是欠虐找抽的嗎！

但雲千千是多麼熟悉創世紀的人啊！

可以這麼說，這過場劇情在其他人眼裡是新番，在她眼裡卻簡直跟過時的老動畫片沒什麼兩樣了。別說是現在的這個宣傳劇情，就是兩年後最新發布的資料片她都看過無數次，她根本已經沒有觀賞的激情了。

沒有激情的雲千千眨眨眼，剛看見混沌中第一隻天使風騷的飛了出來，立刻毫不猶豫的揮揮小手，把人家又趕回天堂去了。

「美女，我知道妳這劇情是想表現各職業的強項、以及光明黑暗兩陣營的對立，還有其他幾大隱藏種族在創世紀大戰中風騷一現之後又隱居了之類的事情等等等等……但是我上來不是看動畫片的，咱們是不是該抓緊時間辦正事!?」雲千千滿眼期盼的開口，衝著重新現身於自己面前的面癱美女笑得那叫一討好。

面癱美女是今天正式開始工作的NPC，而第一天上班就遇到了雲千千這麼個極品異類，實在是有點讓她受刺激。

於是，面癱美女嘴角抽了抽，瞥了一眼天使被趕回去的位置，再看回雲千千，想了想，初級智慧分析出眼前這玩家的行為並沒有違規的地方，只是有些反常罷了，如此這般的，沉默了好一會兒後，面癱美女終於點頭開口：「好吧！遊戲名？」

「雲朵千千……等等！我要換一個！」雲千千剛剛條件反射的說出自己上一輩子用過的遊戲名，突然靈光一閃，覺得這實在是太不吉利了，有點兒重蹈前世覆轍的不祥意味，於是連忙否定。

面癱美女點頭表示寬容，再次開口：「遊戲名？」

「浪裡淘金！」雲千千握拳，目露堅定。

「該遊戲名已有人使用，請換一個。」

「誒!?不會吧，這遊戲才剛開耶！」雲千千愕然了。

「遊戲名？」美女依舊面癱，才不管妳愕然不愕然，人家就是公事公辦的手續員一名而已。

「浪裡淘鑽！」雲千千咬牙，換了個高檔的。

「該遊戲名已有人使用，請換一個。」

雲千千想吐血，這些玩家哪來的啊!?居然把她中意的名字都搶了。不服輸的賭上了一口氣，雲千千還真和這名字槓上了，張口又來：「浪裡淘寶！」

「……」

美女沉默下去，不說話了。片刻後，人家突然小手一抬，召喚出一道閃電來劈到正欣喜的雲千千頭上，緊接著美女抬起頭，瞪著被電的這姑娘咬了咬牙：「請不要讓我一再重複同樣的話……」遊戲開啟才這麼幾分鐘，這姑娘就一連換了三個有人使用的註冊 ID，還明顯是同一系列的，她是不是故意在這裡要自己玩呢!?

雖然是初級智慧，但美女也是有脾氣的，現在她顯然就對雲千千很不滿了。

雲千千眼淚汪汪的很委屈，這還有沒有尊重玩家的意識了!?她扁扁小嘴，看著美女忿忿道：「我要去投訴妳！」

「請便！」面對威脅的美女毫不退縮。

很顯然，玩家的細胳膊不可能擰得過 NPC 的粗大腿，人家創世紀設計個智慧 NPC 也是要花時間的，先不說思維程式的配置，妳單看人家那相貌、那身段……這得是多少猥瑣宅男美工耗費多少心思才能完成出來的作品啊！

就為妳取名被打擊了這點兒破事，想把這美女給撤了!?先不說程式設計師幹不幹，光是美工都要拿上菜刀跟妳玩命的！

深深明白創世紀在遊戲中折磨玩家時是如何黑暗的雲千千想了想，終於無奈的屈服，耷拉著腦袋萎靡了：「美女姐姐我錯了……呃，我就叫蜜桃多多吧！」這還是她當年第一次登錄網路時在某論壇的註冊名，那時候這種飲料正流行，這姑娘註冊時桌邊正擺了這麼一瓶，於是隨手就註冊上去了。

「遊戲名確定，蜜桃多多！請確定您的種族。」美女也挺大度Ｓ，沒和雲千千再嘰歪剛才的事情，直接進入了下一步驟。

「修羅族！」聽到種族，雲千千再度來勁了，歡快的迅速確認。

修羅族好啊，男的帥女的靚，在不改變基礎容貌的前提下，硬是能讓人看著就比其他玩家順眼。而且最關鍵的是，前世的九夜那廝就是個修羅族的，人家的唯一性隱藏職業就非得是修羅族才能獲得。

當然，在九夜橫空出世之前，根本沒人能意識到修羅族的優點，包括隱藏種族在內的其他所有種族在選擇時都有個屬性加成的介紹，單就修羅族沒有，除了一句「該種族是上天的寵兒，容貌無人能及」以外，就再無其他了，搞得許多人都以為這族的人就是一花瓶。

其實人家修羅族有個非常逆天的隱藏屬性，60級轉職之後，修羅每升1級都比其他人多出3點自由分配點數，普通人升1級拿5點分配點，修羅1級拿8點，相當於比別人多了半級多的實力……

但是在不了解這些好處之前，誰敢毫不猶豫的就這麼選定修羅族啊!?人家好歹也是隱藏種族之一，每個隱藏種族在遊戲中總計只發布少數幾個名額，允許所有玩家申請，但如果註冊人物時選了隱藏種族，接著卻沒能挑戰成功的話，不僅再沒有選擇其他隱藏種族的權利，基礎幸運點還要再降3點……

於是，除九夜外，遊戲初期的那些玩家沒人敢拿自己的前途和一個疑似只有外貌見長的種族較勁。

「修羅族選擇確定，接下來您將接受種族挑戰，請問是否確認？」美女毫無表情的說道，一點兒也沒有即將看到第一個挑戰隱藏種族的玩家的驚喜，更沒有疑惑對方為什麼連片頭動畫和自己的介紹都沒接觸卻知道修羅族的事情。

嘖！這肯定是哪個創世神家的哪個熟人！……美女保持著面癱臉鄙視雲千千，很明顯的把人家當成是走後門從程式設計師那拿到內部資料的人了。

可實際上別說是現在，就算遊戲開通了又兩年之後，雲千千都沒聽說過有哪個玩家是提前預知了某些資料的。人家創世紀在保證游戲環境的公平性這一點上，做得還是很不錯來著。

「確認挑戰！」根本不知道自己已經被NPC鄙視了的雲千千點頭，豪氣萬千。

「隱藏種族獲得難度一等，隱藏種族優越度一等，隱藏種族名額限制一等……根據綜合判定，您將挑戰A級關卡。請問是否確認？」美女面無表情的看著雲千千報出一連串資料。

全是一等評定，而且要挑戰的關卡等級居然是A……這麼風騷!?雲千千愕然，不過立刻又信心滿滿的點頭：「果然是為我量身打造的種族，來吧！」

「……」

美女眉角跳了跳，似乎有抽人的欲望。但人家是多麼有職業素養的NPC啊，瞪了雲千千半晌之後，終於還是淡定的點頭：「好吧！修羅族挑戰開啟！倒數計時開始，十、九、八……」

雲千千比美女還淡定的遠目眺望，負手做高手寂寞狀——靠！新人註冊沒藥沒技能的，啥都準備不了，還給個倒數計時搞什麼啊!?這明明是故意讓人緊張的……本蜜桃偏不緊張，咱是高手，高手就要有高手的氣度，寂寞、孤傲、蒼冷、睥睨天下……

「三、二、一！」美女倒數完畢，手一揮，就把睥睨天下的雲千千像丟垃圾袋似的甩進了另外一個空間。

再睜眼時，雲千千已經來到了一個獨立的小空間裡，天上地下都是一片混沌，而她就這麼懸浮在混沌的空間中，正對面還站著一個修羅族的男性NPC。對方一抬頭，絕美的五官冷若冰霜，看著雲千千淡然道：「妳來了……」

靠！這傢伙長得好像九夜！

雲千千一點兒都沒緊張，反倒興奮了——美男耶！

「就是妳要接受我修羅族的試煉？」和九夜長得非常相似的這位NPC酷哥看著雲千千，冷冷道。

「這個……我人都已經來了，就算現在說不是，您也不可能相信吧!?」雲千千被一盆冷水澆醒，總算想到現在不是走神看帥哥的時候了。

「哼！修羅族的人從不油嘴滑舌！」

酷哥冷哼，在懸空中慵懶的伸展了一下修長而又有力的性感身軀，伸手至後腰緩緩的抽出一把造型怪異的匕首來：「本族長事務繁忙，就不和妳多說了，一成實力，妳能堅持一分鐘就算通過！倒數計時開始！」說完，揮手召出一個計時沙漏，緊了緊手中匕首就要衝上前來。

「族長!?等等等等！」雲千千沒想到出來試煉的居然還是個首腦級的，頓時大驚，連忙開口叫停：「您這是耍賴！我記得隱藏種族的試煉中沒聽說過有族長出馬的啊!?」

「本族長不知道這些，剛才阿忒彌斯特意召喚我來這裡，指明要本族長為妳測試資格！」酷哥果然還是有風度的，見雲千千沒有防備的動作，他自己也強忍著停了下來，臉色不耐的回答。

「阿忒彌斯!?哪位大俠啊？」雲千千悲憤得想殺人。

「阿忒彌斯是負責接引你們這些冒險者的女神，剛才妳在接引之地不是見過她了嗎？」酷哥又冷哼一聲。

「您是說人物註冊時的那個面癱美女!?」雲千千大驚。

「就是她！」

雲千千想哭了，這美女擺明了是玩自己啊！合著人家剛才倒數計時不是給自己準備的，而是她特意爭取的召喚時間呢！什麼人啊這是！嫉妒自己長得比她漂亮也不用這樣啊！

「既然沒有問題了，那就接招吧！」酷哥才不管雲千千現在是什麼想法，話一說完，就要縱身撲來。

雲千千一看，也顧不上悲憤了，連忙花容失色的再次尖叫喊停：「再等等啊！」

酷哥是修羅族族長，驕傲的修羅族族長。這樣一個寂寞蒼冷的高手又怎麼會趁人之危呢？眼看雲千千還是沒有防備的姿態，酷哥連忙拉住在半空中已經撲縱到一半的身形，一個急剎車停下。穩住了身形之後，這才隱忍的抬頭再看雲千千：「又有什麼事!?」

「我想問一下，是不是不管用什麼方法，只要能撐過一分鐘就算我贏？」雲千千小心的跟人家確認著，似乎有點不大相信酷哥的信用，表情認真嚴肅的開口：「這可是個很重要的問題，不然萬一到時候時間過了您卻耍賴說不符合規定啥的，怎麼辦!?」

酷哥臉色變了又變，半晌後咬牙，一字一句像是從齒縫裡迸出來似的：「本族長說話算話！只要妳撐過了一分鐘，不管是用什麼方法，本族長都承認妳修羅族人的身分！」

「您確定!?」雲千千怯怯如小媳婦，低眉順眼的瞅著酷哥，一副不能承受打擊的楚楚可憐樣。

「確定！」呸！妳這樣的都能過才見鬼了！修羅族的族人們哪個不是能以一當百的神勇戰士!?酷哥一邊點頭一邊暗暗平復情緒，準備一出招就秒了這姑娘，然後回去等待符合自己族標準的真正戰士出現。

可惜，酷哥再沒有秒殺的機會了。雲千千得到肯定答案之後，羞澀一笑，不好意思的低下小腦袋，欲言又止的磨蹭了半天，直到酷哥忍無可忍的準備再度上前時，才輕輕的出聲：「那麼族長，一分鐘已經到了……」說完一抬手，堅定的指向酷哥剛才在喊出開始之後召出的那個沙漏。
一分鐘可以很長，一分鐘也可以很短。在生死之間它很長，在打屁聊天之間，卻只是那白駒過隙的彈指一揮間……
雲千千很滿意，果然沒白浪費那麼多口水！
酷哥愣愣的回頭，只見沙漏中上半截的沙子已經一顆不剩的空空如也，而沙漏的瓶身上，還閃爍著大大的一個金色單字——PASS！
「……」
「族長!?您不會說話不算話的吧!?」
「……」
「族長!?」
酷哥忍了又忍，終於還是沒能憋下喉口的一股腥甜，鬱悶吐血。他轉頭怒視雲千千，咬牙切齒的忿然大吼：「妳！耍賴！」
雲千千臉色一正，很嚴肅的批評酷哥：「族長，您怎麼說話不算數呢？剛剛我還特意問了，是不是只要時間過了就可以，不管我用什麼方法，您是不是不會說耍賴不符合規定啥的……明明是您親口承認的啊！身為修羅族族長，您現在這樣言而無信的實在不好！」
「……」
「族長！您要這麼想，我能這麼過關，也是充分體現了我的智慧是多麼優秀啊！硬碰硬的時代已經過去了，現在打架講的是智慧，是策略，是……修羅族需要的，就是像我這樣的新世紀人才……」
「……」
「族長!?族長!?」

在創世紀的世界中，規則就是一切。只要達到的條件符合了，就必然會產生結果。不管修羅族族長是多麼的不想承認，但雲千千確實是在開始倒數計時後撐過了一分鐘。於是，最後那個形似九夜的酷哥還是不得不接受了這個殘酷的事實。

就這樣，修羅族中有史以來最無恥最厚顏最不擇手段的新成員橫空出世，其名曰：蜜桃多多。

作為第一個正式通過修羅族測驗的玩家，尤其還是通過族長親自測驗的玩家，雲千千的獎勵無疑是很喜人的——修羅族的種族附加點的計算提前了20級，也就是說，雲千千在40級的時候就可以比其他玩家每級多出三個屬性分配點了。除此之外，還有修羅族的天賦屬性雷心。

「帥哥族長啊，這個雷心有啥用啊？能不能換個實惠點兒的，比如逆天技能啥的，就是能讓我抬手秒殺大片的那種!?好歹咱也是修羅族的第一個冒險者成員啊，我的實力就代表了咱們修羅族的臉面耶！」

雲千千前世從未聽說過雷心是啥玩意兒，也就是說這玩意兒屬於未知股，可能逆天非常，也可能雞肋非常，等待結果對於雲千千這樣現實的人來說實在是太過刺激的一件事了，於是，現實的雲千千忍不住想跟酷哥換個其他明顯點兒的好處，涎著臉眼巴巴的開口。

「滾！」

帥哥族長現在正不爽著，一聽雲千千說她代表了修羅族的臉面，頓時更是討厭得不行。忍無可忍之下，此NPC暴怒的伸手一指，開闢出一條空間通道，很沒風度的把根本無反抗之力的雲千千給一腳踹了進去，算是自己對她剛才問題的答案——他大爺的！不剋扣妳這滑頭的過關獎勵就算不錯了！還想要逆天技能!?呸！

第1754003號新手村中，剛進遊戲沒多久的玩家們都在辛勤的四處奔走著，打怪，做任務，不肯浪費一分一秒的提升著自己的實力，想早日練到10級離開這個村子，去遊戲的其他地圖中探索發展。

外面的世界多廣闊啊，自己這種一遇風雲變化龍的風騷人物，就該在外面的世界中縱橫馳騁。新手村!?新手村只是一個起點，只有早早的離開，才能讓自己的名號響徹創世紀……新人們熱血沸騰，無一不充滿了幹勁，對未來滿懷希望。

可就在大家正各自忙碌著的時候，一聲慘叫聲突然自天空中由遠及近的傳來，正在新手村的玩家們不解的一抬頭，只見天空中一小黑點正飛快的落下，剛看見時還只有黃豆大小，不一會兒已是拳頭、再是西瓜……等大家終於看清楚那個天空中的小黑點原來竟是個女人之後，對方已經砸落到地面上。「砰──」的一聲巨響之後，在地上留下一個大坑，激起滿天的塵灰。

雲千千從空間通道被踢出之後，經歷了自由落體十多秒，這才終於從天空摔落回地面，狼狽著陸。齜牙咧嘴的從地上爬起來，雲千千鬱悶得不行。這些NPC果然沒一隻好鳥，那個美女接引員擺了自己一道就不說了，修羅族族長居然也是這種不講風度的貨，虧他還長那麼帥呢！

拍了拍身上的灰土，雲千千抬頭左右一看，就發現了周圍的人都站在自己身邊一副目瞪口呆的模樣。一皺眉，雲千千疑惑道：「你們在看什麼？」

「看妳……」有個圍觀的哥兒們條件反射的呆呆回答。

「看我做啥啊？」雲千千迷茫了。

「妳的出場方式很……呃，特別！」那哥兒們終於有點回神了，遲疑的看著雲千千問道：「玩家？NPC？」

「玩家！」雲千千負手遠目，一身落寞：「驚訝也是正常的，高手的登場向來是如此轟轟烈烈……」群眾們回神，集體發出噓聲表達自己的鄙視。

確定是玩家之後，大家也沒什麼圍觀的興致了，幾聲吆喝之後，眾人紛紛一哄而散。

「……而且高手的寂寞向來是不被其他人所理解的！」看著散去的群眾們，雲千千一臉自傲的再接了一句，決定不跟這些不理解自己的俗人計較。一甩頭，辨認了一下周圍的環境，接著就憑藉記憶中的印象朝新手村村長家的方向走去。

創世紀，新手村！我雲千千又回來了！

不管是任何一個網遊，在練級時若想取得一個好的效率，那肯定是要先給自己配上一套屬性不錯的裝備才行。

畢竟誰也沒見過赤手空拳的人能打得過武裝到牙齒的現代戰士吧？如果真出現那麼不符合常理的事情，那麼那個人肯定是熱血漫畫的男主角，擁有無敵不死的隱藏屬性、每集戰鬥都能來個小宇宙爆發。

雲千千當然不會試圖去把自己和這樣的神人做比較，於是她乖乖到新人村中向來業務最繁忙的村長家領任務搞裝備去了。

找到村長、對話、領任務，一切順利，可是就在興奮的雲千千照著村長的囑咐來到村外，正想要殺掉 20 隻襲擊村子的小怪時，問題來了，她不知道自己該怎麼找到 20 隻怪殺掉。

「……好壯觀啊。」雲千千站在村口，目瞪口呆觀察村外十秒，衷心感慨了一句。

村裡是和平安寧，村外是人聲鼎沸。小怪是零零落落，玩家是漫山遍野……沒想到時隔兩年，雲千千居然有機會再一次領略到創世紀的風騷魅力，新手村外那人山人海的蜂擁場面，真還不是一般遊戲公司能弄出來的動靜。現在別說是出村殺怪，她幾乎連村莊門口都出不去，村外刷出來的那些小怪根本就不用打，基本上是一刷出來就被人擠死了，掛得十分委屈。

這要怎麼打!?自己的遊戲經驗似乎施展不開耶！雲千千站在村口默然哀傷，突然發現自己所謂的火箭速度練級計畫根本就毫無用武之地。

「姐兒們！不出去就讓個路吧!?」

正當雲千千看著村外默默無語淚雙行時，身後傳來了一個聲音。

一回頭，一個穿著一身殘缺新人套裝的玩家就站在自己身後，對方一邊心有餘悸的打量著新人村外的熱鬧沸騰，一邊吞了吞口水，請雲千千讓路。

「剛死回村的？」雲千千一邊讓路一邊隨口問了句。

「嗯！」該玩家悲壯的點了點頭，站在村莊門口緊了緊手中不知道哪兒弄來的棒槌，一副想衝出去又不敢衝出去的怯怯模樣。

「怎麼死的？」雲千千十分好奇的又問。看外面現在這情景，小怪應該根本連動手的機會都沒有就會被人給踩死啊。

「和人多擠了幾下，就死了。」那哥兒們哀嘆，一副往事不堪回首的悲傷表情。

「不會吧？人家主動攻擊到你了？」雲千千有些驚訝了。

「……擠在我身邊的那哥兒們是個強者，人家手上有刀，我人正好被推在刀刃上……多蹭了幾下。」

哥兒們默然許久，憂鬱了。

雲千千擦汗，也憂鬱了。得！本來還想出去隨大主流跟著擠兩下，看能不能碰運氣踩到幾隻小怪來著，看來這活動也是有風險的。

「美眉，要不咱們一起!?」叫雲千千讓路的那哥兒們在村口又給自己做了半天的心理建設，終於還是有些膽怯，於是熱情的邀請雲千千同行。

事實證明，痛苦與人分享之後是能降低的，比如說一個人掛掉的時候，如果他知道還有另外一個人也陪著自己掛了，那麼此人的心裡肯定會好受上不少，用老祖宗的話來概括，這叫幸災樂禍。當然，如果想用個褒義點兒的詞來概括也是有的，那叫有難同當。

雲千千是多麼聰明的姑娘啊，趨吉避凶的業務沒人比她更熟練了，於是在認真觀察村外局勢又十秒後，她認真而堅定的拒絕了該哥兒們的「好意」邀請：「不了，我再看會兒，你去吧！」大爺的！實在不行的話，大不了她去村裡做些不用打怪的任務，反正這套路她熟。

眼看這姑娘並不腦殘，似乎是沒法拐出去共患難了，哥兒們也只好放棄，又默然幾秒，深呼吸，然後一咬牙、一閉眼，以壯士赴死的壯烈表情一頭鑽進了村外的人潮人海中，不一會兒就被群眾的身影所湮沒。

「唉，又一個前途光明的青年就這麼斷送了。」雲千千蹲在村口托腮觀望，順便象徵性的為剛才那哥兒們默哀了一秒。

不過話又說回來了，站在這個角度去看外面那些人，還真是挺有意思的耶！想想原來還有過這麼艱難的時候，以後等大家等級都高了，再回憶起來肯定挺感嘆的，尤其是那些成為日後梟雄、一方霸主、等級榜高手之類的名人們，能力再是強又怎麼樣？一進遊戲還不是得跟人家擠著搶雞崽兒……

雲千千一邊幸災樂禍，一邊睜大眼睛在人群中搜尋有沒有自己重生前認識的那些名人。

還真別說，這麼仔細一打量，還確實被雲千千找到幾張熟臉：發現日後大幫主一隻，現在正被擠成照片。又發現冷酷悶騷高手一隻，這會兒正一臉緊張的尋找刷新的小怪。又又發現……

雲千千得意的笑，又得意的笑，順手掏出Demo給自己看中的那些潛力股都閃了幾張特寫照片保存珍藏，看看以後能不能轉手賣出個高價。

「妳不去打怪？」

當發現了新樂趣的雲千千正拍得不亦樂乎的時候，她身後忽然又傳出一個男聲。

「我沒擋路啊，要殺怪自己出去，要找村口請往左看。」雲千千頭也不回，隨手揮了揮當打發蚊子。

身後人默然三秒，男聲又一次傳出：「妳是不是有什麼困難？」

「現在是個人都困難，僧多粥少，無奈啊。」雲千千很鄙視身後那人毫無水準的問題，外面的情況看不到嗎？還用問？

後面站著的那位也挺無奈，不理解眼前背對自己蹲著的這姑娘為什麼硬是不回頭看他一眼，難道她懷疑自己搭訕是想泡她!?不會吧？現在這麼緊張熱烈爭分奪秒的時候，大家都忙著衝級想搶先一步出新手村，誰會有那麼好的閒心去泡妞啊!?

尷尬的乾咳一聲，無奈的男玩家終於直接開口道明來意：「這位朋友，是這樣的，我看妳現在似乎也在為練級為難。正好我們隊伍做任務還差人，不知道妳有沒有興趣？」

「什麼任務!?」雲千千終於來了幾分興趣，施恩般的轉頭賞了身後那人一瞥，並且一瞬間將對方評估完畢……嗯，臉不熟，不是日後有名氣的，但是長相中等偏上，還是有點兒小帥的，唯一缺點就是看著太正直了，不是自己喜歡的那款。

被問到的那個男玩家臉一紅，猶豫幾秒後輕聲咬牙：「……雜役。」

「……」

「……」

一對狗男女在村口一站一蹲，默默無語對望良久。眼看男玩家目露期望的看著自己，一直不肯離去，雲千千想了又想，終於抓抓頭狐疑開口：「閣下口中的雜役，莫非就是村長家老婆發布的那個給她打三天下手的傳說中的每天只有100點經驗獎勵的E級隱藏任務？」

一長串話被雲千千毫不停頓的一口氣說出，男玩家頓時更尷尬了，漲紅著臉憋了半天才終於微不可見的點了點頭。

「拜拜！」收到肯定答案，雲千千點了點頭，毫不猶豫的一揮手，轉頭就跑。

太可恨了！這個隱藏任務她知道，雖說是隱藏的任務挺難得，但任務完成後的收穫也太不符合隱藏任務的風騷名頭了，每天才100點的經驗值，重生前她咬牙幹完了三天，還以為有隱藏獎勵，結果那老肥婆什麼都不說，宣布了一個任務完成就沒了，看自己在她面前瞪眼站了半天，居然還眉花眼笑的問雲千千是不是要接著再幹三天。

當時的雲千千毫不猶豫的掉頭就走，並且發誓再也不上這老娘兒們的當了。這段被NPC糊弄的日子也正是雲千千在遊戲中的第一個杯具。可是如今重生回來，居然還有人想拉她回去重溫往日的噩夢!?這男人也太不厚道了啊！

「別走啊！」一看雲千千要走，男人急了，一把抓住這姑娘的小手手，焦急的挽留對方的腳步：「怎麼說也是隱藏任務來著，我們兄弟幾個都一致認為這肯定有什麼隱藏獎勵，可惜沒人信我們，而那村長夫人又一定要有十個人才肯一起僱傭……我們已經找了快一小時了，就差妳一個名額，妳就當幫幫忙吧！」說到最後，男人都想哭了。

這也正常，換誰在村子裡轉了一小時都得哭。尤其是每次他一開口找人，人家一聽獎勵要嘛就是鄙視，要嘛就是轉頭跑得飛快，這得多打擊他的熱情啊！眼下只抓住了這麼一個人，說啥他也不能放手。

雲千千也想哭，掙扎了好幾下都掙扎不開之後，她終於淚眼朦朧的看著男人哽咽了：「大哥！你就放過我吧，那老肥婆的獎勵真是只有一天100經驗值，每天外帶仨銅板，沒有隱藏獎勵的……我一個青春正待綻放的花朵，你怎麼忍心把我掐滅在這塵埃之中!?」她還想憑藉自己的重生記憶飛速衝級、飛速賺錢、飛速拉攏未來高手來著，在這破村子裡一耗就是三天，這得浪費自己多少時間啊!?

「不！既然是隱藏任務，那肯定有隱藏的好處！妳就相信我吧！」男人堅定搖頭，真誠的勸說雲千千。

「還是你相信我吧！咱是過來人……」雲千千抹淚傷心。

就在兩人僵持不下的時候，一個聲音突然響起：「老七，找到人了!?」

雲千千和拉住自己的男人一起轉頭，朝聲音發出的方向看去，就看到一個戴著單邊眼鏡的面癱酷哥正站在兩人的身側不遠處，一副清冷的模樣。要不是他身上那身新手布衣裝，就憑這氣質，沒準兒人家能把他當成是個隱藏高手 NPC。

遊戲裡哪來的眼鏡!? 雲千千恍惚了兩秒，硬是沒從自己的記憶中找到這麼個遊戲道具。

而還沒等她恍惚回神，拉住自己的那個男人已經驚喜的開口了：「無常，我找到人了，來幫我把她拉走啊！」

靠！原來還是一夥的！雲千千猛然回神，正要開口，那個清冷的面癱已經微微頷首，走了過來，一把揪住雲千千的另外一隻胳膊，對自己的同夥淡淡的開口：「那就別浪費時間了，你左我右，帶走！」

兩個大男人一使力，跟提小雞仔似的就把雲千千輕輕鬆鬆架了起來，往村裡拖走。

「靠！」雲千千被氣得頭昏眼花，憋了半天只憋出這麼一個字來，再也想不到其他詞彙來表達自己內心的憤怒——清冷個屁！這是綁架！

村長家裡，雲千千眼淚花花的看著村長家的那個黃臉婆，多麼希望眼前的這一切只是一場噩夢啊。可惜系統的提示聲和個人面板上的任務顯示都實實在在的提醒她，這一切不是夢，是現實，殘酷而催人淚下的淒慘現實。

她剛才被架來之後，那個黃臉婆一看滿了十人，就隨口問了句是否確認接任務。雖然雲千千極力的大聲否定了這個答案，可是無奈她一個人的嗓門大不過其他九個人。當然也有可能是黃臉婆其實聽到了卻故意無視，畢竟人家家裡等這批雜役也挺久的，過了雲千千這隻傻肥羊，可就再沒其他二百五了。

於是如此這般的，雲千千的個人意願就這麼被群眾們集體無視掉，強制一併接受了為期三天的賣身契約，即日生效。

「為什麼你們這樣對我!?」雲千千捧著自己的個人面板，蹲在村長家門口哭得淅瀝嘩啦，她哀怨淒傷的抬起頭看著自己面前三個面色尷尬的男人，傷心的質問著。如果是不知情的人看見了，肯定要以為這姑娘是被其中的哪個人給甩了。

一想到自己要在村長家的黃臉婆手裡打三天苦工，雲千千就憂鬱到不行，這個任務有哪些獎勵她難道還會不知道嗎！那可是她前世的血淚教訓，可是為毛就是沒人相信她!?為毛他們要把她強行拖來!?最重要的是，為毛這NPC居然能無恥到不顧她的主觀意願就把任務強塞給她了!?真是太讓人傷心了。

傷心的雲千千抹著眼淚，越看眼前的三個罪魁禍首就越覺得不開心。

最開始和雲千千在村口搭話的那個被叫做老七的男人被雲千千的淚眼狠狠一瞪，終於也沉默不下去了，尷尬的站出來抓抓頭：「那個誰，妳別哭了啊！」他還不知道被自己強行架來的這姑娘叫啥。

雲千千一聽更氣了，眼淚汪汪的再一瞪：「你才那個誰！你全家都那個誰！」

「我叫七曜！」男人一聽，總算想起來自我介紹了。

「我管你叫七曜還是叫九夜！別想岔開話題。說！你要怎麼補償我!?」雲千千傷心的再抹把眼淚，狠狠的瞪、死命的瞪。七曜!?呸！你叫八神都不理你！又不是名人的ID……

誰知七曜一聽這話反而詫異了，他瞪大眼睛，驚訝的看著雲千千：「妳認識小夜!?」

「當然認識，那個死變態，上次他還……呃！」條件反射順口回答了半句的雲千千突然發現不對勁了，這些人也認識九夜!?可那廝現在應該也是新人，還沒有出名吧!?

沉默，久久的沉默。雲千千也不哭了，就這麼和面前的三個男人乾瞪眼。她突然意識到，自己也許是碰到了了不得的人物耶！可是，記得前世的九夜應該是沒有朋友才對的呀!?

而這三個男人的驚訝也絕對不會比雲千千少，作為九夜的夥伴，他們當然了解自己的這個朋友是什麼性格，自私、任性、喜怒無常，還不大合群。這樣的一個人怎麼可能會有姑娘認識他!?當然了，他們也承認九夜的那張臉和那副身材確實挺有殺傷力的。可關鍵的問題是，現在遊戲才剛啟動，九夜那傢伙應該沒機會來得及風騷活躍吧!?

「妳……怎麼認識小夜的？」沉默良久之後，和七曜一起合作綁架雲千千的眼鏡面癱無常同學總算是打破了這詭異的氣氛，遲疑的開口：「小夜隨機分配的新人村不在這裡，妳應該沒機會在遊戲裡見過他。難道是現實裡……」說到這裡，無常同學皺了皺眉，停下了沒說完的話，又想到了另外一個問題——

—如果是現實的話，那麼對方又是怎麼知道九夜這個名字的？

無常想到的問題，其他二人當然也想到了，頓時間，三個男人皆以狐疑且不能理解的目光盯住了雲千千，希望她能給自己幾人一個解釋。

這算是運氣太好還是運氣太差？雲千千無語了，抬起頭深深的凝視著天空，感覺有些鬱悶。

「是這樣的，九夜是修羅族沒錯吧？」過了許久，雲千千突然臉色一正，正經嚴肅的看著三人。

三人面面相覷了一下，更疑惑了，七曜想了想，點頭承認：「沒錯，妳怎麼知道的？」

「因為……」雲千千站起身，左右張望了一下，湊近作神秘狀耳語：「我也是修羅族！」

「……」

「……」

哦！原來如此！然後呢？

看著雲千千那張近在咫尺寫滿神秘的鬼祟小臉，七曜突然覺得有些頭疼，想了想，還是決定把自己的疑惑問出來：「就算是同一個隱藏種族，妳也應該不知道九夜的事情才對啊！難道說玩家隱私權是作假的!?」

「這你就不知道了吧！」雲千千得意非常，繼續賣關子：「修羅族還有個唯一性隱藏職業任務，任務成功可以就職成為暗殺者。這是在隱藏種族測試的時候修羅族族長親口告訴我的，族長讓我帶另外一個成功成為隱藏種族的人，也就是九夜一起去做這個任務，所以我才會知道九夜這個名字！」

前世的暗殺者可是九夜縱橫創世紀的資本，直到雲千千被頭盔弄死之前，她都沒聽說有第二個職業能夠超越暗殺者的強悍。現在反正是要編個理由，雲千千當然樂得順便把暗殺者的就職任務也包攬到自己身上，如果這要是能成了的話……嘶溜。

幻想著未來的美好前景，雲千十忍不住擦擦口水，歡快的想歡唱一曲，看來她的運氣也不是很差嘛！

拋下雲千千，三個男人半信半疑的在隊伍頻道裡開起了小會。

「你們覺得這件事可能嗎？」七曜對雲千千的說法抱持懷疑態度。

「她在撒謊！」無常扶了扶懸在自己左眼的單邊眼鏡片，平靜的鐵口直斷，正中事實真相。

「可是她知道小夜，也知道小夜的種族。說不定真是修羅族族長告訴她的!?」另外一個暫時還沒名字的男人皺眉提出疑點。

「我也覺得有點懸，很難確定是真是假啊！」七曜死死的擰眉，非常糾結。

「NPC不可能會雞婆到連職業任務都提前預告，更不可能指定一個玩家帶另外一個還不認識的玩家去做任務，這不符合正常邏輯！」無常依舊是如此的敏銳，再次冷靜的命中根源本質。

「我棄權，你們投票決定吧！」無名男頭大的退出，他覺得這個討論已經超出自己的能力範圍了。

討論完畢，三人再次看向雲千千，這次由無常做代表，毫不客氣的上前：「這個誰……」

「蜜桃多多！」雲千千連忙打斷，把自己的名字報了出來，決心要和這三人先套上關係了。

「嗯。」無常淡定的微微頷首，再次平靜開口：「蜜桃，坦白說，我一點也不相信妳口中所說的話，因為這根本不符合NPC的行動規則和邏輯，也已經大大的超出了系統的公平性原則。」

「……」還真是夠坦白的！雲千千沉默著，接著攤手無奈道：「好吧，那你給我個更符合邏輯的理由，我為什麼認識九夜？我為什麼知道他的種族？」反正自己是編不出其他理由了，有本事你這傢伙來編個試試!?

無常平靜的注視雲千千三秒，遺憾搖頭：「我也想不出其他合理的解釋！」

想不出來是正常的，想得出來才是不正常的。因為重生者本來就是不正常的存在，只要不是個腦子有問題的，基本上都想不出這麼匪夷所思的答案，難道無常還能猜到她是因為前世的記憶才認識九夜這個人!?

雲千千很得意的斜睨無常：「所以說囉！你要相信我嘛！」

「……」無常平靜的推了推眼鏡，無語敗退。

九夜事件終於暫時告一段落，就算想不告一段落也不行，無常想不出合理解釋，而雲千千又咬定自己的說法不鬆口。這樣僵持下去有什麼意思!?

而且更主要的是，村長家的黃臉婆出來罵人了：「其他六個人都開始幹活了，你們這四個小崽子在這裡遊蕩打混是什麼意思!?不想要獎勵了!?」

在NPC的無上權威面前，七曜三人和雲千千都敗了，一縮脖子，灰溜溜的竄進了村長家後院去幹活。而此時的雲千千對這任務也已經不那麼排斥，反正不過是三天的前期衝級時間被浪費了而已嘛！搭上九夜這個潛力股，以後還怕高手榜上沒自己的位置!?

雲千千得意非常，和另外三人一起找到了村長家後院的村長兒子接任務。

「我去擦房間裡的桌子！」雲千千從村長兒子手裡抽了個籤，首先報告。

「我去村裡的各店鋪發村內安全巡值表。」無常推推眼睛，揚了揚手裡一疊紙張淡淡道。

「Lucky！」七曜看了一眼自己的任務，歡快道：「我劈劈柴就可以了！」

「我去掃地！」無名男咬牙。

「掃就掃，那麼鬱悶做啥？」雲千千好奇問。

「……不是掃村長家，是掃全村的大街。」無名男幽怨的瞅雲千千，非常傷心——這姑娘真不厚道，非要揭人瘡疤！

「哦，加油加油！」雲千千乾笑兩聲，隨意的表示了一下自己的哀悼，接著伸手一撈，把正想跑去劈柴的七曜撈了回來。

「幹嘛？」七曜迷惑的看向雲千千。

「先幫我擦桌子！」雲千千磨著牙，雖然已經決定要留在這裡幹三天活，但還是對自己被綁來的事有點兒小怨念：「你無視我的意願把我架來，別不想幫忙就要跑！」

「無常也有分！為毛不叫他!?」七曜萎靡了一下，隨即想起什麼，大聲抗議。

無常正輕飄飄晃出門口，聞聽此言，平靜的回頭，看著七曜詭異的勾了勾唇角。七曜頓時再度委靡，不敢說啥了，耷拉著腦袋乖乖認命，被雲千千抓去擦桌子。

「乖！擦完姐姐請你吃糖！」雲千千一手遞抹布給七曜，一手拍了拍對方的腦袋瓜子，踮著腳也要拍，便宜不占白不占。

七曜瞪雲千千一眼，鬱悶的擦桌子去了。雲千千晃出門口，瞇著眼睛瞅著太陽偷閒傻樂——其實這樣的日子也不錯誒！很美好。

回頭看一眼黑著臉擦桌子的七曜，再轉回頭，雲千千笑得更歡了——對！很美好很美好……

三天的任務期間裡，雲千千混得很滋潤。仗著自己是被七曜二人強行架來的，利用正直的七曜同學的羞愧心態，雲千千理直氣壯的使喚著七曜，壓榨人家的勞力，賺她自己的任務獎勵。

難怪那麼多人喜歡坑蒙拐騙啥的呢，拿別人辛苦拼賺的本錢來享自己的福，這是多麼美好的無本生意啊！……雲千千懶洋洋的曬著太陽，一邊監視七曜幹活，一邊美孜孜的陶醉著。

正悠閒著的時候，村長兒子來了，身後還跟著村長老婆。雲千千一看，立馬刺溜一聲竄到房子裡，衝到七曜身邊笑得那叫一諂媚討好：「七哥！您辛苦了，接下的我來吧，您也去忙忙自己的工作！」說完，也不管人家什麼反應，迅速劈手奪回掃把，像一隻辛勤的小蜜蜂一樣滿屋的轉著掃起她的地來。

七曜愣了愣，隨即感動了——三天了！這姑娘把自己使喚了足足三天，現在總算是有點兒羞恥心，知道自己的事情要自己幹了……嗯，雖然說他已經基本上掃完，她其實根本幹不了什麼了。但這好歹是人家心態的一次轉變，向正直誠實開始的進化啊……自己一定要鼓勵！要支持！要……

還沒等七曜感動完，村長的兒子及其夫人已經走進了小屋，掃視了一圈，兩人首先對勤奮認真的雲千千同學微微頷首表示了一下滿意，接著再看到正發著呆還沒回神的七曜，村長老婆立刻生氣了，板著臉大聲教訓：「七曜先生！您怎麼不去工作呢!?或者說您的工作已經結束了!?看看蜜桃多多小姐的勤奮，難道您就不覺得羞愧嗎？您blabla……」

「……」

這世界上，總有許多沉冤是無法昭雪的。這世界上，也總有許多正直的人們是受盡委屈的。都說天道循環、報應不爽，可是為毛自己眼前的這個姑娘就沒有報應!?七曜沉默著、悲傷著、無助著，他淚眼朦朧的看著一邊正在偷摸著往這邊瞅還正得意壞笑的雲千千，突然間非常的想哭——他大爺的！真是太沒天理了……

半小時後，等七曜也終於最後一個結束了自己的工作，村長夫人滿意的站在後院，掃視了一圈自己身邊的十個玩家，開始發放任務的獎勵。

其他九人皆熱血沸騰的嚮往著隱藏獎勵，只有雲千千早知道其中並無玄機，所以也沒啥期待，懶懶的打了個呵欠，耷拉著腦袋感覺很無聊。

果然，每人300經驗和9個銅板到手之後，任憑大家再怎麼不敢相信和努力溝通，村長老婆也再沒有其他表示了。

掙扎數分鐘後無果，九人終於接受了這個殘酷的現實——誰說隱藏任務就得有隱藏獎勵了？有法律規定嗎？有義務限制嗎？有……老子發的是隱藏任務沒錯，但老子就是只給你仨銅板了，怎麼辦!?你還能去告我!?

捧著手裡微薄到幾乎可以不計的那點兒報酬，眾人臉上都是一副想要揮刀自盡的委屈。只有雲千千等待了三天之後，終於在此時覺得有些值回票價了。看著其他人在真相之後恍然震驚的巨大心理落差，實在是讓她感覺很爽！

活該，誰叫這些人當初一個個都不相信她！

「果然和蜜桃所說的一樣。」隨手把手裡的銅板揣起，無常扶了扶左眼上架著的眼鏡片，既沒有失望也沒有鬱悶的平靜開口：「這個任務確實是不值得，我們虧了。」

雲千千盯著無常一秒、兩秒……一分鐘後，她敗了——虧了你就表現點兒痛心的表情啊！這麼一副面癱臉實在是讓人看得很沒有成就感好不好！

七曜撇撇嘴，還在傷心剛才被某水果陷害的事情：「蜜桃倒是不虧，她的工作都是我在做，而且她最後還得了表揚。」

「喂！說話憑良心好不好！」雲千千很嚴肅的抗議七曜這個有意抹黑她的言論：「你幫我做工作是應該的，誰叫你把我強行拉來!?就因為你，我白白浪費了三天的時間，最後只收穫300經驗，你知道這三天裡有多少人衝出了新手村嗎!?這是多大的損失你知道嗎!?」

七曜的臉色青了又紅、紅了又黑，變幻了一圈之後，終於啞口無言，低著腦袋悔過：「我錯了！」

「嗯！知道錯了就好！」雲千千欣慰頷首。

無常和另外一位同伴無語。

經過三天時間的相處，雲千千現在也知道了另外一位同伴的名字，人家叫不滅，也是性感小帥哥一枚。和七曜、無常、九夜一起，據說這四人是現實中的同事。具體他們是做什麼工作的倒是沒說，但就雲千千自己的判斷來分析，這四隻做的似乎不是普通行當，其判斷依據有許多，其中最決定性的一點就是——誰見過普通上班族的玩遊戲時間能這麼自由充足還玩到這麼囂張隨性的!?

照這四人的外貌來判斷，雲千千完全有理由相信他們是靠臉蛋混飯吃的。但是電視媒體上卻又沒見過幾人……難道是吃青春飯的小白臉!?這麼分析的話，倒是能解釋為毛這幾人的上線時間這麼充足。人家只用在休息睡眠時段就可以賺錢嘛！

……雲千千深深的陰暗了一把。

至於一起在村長老婆手下做雜役的其他六人倒是和七曜等人不認識，所以雲千千對那些人也不熟，人家完全是因為巧合而撞到一起，互相搭了個名額一起接任務而已。

「好了！接下來我們要儘快衝出新手村，估計小夜在外面也等急了。」無常又扶了扶眼鏡，平靜的插進一句話來，定下了接下來的行動方針。

「OK！」七曜道。

「沒問題！」不滅道。

「好！走吧！」雲千千也理所當然道。

「……」三個男人一起轉頭，無語看向雲千千。

沉默了一會兒，無常終於委婉的開口：「蜜桃，我們接下來要去練級，妳去做自己的事情吧……」意思就是，別跟著咱們了，大家分道揚鑣好不好？咱們不熟！

「我跟你們一起練啊！」雲千千詫異的看著三人：「難道你們利用完了就要甩掉我!?」

這話說的，怎麼聽著這麼不順耳呢!?三人都糾結了一把。而且更重要的是，這姑娘怎麼就能這麼自然這麼無恥的賴到他們的隊伍中間來？難道她都不會感覺不好意思一下？

想了想，七曜也覺得有些不對勁，抓抓頭皮，看著雲千千有些為難：「蜜桃，是這樣的，我們兄弟幾個配合比較默契，妳可能……」

「沒關係！我會儘快調整適應你們的！」雲千千握拳，一臉堅定。

「……」關鍵是現在誰也沒說想讓妳適應我們好不好!?

三人對雲千千是徹底的無語了。互相對視了一眼，他們在彼此眼中看到了同樣的無奈——照現在這樣子看來，用委婉的表達方式是行不通了。可問題是，他們能直接上去跟人家說「我們不想讓妳入隊！妳該幹嘛就幹嘛去吧！」嗎!?只怕他們這麼一張口，這姑娘立馬就得憤怒，又把自己等人當初強拉她來任務的事情再翻出來說個百八十遍。

請神容易送神難，說的就是七曜等人現在的感受。

「要不……就帶她吧？」七曜想了想，首先在隊伍頻道中遲疑著說了這麼一句。三天的相處時間讓他和雲千千也熟悉了不少，真要態度強硬的把人趕走，七曜自認自己還做不到。

無常還在猶豫，沒有說好也沒有說不好。

雲千千看了看，似乎還得再努力一把，於是笑嘻嘻的又開口了：「放心，我只要等出了新手村，和九夜去把職業任務做完就會走了。畢竟修羅族族長還有個任務在我這裡嘛！不跟著你們我怕到時候找人不方便。」

對於雲千千說的話，無常根本一個字都不想信。但現在人家知道九夜、還能說出九夜的種族也確實是事實。雖然自己的直覺告訴自己這姑娘是在撒謊，但理智上，無常還是不得不把這個資訊認真對待。

於是在沉吟了片刻之後，無常終於還是點頭了：「好吧！那我們帶妳到出新手村為止，等見了小夜再說！」無常畢竟不想因為一點不謹慎和懷疑而毀了同伴的任務。

雲太公釣魚，上鉤眼鏡酷哥一隻！

雲千千笑咪咪的點頭，看著三個男人那叫一意味深長：「放心，任務完了之後我一定走！」不走行嗎!?到時候自己搶了九夜的唯一性隱藏職業，九夜察覺到他一番辛苦卻是為她做了嫁衣，那還不得當場找她拼命!?

無常皺了皺眉，心裡的警報又在狂嘯了。把內心的不安和懷疑情緒壓下，無常淡淡的開口：「準備一下，接好需要刷怪的小任務就出發！」

「OK！」

「沒問題！」

「好！」

另外三人再次應和。

這次，沒人再對雲千千的加入表示抗議了。

09・練級點

想在一個剛剛開啟沒幾天，註冊玩家就已經覆蓋國內五、六成人口的熱門遊戲中練到10級儘快離開新手村，這個難度是相當的大。

遊戲中其他地圖都好說，但是新手村就那麼點大，就算創世紀隨機生成了許多村落，但畢竟每一個村子裡可供練級的小怪就那麼點兒，被無數熱情的玩家們一哄搶，基本上分落到每個人頭上的小怪就沒剩多少隻了。

那麼點兒微薄的經驗，怎麼足以應付那麼龐大的人群的胃口!?

雖然說經過了三天的時間，隨著一部分玩家搶先步入10級，新手村中的玩家們已經不像最開始那樣擠得連步都邁不動了，但從總體數量上來說還是很驚人的。更別說這段時間裡還有陸續進入遊戲的新註冊玩家不斷補充進來，為創世紀的人口膨脹問題再添一把堵。

雲千千幾人組好隊伍，剛剛一出村，立刻就感受到了不小的壓力。

走出村外沒幾步，一隻剛剛刷出的小雞崽從草叢中漫步走出，雲千千下意識的捏著小拳頭剛要撲上，旁邊立刻衝來十幾個人影，刀光劍影拳打腳踢的一陣亂打，一秒鐘不到，小雞崽就已經不見了，只剩下草叢中的幾個銅板孤零零的躺在那裡，象徵著這裡曾經發生過一起慘無雞道的屠殺事件。

雲千千一愣，還沒反應過來是怎麼回事，十幾個人又一次蜂擁而上，雲千千眼前只一花，銅板也隨之沒有了，人影中跳起一人興奮雀躍：「是我打到最後一下！」

其他人羨慕的看了一眼此人，也不多廢話浪費時間，紛紛轉頭跑開尋找下一隻小怪。

呆呆的看著草叢數秒，雲千千轉頭，很認真的看著和她同樣樣怔愣的七曜三人，非常嚴肅的提出一個問題：「你們知道哪裡可以殺到怪嗎？」

太低估群眾們的熱情了，一隻小雞才幾 10 點經驗，居然還出動了十幾人來搶。當年創世紀裡被那些大幫會圈起地來搶的 BOSS 都沒有如今的這一隻小雞崽風騷啊。

被問到的三個男人同樣有些無語。想了想，無常推推眼鏡，冷靜的開口：「我覺得我們有必要去探索一下新手村的地圖……」

現在的局面已經很明顯了，在村子附近是絕對不可能找到練級點的，七曜三人本來還想憑藉默契的配合來超越別人一步，現在一看這情況，還配合個屁啊！打不打得到小怪完全憑的是運氣，眼明手快身體棒的人一發現小怪，什麼都不用想，衝上去就是一擊！連小怪會不會暴走反擊都不在考慮之中，因為基本上小怪根本沒機會反抗就會被一大幫人給輪X了。手不下快點兒的話，連一次攻擊的機會都搶不到。

無常的提議很快被認可，四人就地散開，去尋找可以練級的場所。

雲千千被分配到的搜索方向是村莊以南，一路走來，沿途要經過野外、山林、礦岩三片不同的地形區域。

野外區和山林區被雲千千直接無視掉了，她深深的明白，這兩片區域刷新頻率相對較快，而且距離村子比較近，補給和販售爆落物品比較方便，所以不管在什麼時候都是新手村的熱門旅遊景點，暴走遊客無數，根本不考慮搶奪的可能性。

睿智的雲千千直接將她那深沉的目光投向了礦岩，在她的印象中，那裡應該有一片練級的寶地，是一個相對獨立的凹陷岩坑，裡面每十分鐘就刷新出三隻８級的岩石巨人。

在已經到了８級的有能力挑戰的玩家眼中，每十分鐘三隻怪的經驗顯然不夠看。而若是在低級玩家們的眼中，挑戰三隻８級怪的風險性又有些大了，所以估計應該不會有人選擇在那裡練級。

因此，如果七曜三人的配合真有他們所說的那麼好的話，對付那裡應該不成問題。而且十分鐘一次的刷新速度，也能保證大家可以在間隙得到很好的休息。

最關鍵的是，岩石巨人身上機率爆出的岩石碎片可是好東西來著，收集一百片之後，可以在野外的行走商旅那裡兌換到10級的小極品武器一件，比起職業導師發放的入門武器不知道好了多少倍……

雲千千口水嘩嘩，越想越覺得自己的選擇和決定真是太睿智了，七曜他們運氣怎麼就那麼好呢？居然碰上了自己這麼個優秀的戰地斥候，真是祖上積了八輩子的德了。

羨慕了七曜三人一會兒之後，打定主意的雲千千堅定的朝著自己記憶中的方向走去。

果然，礦岩這片區域中也有了不少的玩家，但是相對另外兩片區域的人口密集度來說，這裡的人就要稀疏得多了。

小心的避開一路上刷新的小怪和玩家，再向著礦岩深處走了一段之後，雲千千很快就發現了印象中那個在近十米的削峭岩壁之下的凹陷岩坑。

而這一段路上，已經基本上沒有什麼人了。方圓近百米都無小怪刷新，只有一個小岩坑下面刷三隻怪，上下一趟還得耗去好幾分鐘。高級的玩家又不是傻子，怎麼可能為了這麼點兒經驗辛苦費事？有這個等刷新的時間，還不如在其他地方多跑跑，那樣還能多殺點怪呢！

雲千千激動的已經打開隊伍頻道，準備出聲招呼其他人過來了。可就在她剛剛點開發言鍵的時候，卻突然聽到岩坑下方傳出了幾個人聲：「快快！老莫，又刷新了，你這傢伙恢復好沒啊!?」

「小武先去頂著，我血條馬上就滿！」

「拉住拉住！老莫，我求你下次喝瓶藥行嗎!?一個小紅費不了多少錢，你別為了省那仨瓜倆棗的老用靜坐恢復，這會死人的好不！」

「來了來了！靠！老子還不是為攢錢準備10級的武器……」

聽著岩坑下面的人聲，雲千千愣了愣，繼而理直氣壯的憤怒——這些人哪來的啊!?知道啥叫先來後到不!?明明是自己先知道這地方的，居然被人搶了！

10・從天而降的BOSS

要奮起反抗奪回練級點？還是迂迴糊弄，把那些人騙走以達到自己不可告人的目的？

雲千千想了想，又評估了一下自己現在的實力，鬱悶的發現兩條路其實都不是好走的。於是她在失落之後，毅然決定選擇走第三條路——去找另外一個練級點！

可是，就在雲千千剛要轉身的時候，突然，一陣喧囂聲隱隱的由遠及近傳來，像是一大群人在吆喝咋呼，又過了不一會兒，從岩石群的另外一邊就清晰傳出了雜七雜八的玩家呼喝聲：「攔住它攔住它！靠！為毛沒人說過這裡的BOSS會跑路!?」

「靠！都是新人，有人知道它會跑路才怪了……」

「創世紀果然風騷，連BOSS都知道見風使舵。」

「加油加油！大家一定要掛掉這BOSS，我會做你們最堅定的後援啦啦隊！」

「去你大爺的！後個屁援，你踏馬的也跟上隊伍！敢落下一步砍了你……」

礦岩區，凹陷坑洞附近，會跑路的BOSS……把所有的線索聯繫到一起之後，雲千千突然瞪大了眼睛，被嚇得倒吸了一口涼氣：「不會吧!?難道我隨便出個門，也能踩中巨大狗屎，碰到了傳說中刷新機率只占0.07%的遊蕩岩妖!?」

岩石群後的騷動越來越近了，聽見遊蕩岩妖那熟悉的踩踏地面時發出的岩石迸裂聲，雲千千瞬間肯定了自己的猜測，再也顧不上多猶豫了，匆匆往岩坑下方一看，確定好方位，然後一咬牙一閉眼，哭喪著臉縱身跳下了自己發現的那一組人正在練級的凹陷岩坑——大爺的！還沒來得及打到一隻小怪就被逼到跳岩，自己身上的運氣到底是倒楣到怎樣的地步啊!?

一開始霸占了雲千千發現的練級點的那隊人也聽到了岩石上的動靜，但是他們現在正忙著對付小怪，實在是騰不出工夫去圍觀BOSS風采。再加上聽見上面嘈雜的人聲，好像人數也挺多的，所以這幾人便沒有了去湊熱鬧的心思，只是在打怪中途時不時好奇的抬頭往岩坑上望去一眼。

可是就在幾人正抬頭觀望上方的時候，突然發現上方有一人影從天而降，並且正以極快的速度向岩坑下他們所站的位置砸來，幾人義無反顧的驚愕了，還不等他們回過神來，那個落下的人影已經砸中了隊伍中的其中一人，帶起「砰」的一聲巨響，把倒楣的中獎人士直接砸趴下，壓成餅餅……

「……小武！」

短暫的沉默後，隊伍裡的人齊齊驚呼，急切的呼喚著雲千千屁股下的人餅——被砸成這樣了，還有氣嗎!?

「放心，他沒死！玩家死了會白光的！」雲千千拍拍胸口，一邊隨口安撫了一下那幾個人，一邊心有餘悸的檢查自己的血條。嗯，還剩一半血值，不錯不錯！果然有緩衝墊就是不一樣。

「妳是誰!?」大家現在才注意到那個仍坐在自己隊友身上的女人，憤怒的喝問。

雲千千愣了愣，還沒想好怎麼回答，她屁股下的人已經咬牙切齒的先開口了：「這不重要，關鍵是讓她先起來……」

靠啊！這準頭真不是吹的，這姑娘該不會是故意的吧!?小武艱難的在雲千千屁股下苟延殘喘著，感覺腦子被這衝擊弄得昏昏沉沉的，似乎有點後遺症。

「其實我個人倒是認為，現在更關鍵的是先把那三隻岩石巨人給解決了……你們難道都沒發現到自己一直在被K嗎?尤其是那大鬍子，你血條下一半了……」雲千千好心的提出另外一件當前更緊急的事情，提醒眾人小怪還沒清掉，現在不是聊天的時候。

「呀!真的!」幾人驚訝，接著紛紛反應過來，手忙腳亂的轉身迎擊還沒來得及清完的小怪，小武同學被人瞬間遺忘。

「……既然最關鍵的問題解決了，那麼現在妳能不能考慮下我說的那個次關鍵的問題，高抬貴臀先!?」被拋棄的小武默了默，淚流滿面道。

雲千千連忙跳起來，一邊把人從地上拉起來，一邊做虛心道歉狀：「真不好意思，我是被上面的BOSS追到這裡來的，一著急就跳下來了……要是知道你們在下面，我說啥也不會這麼往下跳啊……」邊說還邊指了指喧鬧的岩坑上面，示意她說的BOSS就在那裡。

終於擺脫了身上壓著的重量站起來後，看著眼前姑娘那真誠的眼神，小武說啥也不能和人家計較啊!先不說人家是無心的，單說自己一個大老爺兒們的身分，去和個小姑娘斤斤計較的，那也太丟臉了!憋了憋，小武終於無奈的嘆息：「唉!算了，妳下次……」

小武話還沒說完，就見雲千千猛的驚訝瞪大雙眼，往旁邊一跳驚呼道：「小心!」

「啥!?」話還沒問完，剛被討論到的遊蕩岩妖突然從天而降，小武又一次被壓成了餅餅。

這回小武的運氣就沒剛才那麼好了。首先，後面這個岩妖的重量和雲千千的纖弱完全就是兩碼事；其次，雲千千剛剛才把小武壓成殘血，這還沒來得及補滿血條呢，就又一次慘遭打擊……

小武毫無懸念的被秒殺，消失於純潔的白光中，這個倒楣的孩子只來得及向雲千千和自己那幾個驚駭的隊友投去不甘的一瞥，咬牙艱難的吐出了兩個字：「我草……」

「真慘……」雲千千深深的嘆息著，看著小武消失的位置，為其抹了一把辛酸淚。其他幾個人根本沒能從這打擊中回神，愣愣的不知道該怎麼辦才好。

BOSS明顯被摔暈了，現在還在調適中。而岩坑上方，則第一時間冒出了數個人頭：「掉下去了！岩妖掉下去了！」

「好像壓死個人誒!?這個要算成是咱們的責任還是衝撞事故啊？」

「責你老母的任！那又不是咱們壓死的。事故，絕對是事故！」

「怎麼辦？岩妖還沒死，咱們也下去繼續殺嗎!?」

「這個……」

雲千千嘴角抽了抽，看了看岩坑中還在調適中的BOSS，再看了看四面峭壁的地理環境，突然意識到了一件事情——眼前這情況似乎有點兒不妙誒……

正想著，岩妖搖搖晃晃的從地上爬了起來，它左右看了看，最後終於將視線定在了雲千千和其他幾人身上，危險的低聲咆吼了起來。

我躲您躲得都跳岩了，您怎麼還是不肯放過我啊！雲千千淚流滿面的看著那個似乎很憤怒的岩妖BOSS，心中比它還悲憤，這妖還給不給人活路了!? 太過分了。

原本在岩坑下的那幾個人一愣之後，立刻給出了相應的反應，飛快的把手頭的小怪打死，然後邊喝紅、邊按屬性點分配好站位子，血高的前面擋著，血低的後面支應，就要準備和BOSS拚命。當然，姿態是做好了，實際上在場的人卻沒一個認為自己等人能獲勝的，早已經做好了死掉一級的覺悟。

新手10級轉職之前都是沒技能的，只能靠拳腳加武器的傷害加成和怪硬拼，決心走物理攻擊路線的人還好，在新手村的時候可以放心大膽的加力量，想要走法系或治療封詛路線的人就慘點，10級之前沒學技能的情況下，精神屬性和魔法屬性加了也等於沒加……

所以，在新人村時就想打BOSS的隊伍，一般都是組織的偏體質加點和偏力量加點的玩家，其他人來了等於沒來。

這支隊伍顯然是沒打算打BOSS的，只是朋友幾個組織在一起練級，準備一起衝出新手村，這會兒冷不丁的碰上BOSS，頓時讓大家都感覺頭上被砸中巨大鴨梨。

岩坑上的人可不知道下面這些人的心理狀態，一看人家擺好架式似乎要打BOSS了，上面的人頓時很著急，伸著脖子衝下面就急急的吼開了：「下面的兄弟，這BOSS我們追了半小時了，好不容易打掉一半多的血，你們在下面撿田螺是不是有點兒過分啊！」

下面的隊伍一聽這話，委屈得都想哭了，抬著脖子也衝上面吼：「撿毛！我們根本就沒想打！是你們把BOSS給逼下來的，我們幾個不動難道還坐著等死啊!?」

「呃……那你先別殺BOSS，等我們啊，我們馬上下去！」上面的人一聽，也覺得這麼責怪人家有點兒不厚道，連忙吼著和人家商量。

下面的人一聽立刻同意：「別廢話了，趕緊的！我們可沒那麼多時……」

BOSS才不給他們時間交流，下面的人這句話還沒喊完，遊蕩岩妖已經呼嘯一聲，揑起巨大的拳頭砸了過來，目標——雲千千。

雲千千當機立斷的轉身，委屈的撒腿向後，傷心淚奔了……關她啥事啊!?上下兩夥人分贓，就她最乖的站在旁邊一聲不吭，憑啥一出手就要砸她啊!?難道就因為她站得最近?太過分了！

「攔下！」還好，下面的人總算還挺講道義的，也或許是怕人家說他們對一個弱女子見死不救啥的。一看遊蕩岩妖追著雲千千想打，血高的那幾個當下就毫不猶豫的衝上前去，把BOSS攔了下來，提著兵器乒乓一頓亂揍。

「那美眉！妳快……！」其中一個像是領頭的人邊喝藥擋著岩妖、邊轉頭想喊雲千千快跑，結果他這一回頭，發現剛被攆著的姑娘根本不用自己提醒，人家早就已經自覺跑得老遠了，這會兒人家正站在岩坑邊上，蹦噠著拼命想構住岩邊上的一根藤蔓要往上爬呢，標準的就是一副打算拋棄他們、自己逃命的姿態。

「……」領頭的哥兒們噎了又噎，實在是不知道該說啥才好了。

「老莫，小心血！這時候還分心看美女，想死啊你！」旁邊的隊友突然驚呼。

領頭的哥兒們回頭一看，頓時大驚，剛才他被雲千千鬱悶了一把而忘了喝藥，岩妖趁機盯著他捶，這麼一會兒的工夫，自己已經掉下一大半血了。

老莫連忙拼命的又灌一瓶藥，嗆得眼淚紛飛——他哪是分心看美女啊！他那是被某姑娘的無恥和忘恩負義給震驚到忘記反應了……

岩坑邊上的藤蔓是蜿蜒交錯的盤結附在岩石上的，像是一張巨大的藤網一樣。好不容易的，雲千千終於拽住藤蔓了，於是奮力的貼著岩邊向上爬。路上「巧遇」同樣揪著藤蔓正在慢慢往下爬的那支小隊幾人。下面有只BOSS在發飆，這些人可不敢像雲千千剛才那麼風騷就往下跳，要是再砸著人就更不好了。

「美女，妳不打BOSS嗎？」下爬得最快的第一人和雲千千在岩壁上相遇，他看看坑底正拼死擋BOSS的那支小隊，再看看雲千千，忍不住詫異的問了一句。

「嗯！我才2級！」進遊戲二天只賺了300點經驗的雲千千慚愧低頭，隨口回答了一句。

於是對方了然，點頭向雲千千拜拜，繼續往下爬。

沒一會兒，第二人也爬到雲千千身邊了，同樣詫異：「妞兒，妳偷跑!?」

「……我才2級！」雲千千磨牙。這人會不會說話啊？啥叫偷跑？她明明跑得光明正大。

「哦！那妳繼續！」那人一聽，也表示理解，於是點點頭，爬了下去。

第三人：「美眉，妳……」

雲千千裝沒聽到，目光堅定的望著上方爬行，打定主意再也不吭聲了。

上面的隊伍很快就和下面老莫幾人的隊伍會合了，兩隊人一起打BOSS，分工配合得還挺不錯，遊蕩岩妖慢慢有了被克制住的跡象。可就在體虛力弱的雲千千好不容易終於爬上了2/3的岩壁，眼看著就快要爬回岩坑上的時候，岩坑下突然傳來了一陣騷動驚呼。

雲千千費力的扭頭往下一看，看清楚下面的情況之後，頓時間無語了。

能遇到刷新機率低到幾乎可以不計的遊蕩岩妖，這已經是非常讓人無語的震撼事件了。可這些人的楣運顯然還沒到頭，就在岩妖被兩隊的人磨掉了差不多4/5的血條之後，再次天降巨大狗屎，人家又撞上了1/100的BOSS狂化機率……

岩坑下的遊蕩岩妖全身紅光暴漲，仰頭狂吼，身形一下又壯大了將近一半。可以想見，該BOSS壯大的絕對不僅僅是外觀而已，人家的屬性肯定也暴走了。

眼看著遊蕩岩妖這麼個新手村最強BOSS狂化，雲千千感慨不已，心中的情緒激盪萬馬奔騰……除了一句「運氣啊！」以外，她再也找不到其他形容詞來描述下面這些人的悲催。

「狂化……」老莫絕望的看著那隻遊蕩岩妖，已經失去繼續打下去的信心了。

12．雷心覺醒

新手村裡想殺隻BOSS靠的就是運氣，因為玩家們除了蠻力硬拼之外，是沒有任何攻擊和輔助技能的。碰到運氣好的非意外情況，想磨掉一隻BOSS雖說有些困難，卻並不是完全的不可能。

可如果運氣差了那麼一點兒，BOSS打出的暴擊多上幾個，再或者人家暴走一下……那玩家們就完全是沒有任何辦法，只能死回去重新來過了。

「我把BOSS拉走，你們趁這機會快爬上去！」老莫一咬牙，終於下定了決心，硬著頭皮向狂化中的遊蕩岩妖衝了上去。

「老莫！」隊友們紅著眼睛淒厲的大吼，形似戰爭片的龍套ABCD目送英雄主角去完成必死任務時的場景。

「快走！」英雄主角老莫不負眾望，同樣扭頭吼出了這句經典臺詞。

「感人啊……」雲千千趴在岩壁上有些慚愧，她摸著自己的小良心小小的反省了一下，自己從剛才到現在，做的事情是不是都有點不大厚道？

剛才那個老莫就主動幫她攔下了BOSS，要不然自己早被岩妖追上了，可是自己沒感謝人家不說，還毫不猶豫的一個人逃命了。這會兒人家又掩護隊友撤退，挺身赴死，自己卻還在岩壁上趴著苟延殘喘……

咦!?這麼一想的話，自己有點像電視劇裡那些猥瑣怕死又不講義氣的反派丑角耶！而且還是炮灰型的那種，就是那種主角和夠義氣的正義夥伴們後來都踩中巨大狗屎獲救了，只有自己率先逃跑反而死無全屍，最後主角還會跑到自己的屍體邊或死亡現場唏噓感慨，並以他的偉大襯托自己的渺小的套路……

正想著，下面那些夠義氣的正義夥伴們果然又吼了：「不！我們不走！」

「……」雲千千嘴角抽搐，為眼前的情況感到十分之無語。

「快走！」老莫更加惡俗的回頭怒吼。

雲千千再度不堪打擊的死揪著藤蔓抽搐——夠了！她決定下去被 BOSS 打死也不要被這幫人給噁心死！不就是掉一級嗎？2 級掉成 1 級也沒多大損失！拼了！

鬆手讓自己往下一掉，還好，因為高度降低了點兒，雖說下面沒人墊背，但雲千千好歹還是保留住了血皮沒被摔死。灌下一瓶紅，捏著小拳頭，雲千千咬牙閉眼往 BOSS 的方向一衝，「匡當」一聲撞了個滿眼金星。而 BOSS 卻依舊紋絲不動，巍峨穩重如泰山。

正在熱血沸騰的英雄老莫目瞪口呆，這姑娘不是早就跑了嗎!?

其他玩家們目瞪口呆，這姑娘怎麼下來了!?

被反衝力給撞跌到地上的雲千千同樣目瞪口呆。因為她剛收到了一個系統提示，說她體內的雷心因參與戰鬥而被激發，習得修羅族初級天賦技能：雷咒……

遊蕩岩妖顯然沒有因為雲千千的這一撞而改變仇恨目標，依舊執著的盯緊了老莫。馬的才「1點」的強制扣血就想勾引老子!?沒門！這哥兒們在老子身上砸了十多點扣血呢……

又是一聲怒吼，遊蕩岩妖趁著老莫還沒回神，狠狠的一拳頭砸了下去，把這男人給拍飛了。

「老莫！」正義的夥伴們終於反應過來現在不是感慨雲千千出場的時候了，連忙把注意力又拉回英雄身上。

雲千千手忙腳亂的爬起來，鎖定正向老莫追去的遊蕩岩妖，比出右手的食中二指直指岩妖，風騷的大喝：「雷咒！」

看我一咒在手，天下我有！新手村裡現在誰能有技能!?

隨著雲千千的一聲大喝，一根筷子粗細的小雷電從天而降，非常羞澀靦腆內向婉約的在遊蕩岩妖頭上極其溫柔的劈了一下，「啾」的一聲就又不見雷影了。

「……」在場人一起靜默，頭上一滴冷汗大大的滑下——踏馬的就這小筷子似的玩意兒也好意思叫雷咒!?

遊蕩岩妖也愣，接著轉頭，義無反顧的拋棄老莫衝向了雲千千。

「攔住BOSS，讓那美眉打！」現場大概只有老莫是及時反應過來了的。同時他也注意到BOSS頭上的血條瞬而下降了肉眼可見的一截——別看人家這技能賣相不怎樣，但傷害可是真高！就這麼一截血條，換成剛才自己這邊兩隊人打，起碼都要打個好幾拳呢。

這時，其他人終於也回神了，有眼尖心細的人已經同樣發現了BOSS頭頂上血條的變化，就算是沒發現的人，一見BOSS改而衝向雲千千，也知道這姑娘的技能肯定有點效果，起碼比老莫剛才拉BOSS時砸的那十幾拳傷害大多了。

心裡一有底之後，也不用老莫再多廢話，兩隊人齊心合力的跑了過來，喝著紅幫老莫一起頂住了BOSS。還有個心細體貼的哥兒們，在跑過雲千千面前的時候順手丟下了一根不知道是哪個小怪身上爆出來的法杖，多少也能給這姑娘提高點法系傷害啊。

雲千千接過法杖，也顧不上別的，先趕緊揪住那個給自己法杖的哥兒們，在對方詫異不解的目光中哭喪著臉問了句：「有藍嗎!?」

他奶奶的新手村都是蠻力打架，有誰出門會買藍啊!?再他奶奶的一個雷咒居然就把自己的小藍條給耗掉了4/5，這不是欺負人呢嗎!?雲千千異常的悲憤。

被揪住的那哥兒們愣了愣，繼而反應了過來，連忙在身上一通翻找，還好，還真被他找到幾瓶，連忙再丟給雲千千，接著就頭也不回的衝出去，和同伴們一起擋BOSS去了。

有藍有法杖還有幫自己擋BOSS的，雲千千的底氣終於足了，身為主力輸出的豪情也油然而生，一瓶藍灌下，雲千千抬起法杖朝天一舉，再次大喝：「雷咒！」

一秒鐘、兩秒鐘、三秒鐘……在眾人期待的目光下，天空中一直沒有反應。

雲千千一愣，手忙腳亂的在自己個人面板上一陣翻找，過了好一會兒才找到技能放不出來的原因，不好意思的抬頭解釋：「那啥……忘記初級藍瓶不是瞬藥了，MP值還沒恢復呢。」

眾人吐血，BOSS也吐血——馬的，耍人呢!?

正當BOSS就要翻臉再抓狂時，雲千千驚喜的跳了起來：「有了有了！」說完再舉法杖高呼：「雷咒！」

「劈啪」一聲，又一道眾人期待已久的小筷子從天劈下。

這是有史以來最豪華的肉盾陣容，只有一個小姑娘放著小閃電打怪，而拉BOSS的成員卻有十餘人。由於主力輸出成員身上拉到的仇恨值最多，在沒有技能吸引仇恨的情況下，拉BOSS的人為了要阻擋住BOSS的腳步，需要付出怎樣的辛苦是可想而知的。

於是這十多人一起同心協力，發揮潑婦打架的那種不怕死又不要臉的精神，撞腰撞腿撞肚子，抓撓啃咬踹命根……什麼陰招爛招都玩出來了，就是為了不讓BOSS靠近那個唯一的主力輸出一步。只要他們敢稍有個懈怠，不小心漏出了個空子的話，BOSS絕對甩他們沒商量，堅定的向雲千千的方向跑去。

而就是在這麼艱苦的鬥爭中，身為輸出成員的那個小姑娘還完全不知道感恩，在旁邊有一下沒一下的放著技能，一點兒沒有投入精神不說，還使喚人家如使喚自己的小丫鬟……

「藍！」雲千千一邊漫不經心的放著閃電，一邊隨口喊了一聲。

「來了！」攔在BOSS面前的兩隊人中有人立刻應了一聲，接著一個掛在岩妖脖子上的玩家竄了下來，屁顛屁顛的跑過來把自己身上的藍瓶交易給了雲千千，再屁顛屁顛的跑回去繼續咬。

「擋好點兒，它又靠近了！」雲千千打著呵欠，一邊灌藍瓶一邊指導兩隊人擋住BOSS的前進路線，不讓它靠近自己。

「妳傷害那麼高，它肯定得追妳啊！跑兩步啊姐姐！」負責擋BOSS的那些人鬱悶咬牙，非常無奈。

「這麼小個地方，我能跑到哪去!?還想不想打BOSS了!?認真點！」雲千千非常嚴肅的批評對方。

「……」

「誒！這BOSS居然還敢瞪我，小眼神看著太凌厲了，怪可怕的！戳瞎它！」

「……」參與拉BOSS的人終於忍不住潸然淚下，大家也一致覺得真是太可怕了：這世界上怎麼會有這麼無情無恥無理取鬧的姑娘!?

經過了十多分鐘的努力後，遊蕩岩妖終於在大家欣慰感動的目光中轟然倒地，那一個瞬間，多少人想抱頭痛哭啊。這比他們參與過的任何一場戰鬥都要慘烈，而且委屈。兩支隊伍的人互相看了一眼，長長的舒了一口氣，彼此產生了類似惺惺相惜同病相憐的革命戰友情誼。

「爆了什麼!?」雲千千完全不知道其他人的痛苦，歡快的跑過來準備分戰利品。

按照傷害輸出來說，雲千千的輸出量始終是比不過最開始的那隊人。她打的時候，BOSS只剩1/5的血條了，於是，想看爆出了什麼東西，還得要人家下手才行。

最開始追BOSS的隊伍中走出個看似領頭的玩家，蹲下身在BOSS屍體上掏摸了一把，拿出一堆零碎報戰利品：「材料岩石精華1顆，岩石碎片3片，金幣9枚，還有綠階力量重靴1雙……」想了想，那個人倒也厚道，轉頭問雲千千：「妳出力最關鍵，還是妳先挑吧，要什麼？」

「力量重靴！」雲千千毫不猶豫。

「……」那個人汗了一把，遲疑著斟酌語句對雲千千說道：「是這樣的，妳吧，估計以後是得走法師路線的，這力量重靴是近戰職業，而且還是要求力量加點才穿得上，所以妳拿著沒用……」他把雲千千當成了遊戲小白。

「我知道啊！」雲千千詫異的看著此人，理所當然道：「我怎麼可能穿力量裝備!?又不是傻子！」

「……那妳幹嘛還要？」其他人都鬱悶了。

雲千千鄙視這些人：「可以賣錢的大哥！」

「……」大家對雲千千的無恥再次有了更深的認識。

隊伍中分配戰利品，一般是按各取所需的原則來的，比如說缺什麼材料，就拿什麼材料；是什麼類型的職業，就拿那個類型的裝備。在任何一個網遊中，都絕對不會有讓人挑著最值錢的戰利品來拿的規矩，要是大家都這麼來的話，根本無法分配不說，還很容易造成隊伍中的不合。

於是，那個人問話的時候，其實根本沒有想過雲千千會要力量重靴。他已經在心裡分配好了，自己隊伍有個走肉盾路線的，鞋子給他，岩石精華是做重型武器的器魂，所以也是自己隊伍中的近戰拿，剩下岩石碎片和金幣……如果那女的覺得吃虧的話，大不了岩石碎片和金幣都歸她一個人好了。至於幫忙的老莫隊伍，自己付點錢當是辛苦費……

結果沒想到人家雲千千這麼剽悍，一開口就把最值錢的鞋子要走了，說的理由還挺坦白，因為那最值錢。問話的此人深深的無語，不知道該說什麼才好了。

雲千千等了半天，發現大家都在沉默，於是不解道：「怎麼了，不是說讓我選嗎？難道我選的不行!?」

「……」所有人繼續無語，這話說到這分上，他們能說不行嗎!?一開始要人家先選的確實是自己，誰知道人家不守網遊規矩，到時候把這理由一說，人家沒準兒再問「這規矩誰定的!?」……算了，咱攙和不起這個亂，還是給吧，就當今天沒爆出過這靴子……

想了想，問話的玩家終於鬱悶的把力量重靴給遞了出去。雲千千開心的接了過來，左看右看好一會兒，再抬頭，揚著手上的靴子衝大家問道：「你們有誰想買我這雙靴子的？」

「……呸！」群眾們終於忍無可忍的朝地上吐了口唾沫——見過無恥的，就沒見過無恥到這分上的。

妳的!?那是妳剛賴過去的……

雲千千的靴子最後還是沒賣出去，主要是這買賣做得也太黑了，剛扒了人家的皮，接著就要轉手處理出去再賺人家的錢，身為苦主，兩支隊伍的眾爺兒們都覺得自己憋不下這口氣。

於是，帶著靴子的雲千千只能揮淚告別了眾人，在大家終於解脫了的目光中不捨的走遠。

「蜜桃，妳怎麼一下升了三級!?」剛離開岩坑，七曜驚訝的聲音就從隊伍頻道中傳了出來。

「升級了!?」不滅也詫異的出聲了，似乎到現在還沒發現這事情。

「是啊！你看隊伍面板。」七曜隨口應了句，接著繼續盤問：「怎麼升級的？難道說創世紀還有什麼靈丹妙藥？或者妳遇上了世外高人傳妳一甲子的功力!?」

雲千千黑線：「你武俠小說看多了吧……」

「那麼是怎麼回事？」七曜十分之不解。

「這……是實力！」雲千千滄桑感慨的低嘆。

「……滾！」七曜敗退，無法和雲千千溝通下去了。

無常的聲音接著傳出，他對雲千千的等級不感興趣，依舊是那萬年不變的平靜嗓音淡淡的問道：「找到練級點了？」

雲千千想了想，突然眼睛一亮：「各位！你們不是配合默契嗎？會攔 BOSS 不？」

「小看我們！」七曜嗤之以鼻。

「當然會！」不滅堅定道。

無常沉默了片刻，突然開口直指雲千千的意圖：「妳想刷 BOSS 練級!?」

「聰明！」雲千千得意的打了個響指：「我們一起去刷 BOSS 吧！」

刷BOSS來練級，這是絕對效率的一種手段。首先，這項活動收益高。地球人都知道，凡是高階高屬性的裝備，那肯定都是BOSS出品或是人工打造的。畢竟誰也沒聽說過掛掉一隻小怪能爆出傳奇裝備的好事，如果真有那麼驚悚的事情發生的話，這就不是網遊而是網遊小說了。

再其次，這種練級方法沒人搶，待砍殺資源豐富……前面說過，在新手村中，要想在沒有任何技能的情況下憑蠻力推倒一隻BOSS，這絕對是一項很不容易的高危險工作。所以，新手村的BOSS們雖然實力最低，卻算得上是創世紀中待遇和生存環境最好的了，一般不是閒得蛋疼了的話，沒人願意去招惹它們。

最後，這項活動經驗豐厚，升級快速，而且還很輕鬆……當然，我們必須承認，這個輕鬆只是單就雲千千一人而言的。其他人拼死拚活的喝藥死拉住BOSS的腳步，而她只需要站在遠處喝喝藍聊聊天，MP值攢得差不多了就放道小閃電出來，這可不是輕鬆呢嗎!?全遊戲再沒有能比她更風騷的主力打手了。

因為對雲千千的了解不夠透澈，所以，無常做出了錯誤的判斷，根據客觀條件分析之後，他居然認同了雲千千所說的練級方式。而他這麼一點頭的結果就是，之後的整整7個小時內，七曜、不滅和無常自己都陷入了水深火熱的拉怪生涯中。

這幾人的巡迴走穴殺BOSS流程一般是這樣的：雲千千憑藉自己先知的優勢，先找到一隻估計目前刷新了的BOSS，接著帶著三個苦力小弟來到現場，小手一揮，龍套三人組就叼著血瓶衝了上去，抓腳拽手擰脖子，十八般武藝齊齊上陣，無所不用其極的纏住BOSS的腳步。接著主角雲千千上場，閃電閃電再閃電，等待MP值恢復的閒置時間中，順便再給狼狽得丟人丟到家的七曜幾人照張相，保存留念，準備以後再拿出來回憶唏噓……

無常數次冷冷的怒視雲千千，很有殺人滅口的衝動。七曜和不滅倒是在最初的鬱悶之後，慢慢的習以為常了，反正被中傷得多了，也不差這一次兩次的。債多了就不愁了，臉丟多了就不要臉了！來吧來吧，妳儘管照吧，誰怕誰啊！……兩人已經被折騰得有些自暴自棄了，整個兒一破罐子破摔。

就在這樣艱苦的奮鬥之下，終於，在雲千千12級的時候，七曜三人也總算是邁進了10級的大關，得到了出村的資格。

在村口傳送陣中排號等待傳送的時候，三個大男人唏噓淚流，一致認為新手村發生的這一切簡直就像是一場噩夢，而現在，噩夢終於到頭了，他們也可以解脫了……原來幸福還可以如此簡單，以前從未珍惜過的平靜生活竟然是如此值得嚮往……

正唏噓著的時候，雲千千開口了：「你們選擇傳送到哪裡？我和你們一起，免得傳送散了啊！」

「為什麼!?」三人條件反射的一起悲憤，幸福心情剛剛才醞釀起來沒多久就瞬間又被拍成了灰灰。

「因為我還得和九夜去做任務啊，你們不記得了!?要是不和你們在一起，回頭我去哪兒找他啊？」雲千千詫異的看著三人，顯然很不能理解他們的這種反應是因為什麼而來。

三人一聽，差點沒同時咬舌自盡——他大爺的！他們居然忘記了還有這一件事……

「而且我們相處了那麼久，彼此合作得也挺有默契的，大家怎麼說也算是朋友了，多來往來往難道不好嗎？」雲千千似乎是嫌人家被刺激得還不夠，笑嘻嘻的又加了這麼一句。

「……」朋友!?七曜幾個一起默然了，他們頭一次發現「朋友」竟然是如此可怕的一個名詞。三人終於有些理解社會中為什麼會有那麼多心理變態扭曲的神經病了，那些人八成都有蜜桃多多這樣的一個朋友。

「我們……要去沉淪之海旁邊的西華城。」七曜沉默了半晌，終於還是沒學會推諉和謊言，老老實實的報出了自己幾人的目的地：「我們和小夜約定了一個月後在那裡見面。」

無常和不滅一起怒視七曜，七曜含淚自責，無顏再看自己兩個兄弟的低下了頭。

「西華城!?」意料之外的，雲千千聽到這個名字居然愣了愣，並沒有像三人想像中那樣馬上興奮的拍他們肩膀，來句「西華城見」什麼的。

猶豫了一會兒，雲千千才抬起頭來，對著還在用眼神刺殺七曜的無常鬱悶道：「既然要一個月的話，那你們先去吧，我多練幾級再去找你們。」

驚喜來得太快，讓三人都有些措手不及——誒!?為毛啊!?西華城有什麼可怕之處，居然讓這樣剽悍的姑娘都望而卻步!?

實際上，西華城並不可怕，可怕的是雲千千曾經在那裡遇到過極品。前世雲千千被人追殺掄白的那段經歷，就是從西華城城郊拉開的序幕，而且糊弄她選到廢柴職業龍騎士的職業導師也正是在西華城中……

這段不堪回首的往事帶給雲千千的負面影響實在是太大了，大到讓她在前世每一次不得不踏入西華城中的時候都會忍不住的抓狂想踹人，看誰都不順眼，總覺得那座城市裡就沒一個好人。

為了免於重蹈前世被人欺凌的覆轍，雲千千覺得自己很有必要提高一些實力，等準備萬全之後再去西華城，迎接來自那個極品人渣集團的挑戰。

決定了，還是先去南明城吧！前世的老大在那裡，順便看看那傢伙在前期混得是不是真像他前世抱怨過的那麼倒楣。

決定好各自前進的目的地後，雲千千和依舊不解卻極度欣喜的三人揮手告別，走入了傳送陣中。

「孩子，妳決定好了自己前進的方向嗎？」傳送師和藹的問雲千千。

「嗯！我要去南明城！」雲千千握爪堅定道。

旁邊的三人一聽，暗暗打定主意最少在半年內絕對不要主動踏入南明城一步。

「好的，如妳所願！」傳送師微笑著點頭，手一揮，傳送陣中一道白光閃過，雲千千就這麼消失在了原地。

「終於走了！」七曜眼中閃爍著激動的淚花，終於長出了一口氣。

「嗯！嗯！」無常和不滅一起點頭，表情都是同樣的感動。

「對了，小夜說他現在在哪裡？」還沒來得及感動多久，七曜突然猛的皺眉，好像想起了什麼。

「……好像……」無常猛的瞪大眼睛，同樣想起了七曜意識到的問題關鍵。遲疑了許久之後，他終於沉重的抬頭：「我記得……小夜說自己現在在南明城!?」

「……」七曜和不滅一起默然了——猿糞啊，如此奇妙……難道這就是傳說中那喜歡調戲人的命運嗎!?

15・晃哥

「大哥！看你這麼英武不凡，氣勢凌人，想必一定是隊伍中的中流砥柱。這樣英雄好漢的你怎麼能沒有一套好的裝備？瞧瞧你腳上穿的這叫什麼，居然是白板裝!?天哪！這些垃圾貨只會湮沒了你的風采，來！快來瞧瞧小妹手上這雙力量重靴……這位美女，新鮮出爐的鹿皮獵裝，妳看看妳那身材，前突後翹，穿上這個獵裝絕對性感迷人，不把這裝備賣給妳我都覺得實在是不甘心！請妳原諒我如此迫切的想看到一個野性美人誕生的心情吧……小哥兒……」

雲千千到達南明城後的第一件事，就是立刻在傳送陣旁邊擺了個攤，把在新手村好幾個小時刷 BOSS 得到的戰利品給全部清倉。她清楚得很，別看這些東西都是藍綠階的小極品，再極品那也只是過渡裝，除了錢多得燒手的那些冤大頭，沒人會傻到在這上面花錢只為了短短幾天的風光。

而要想把這些裝備賣個好價錢，顯然也只能趁現在儘快脫手，不然等過了這個黃金期，哪還來的那麼多肥羊給她宰!?憑藉著豐富的糊弄經驗，雲千千只用了半小時左右就把所有裝備賣掉了，這也多虧她的攤位上極品多，都是 BOSS 出品的，哪會有水貨！

最後結算下來，雲千千共到手 7 金 90 銀，前期的練級啟動資金是沒問題了。

口袋裡有錢心不慌，雲千千收起攤位，在被她攤位吸引過來的圍觀群眾注視下，財大氣粗的竄進了隔壁裝備店：「老闆！法師的系統白板裝來一套！」

「……」圍觀群眾都默了。

在選擇裝備的時候，其實雲千千也是研究了許久。為了把九夜前世的隱藏職業搶到手，她現在不敢去做任何轉職，也不敢把自己的潛力點隨意分配到其他屬性上。畢竟九夜從來沒曝光過自己的職業特性和屬性傾向，你說他是法師吧，人家最擅長的是近身刺殺；但你要說人家是近戰吧，九夜有時候還喜歡放兩種法系技能追著人屁股後面打……所以研究下來，雲千千覺得九夜的隱藏職業應該是一個類似魔武士的存在。

而現在的關鍵就在於，她並不知道這個職業應該偏重什麼樣的加點。於是，在一溜兒的各職業裝備中，雲千千只能保守的選擇需求負重最低的法師裝，然後象徵性的加了幾點智力，暫時冒充自己是一個法師……畢竟她還有個雷心不是？就單是為了這個天賦屬性，她以後也不能一點兒法傷都沒有啊。

換好一身法系白板套裝，雲千千風風火火的就跑出城門拉隊伍去了。遊戲中，實力就是最大的生產力，有了實力，你才能想下哪個副本就下哪個副本；有了實力，你才能想推哪個 BOSS 就推哪個 BOSS；有了實力，才會有幫派組織拿著大把的銀子求你入幫……所以無論是何時，等級都是遊戲中最為關鍵的。

「全戰士隊伍四缺一！」

「全獸族隊伍三缺二！」

「有極品弓一把，高輪出小弓求組了！」

「新人求帶，一小時 10 銀！……」

在一片沸騰的組隊吆喝聲中，雲千千聽了半天，硬是沒聽到有要法師的。這也沒辦法，遊戲前期的法師太脆弱了，而且又沒範圍技能，單練的時候還好，注意點兒的話可以拉單隻小怪放風箏打。可是組隊的時候人家一拉一群怪，法師隨便被哪隻小怪撓一下都是個死，誰肯帶這麼個累贅!?當然了，在後期有了範圍技能之後，法師的地位就完全不一樣了。那時候近戰基本上只做拉怪用，一支隊伍裡四法一戰或三法一戰一牧的組合是最常見的。

等了半天沒人組自己，雲千千終於失望了，閉著眼睛鼓足勇氣跟著喊：「全法師隊伍一缺四！沒組的快來了！」

「噗哧！」雲千千剛一喊完，旁邊有個哥兒們就忍不住笑了，他樂呵呵的看著雲千千招手：「法師小美眉，來哥哥這吧，我們帶妳！」

雲千千睜眼一看，這隊伍不就是剛才喊全戰士隊伍那個嗎!?招呼自己的那個男人身後，有個玩家正要喊另外一個人入隊，一聽這人開口，頓時就愣了：「晃哥，你要加法師入組？」

「是啊！看這美眉怪可憐的，而且那廣告詞也新鮮，呵呵……」被叫做晃哥的那個男人笑了笑，挺平靜的說道。

其他三人差點沒當場抓狂——現在是善心大發的時候嗎!?大家組隊刷怪求的是效率，帶個法師算是怎麼回事?還是個女法師……女人一打怪就愛聊天，回頭被撓死了人家還得仗著性別優勢大發嬌嗔怪你保護不周，到時候鬧起來了算誰的!?

雲千千才不管別人怎麼想，有人敢邀請她就敢入組。現在這年頭練級最重要，管人家臉色好不好看呢！「謝謝大哥！」雲千千裝作沒看見那三個人的難看臉色，開心的跑到了叫晃哥的男玩家面前，一記馬屁先拍上：「晃哥！您真是好人！」

「這馬屁我喜歡！放心，不用給我發好人卡，哥哥我不吃妳豆腐。」晃哥給的反應顯然有些叫人傷心了。笑笑答了一句，伸手遞出個組隊邀請。

啥意思!?他這是標榜自己品德高潔呢，還是說其實人家看不上咱的嫩豆腐?雲千千鬱悶了一把。

隊伍全員組齊，另外三人雖然有點小嘀咕，但終於還是跟著出發了。雲千千高興的跟著隊伍，順便拉開隊伍面板看了一眼，另外四名隊員的實力參差不齊，從22級到10級的都有，晃哥全名晃點創世，就是最高的那個22級，難怪人家肯聽他的。

「大號帶小號!?」雲千千好奇的問了句。

另外三人白眼飛來，最開始和晃哥說話的那位沒好氣的開口了：「姐兒們，妳現在也是被帶的小號好不好！」

「我們都是一個幫的。」晃哥好脾氣的邊帶隊邊解釋：「他們三個是新人，所以幫主讓我來帶帶。」

雲千千嬌軀一震：「現在就有幫派了!?這是哪位神人這麼厲害啊!?」現在應該沒人有實力打到幫派令才對吧？

「口頭上的！暫時只申請了傭兵團，等幫派令打到之後直接轉成幫派。」晃哥不好意思的笑笑。

「……」無語了，所以說男人愛面子還真是一點兒不假，直接說自己幾人是一個傭兵團的不就完了嗎？非得把未來式的還沒影兒的幫派扯出來，難道這能顯得自己帥點兒!?雲千千默然無語，忍住吐槽的衝動乖乖跟著，不說話了。

晃哥選定的練級點是在南明城近郊。這裡也是一片人山人海的熱鬧場面，足以證明創世紀有多麼的熱門。想在這樣的地方搶到小怪，難度只比在新手村時低上那麼一點兒。可是大家不來又不行，畢竟高等級的地圖不是那麼容易去的，現在的玩家們暫時還沒發展到那一步。

「大家分散開去拉怪，注意別搶到人家的了。一小時後老大叫我去副本，大家抓緊點兒時間！」晃哥囑咐了一句，抓出兵器就衝了出去。

副本!?這個倒是有點意思。雲千千看著隊伍裡的四人散開，漫不經心的一道雷咒劈在了附近剛刷出的一隻小怪頭上——嗯！一小時後要不要跟去湊個熱鬧呢!?

當雲千千光榮的也衝上了二十級的時候，晃哥終於被召喚走了，隊伍就地解散，其他隊員們態度大變的熱情要求和雲千千加好友。原因很簡單，因為法師玩家在25級的時候將學會第一個範圍技，而戰士的範圍技需要等到35級，在這個25級的分水嶺之後，有了法師的隊伍才算是效率的隊伍。眼看著雲千千已經被拉扯到了20級，隊伍裡的人怎麼能不心動!?怎麼能不趕緊和這個即將風騷的法師先套好關係!?

雲千千是個有理想的人，她幻想著自己的好友名單中全部都是風雲一方的人物，等日後她隨便一拉好友條，雲淡風輕的隨便劃拉都能劃拉出一個讓人口水豔羨的高手時，那能有多痛快啊！

再退一步說，就算要加不怎麼有名氣的好友，那也得是意氣相投的才行啊！隊伍裡這些貨，剛開始還嫌棄她嫌棄得要死，後來一看她快要20級了，立馬跟蒼蠅聞著……對不起！她需要換個形容。立馬跟蜜蜂聞著花香似的就追過來了！

這種好友也太濫竽充數了啊，雲千千自認自己還沒空虛到需要這樣的人來填補好友名單的地步！

「好啊！」雲千千興奮的看著眼前的幾人：「我家最近幾天有事，正好有一段時間不能上線，我還怕等級會落下來了，大家加個好友，回來後你們帶我練……」

最後一個字根本沒機會吐出，剛才還熱情的隊友們就已經呼啦一聲做鳥獸散，消失得連影子都看不見了……

「……喊！沒義氣！」雲千千哼哼了一聲，看著幾人消失的方向，一臉正義凜然的鄙視這些不厚道的傢伙。

飛了個私聊給分手了才半天多的七曜幾人，雲千千很殷勤的打探著人家的練級進度：「七哥啊，小妹我現在20級了，你們呢!?」

「……18！」七曜的聲音有點兒鬱悶：「妳又拐了誰去幫妳賣命了!?」

「怎麼說話的！」雲千千嚴肅的批評七曜：「難道我有點兒進步就那麼不招你待見嗎!?你這是嫉妒心理，很要不得的！」

七曜窒了窒：「妳……算了！懶得跟妳說這些，找我們啥事!?」

「沒啥，純問候而已。」雲千千笑嘻嘻道。

才18!?那估計要七曜他們去副本是有點兒危險了，還是另外尋人吧！

七曜根本不相信雲千千會突然心血來潮的聯繫自己幾人，但是人家話已經擺那兒了，於是他也就樂得順著臺階下來，把這麻煩推得越遠越好。

雲千千隨便和七曜又掰扯了幾句，旁敲側擊的打探一下那三人現在的練級進度，再重點詢問了九夜的所在和他是否已經得到了一些轉職任務線索，在後一個問題得到對方含糊其詞的模糊答案之後，雲千千狐疑的皺了皺眉——七曜居然說他不知道九夜在哪兒!?有古怪啊！難道說這幾人的關係並不像她以為的那麼鐵？

廢話了一會兒之後，雲千千切斷通訊，決定還是先去副本門口再說吧。反正和七曜他們時不時的聯繫一下，別斷了來往就行了。

人際關係不就是這麼回事嗎？平常沒事的時候多廢話幾句，套好關係，不然等真有什麼事的時候再去找補，到時候誰認得你啊！

創世紀的20級副本，是初期玩家的一道檻。這倒不是說這個副本有多麼的困難，主要是剛進遊戲的玩家們一時還適應不了遊戲智腦的奸詐程度，所以才會被許多陷阱給玩得很慘而已。

等經過了這次重要的成長經歷之後，多在遊戲裡混個幾天，玩家們自然能摸索出副本的通關思路了，基本上就是四個字可以概括——別太厚道！

比如說看見公主了，千萬別以為是自己桃花運來了，遇到一個待救的小美女，人家很有可能是終級BOSS，在最後的關鍵時刻捅你一刀……

「那娘兒們！老子最開始好心帶她去終點，到了地方後居然二話不說的一片技能放出來，直接把我們整個隊伍轟成灰灰……果然是最毒婦人心！」副本門口，一個剛剛才通關失敗的烈士正在入口那站著，一臉悲憤的向其他人口沫橫飛訴說著自己的悲壯之死。

「說也奇怪，我們隊伍第一次去的時候也救了那公主，後來被滅了。第二次去的時候我們就直接宰了她，結果系統說我們誤殺了純潔的公主，又把我們滅了……第三次老子無視她了，好不容易走到最後把終極BOSS打了，系統評價我們在路上見死不救，不配得到通關的憑證……」另外一個經驗豐富的苦主也湊上來發表意見，對系統提出了非常大的怨念：「大爺的！到底是救是殺倒是給句準話啊！」

「就是就是……」曾經栽在20級副本的夥伴們皆紛紛附和，一副苦大仇深狀。

雲千千捂著小嘴偷著樂。看看吧！這就是不了解智腦無恥程度的下場……

「蜜桃？妳怎麼也來了？」正當雲千千偷樂得正歡的時候，剛才在野外帶著她練過級的晃哥突然出現了，他一眼就發現了這個和周圍愁苦人群截然不同的姑娘，頓時表示好奇——這姑娘笑什麼呢這麼開心!?

「我來過副本！」雲千千換上一副正經的表情迅速答道。

晃哥皺了皺眉：「別鬧了！妳才20級……」

「閣下好像才22!?」雲千千打斷插話，鄙視晃哥的等級歧視心態。嘁！都是新人，22級的鄙視20級，有這麼大的差距嗎!?

「可是我來過這裡三次，絕對比妳有經驗！」晃哥好脾氣的沒有計較雲千千的態度，試圖和對方講道理。

雲千千認真的點了點頭，為他的話做注解：「換句話說，你已經在這裡掛過三次了!?」

「……」這姑娘真惹人生氣！

晃哥噎住了，太陽穴一跳一跳的，看似隱忍待爆發中。雖然對方說的是事實，但他每次掛掉都會有些積累經驗啊！這女人初生牛犢不怕虎，自己好心提醒她，居然還被反擊了!?

「晃哥！您別生氣，我這人的缺點就是太老實了，所以經常說話得罪人！」一看好人大哥生氣了，雲千千立馬態度轉變，狗腿的上前安撫。

「……」晃哥被氣得都沒脾氣了，抬頭無語看天——什麼意思？她太老實了所以得罪自己？這話怎麼說得感覺他有多麼卑劣呢!?

晃哥是很想拯救這個不怎麼純潔的姑娘，以免她胡亂跑進副本去送死。畢竟這姑娘的等級也是他帶上來的，眼睜睜的看著人家把那點兒小等級又給糟蹋沒了，他就感覺很鬱悶。

可是無奈的是，信心滿滿的雲千千根本不接受晃哥的好意。任憑人在旁邊說得口沫橫飛、慷慨激昂，她就只是在一邊笑嘻嘻的聽著，一副他說由他說，清風拂山岡，他勸任他勸，明月照大江的高手風範，在對方的口水攻勢中，半點不見動搖。

到最後，晃哥實在是沒脾氣了，在身邊隊友的好奇目光和催促聲中，他悲憤的咬牙怒視雲千千：「蜜桃！妳到底是打算怎麼樣，給句準話兒!?」

「我要過副本！」雲千千堅定握爪，革命意志不容他人動搖。

「……」晃哥無語的抹了把臉，低頭想了想，終於鬱悶屈服：「那就隨便妳吧！」說完轉身，迎向自己等待已久的隊友們。他實在是折騰不起了，這姑娘要去就去吧，等她死個兩、三次，自然就能明白自己的一片好意了。

走吧，走吧，人總要學著自己長大……自己已經仁至義盡，對方硬是不聽，他又能有什麼辦法!?晃哥深深的無力著，在女人的韌性之下，他敗了。

「晃哥，你不帶我啊!?我很厲害哦！」晃哥身後，雲千千熱情的揮爪，極力推薦自己：「有我在的話，包你一次穩過哦！」

這姑娘真是太不要臉了！晃哥還沒說話，他身邊的隊友們已經絕倒。在剛才晃哥勸說雲千千的時候，大家都聽出來了，這姑娘這點兒等級還是晃哥帶上來的，現在她連副本也想蹭!?

先不說這副本有多麼的棘手，根本不容許帶上這麼一個拖油瓶。就算是簡單的副本，現在他們的隊伍已經滿員了，她想進來，那要踢誰出去給她騰位置!?

「蜜桃，妳別鬧了！」晃哥深深的無奈，回頭哀怨的瞅了雲千千一眼：「一邊玩去吧！等晃哥能通關了之後再來帶妳。」

「那你再死了之後記得來加我啊！我帶你過副本！」雲千千聽而不聞，繼續興奮揮爪。

「……」晃哥徹底敗了，他深深的看了雲千千一眼，那眼神中飽含著鄙視、鬱悶、無力、抓狂等等複雜的神情。最後，他帶著這樣的目光消失在副本的入口中，再也沒留下一句話。

「以前看小說還覺得誇張，原來人類的眼睛還真有表達這麼複雜的情緒的潛力啊！」雲千千感慨著。周圍一圈剛圍觀了這邊小插曲的玩家們一致狂汗，不是對方有潛力，實在是那感情太強烈了，已經自行突破並達到了千言萬語盡在不言中的至高境界……姐兒！您真是太能折騰了！

通關了再來帶她!?雲千千嘻嘻的笑著，看著晃哥消失的副本入口摸了摸鼻子，突然感覺這晃點創世還真是個爛好人來著。

副本門口目前的隊伍有很多，一般沒有固定隊伍又想過副本的玩家，或是剛剛從副本中壯烈出來的勇士們，都會聚集在這裡。在每個網遊的階段熱門副本前，隨時都能看到如現在般人頭湧動的場景——

「二戰二法缺一個牧師！20 級以上有經驗的來了！」

「一牧二法一戰缺一個抗怪的戰士！等級不論，有一套小綠裝的人交申請入隊！」

「補血藥、補法藥，一瓶 30 銅了！補武器的 10 銅一次請交易，本人初級滿熟練鐵匠，可補一切劍杖弓弩錘槍矛盾以及手槍大炮手榴彈啦……」

「烤鴨、包子、糖葫蘆～～紅茶、咖啡～～康師父速食麵 10 銅一包，不供熱水～～」

「21 級美女找老公，保證沒調樣貌可視訊，等級高裝備好能陪練陪聊陪逛街付帳的人請密我……」

一片沸沸揚揚的喧囂中，雲千千艱難的尋找著看起來可靠的隊伍。這些人裡想來過副本的多，但是湊熱鬧的也不少，甚至還有趁著人多做生意打廣告的，一個恍惚不小心，很可能就會被拉進一支絕世爛隊，然後進副本一死再死、死了又死……雲千千這麼珍惜生命的姑娘，當然不容許自己陷入這樣的境地。

可是她珍惜生命，其他人也珍惜生命來著。

經過剛才雲千千和晃哥在副本門口的那一番對話之後，旁邊的群眾們皆深深的明白了雲千千是個什麼樣的人。別的不說，首先她這等級都是靠人家才帶出來的，而且還是剛剛才新鮮出爐的 20 級。把這麼一個姑娘拉進目前還沒有人能通關的副本去，隊伍裡的其他人也都別指望想過了。

過副本，需要的隊伍實力那可不是簡單的 1+1=2 的事情，人少不可怕，可怕的是沒經驗沒配合，一整支隊伍被一個人給害到全軍覆沒的例子不是沒有過的，而且這種事件還屢見不鮮。

於是，雲千千的目光落到哪一支隊伍上，那支隊伍的全體人員就會集體閃避視線，裝作沒看見雲千千殷切的希望。甚至有一個本來還缺一法師的隊伍受不了這樣的期待眼神，直接刺溜一聲整隊人竄進了副本──少個法師就少個法師吧！他們認輸了行嗎！

雲千千對這些玩家的素質感到由衷的失望，自己這麼大一坨……一塊璞玉，難道就沒人能發現她的與眾不同嗎!?

正當雲千千失望的時候，又一支隊伍加入了副本的等待人群中，那支剛到的隊伍往副本門前一站，隊長扯開嗓子就喊：「二戰一法一牧！缺個法師，不怕死的來了！」

「我我！」雲千千立刻舉手，她不怕死，她就怕別人怕死。難得有個正好缺法師的隊伍了，而且人家也沒有要求裝備等級什麼的，以自己這條件完全能加入。

「好！就妳了！」那隊長根本不知道剛才這裡發生的事情，一看自己剛到就喊齊了人，也覺得挺高興的，爽快的就把組隊邀請發了出去。

「那哥兒們……」有好心人忍不住想提醒一下隊長，結果剛一張口，就被他身邊的夥伴給拉住了。

「幹嘛呢你!?」同伴皺眉拉了一把好心人。

「我想提醒他一下啊，那個女人是菜鳥，帶進去十有八九得滅團的。」好心人不解的回答。

「寧得罪君子不得罪小人，寧得罪小人不得罪女人。秦始皇厲害吧？得罪了個孟姜女，長城呼啦一下倒了。曹操厲害吧？人家只意淫了一下小喬，老家呼啦一下被燒了……哥兒們，你今天要是壞了這女人的好事，小心被人家纏上折騰，沒見著大家都悶著沒吭聲嗎？就你多事！」同伴壓低聲音，給這個好心人耐心的講道理：「就讓他們把這禍害拉走吧，咱們隊伍缺的也是法師，這女人不走，你敢喊人拉隊伍!?」

好心人一聽，當即凜然，閉上嘴再也不說話了。

雲千千順利入隊，於是很滿意。隊長順利加到法師，於是也很滿意。看到某水果終於有了歸宿，周圍群眾更滿意……

於是你好我好大家好，所有人都滿意了。

「來吃狗！」隊長高興的飆了句英文，大手一揮，帶著雲千千，帶著自己的其他隊友，在周圍其他人欣喜感動的目光中踏進了副本。

18．副本裡的公主

雲千千一進入副本，第一件事就是先給晃哥發了個短信去炫耀：「晃哥！我也進副本了。」

晃哥那邊沉默三秒，接著鬱悶回信：「蜜桃，妳躲到隊伍最後，千萬別主動出手做什麼不必要的動作……晃哥覺得，作為一個有道德有素質的玩家，就算不能對隊伍有所貢獻，最起碼也不能扯人家後腿害人家滅團啊……妳說對吧!?」

「……」對吧!?對個屁！雲千千很傷心，難道說自己在別人的心裡就這麼不可靠!?這人好像才認識她一小時吧?這麼瞧不起她實在是太不應該了，要知道，人不可貌相……何況單看自己這長相、這身段，那也是不差的啊……

切斷通訊，雲千千又給七曜也發了個私聊，企圖尋找一個聲援自己的同伴：「七哥，小妹我進 20 級副本了。」

「……」七曜久久的沉默。

「七哥!?信號不良!?聽不見我說話!?」雲千千狐疑。

「沒，我剛才只是在為即將遇難的隊伍默哀。」七曜的聲音很認真也很沉痛。

「……滾！」

雲千千一來二去的發了些訊息，沒想到硬是被連連打擊，鬱悶了一把，收起通訊器，她決定不理那些壞蛋了。旁邊的隊長瞟過來一眼：「蜜桃，馬上要遇到小怪了，別分心。」

「好。」雲千千虛心接受意見，乖乖的掏出法杖戒備。

20級副本是一個類似巨大地穴的存在。從副本入口的小路走出之後，隊伍前就出現了一座搭在深溝上的小橋。橋對面是一片開闊的平地，有許多遊蕩的地底岩妖就在平地上移動遊走。

地底岩妖是一種物防高法防低的小怪，它們行動遲緩，但是殺傷力和防禦力都是不小，就是對法系技能沒轍。這種怪是雲千千的最愛，一個小雷劈下去，瞬間就能看到對方的血條降下了肉眼可見的好大一截。

雖然沒有群範圍技能，但在雲千千和隊伍中另外一個法師的配合下，對付這種小怪還是非常簡單的事情。

當然了，只要等級達到了副本標準的玩家，在過同級副本的時候都不會特別的困難，期間頂多要考慮一下隊伍配合的問題。畢竟副本地圖是拿來給人過的，不是拿來給人看的。玩家們喜歡高等級玩家帶副本，是因為人家實力強，打得快，而不是因為他們自己就一定過不了。

雲千千碰上的隊伍還算不錯，也許是因為那四個人彼此配合過的關係，在一路推進的打怪過程中，一直都沒有碰上什麼突發的意外事件。這讓雲千千很是欣慰，高興自己總算是沒碰到一個爛隊。

隊長也挺欣慰，他在副本門口喊人入隊的時候並沒有苛求裝備等級什麼的，是因為他不想用這些去把人分成三六九等來選擇，但這也不代表他就願意加個廢物進來做害群之馬。

現在雲千千的表現顯然很讓隊長滿意，單從她對放技能的時機和行動時的熟悉度來判斷的話，這姑娘起碼不會是一個副本菜鳥，甚至有些時候隊長感覺對方比自己還要熟悉這裡。

看這姑娘每一回合的進退配合、每一步的走位、每一次技能輸出的精準把握……嘖！還真是挺風騷的，看來他撿到塊寶了！

隊長還沒感慨完，突然，風騷的雲千千就在隊伍中的眾人目光中脫離了前進路線，蹦蹦跳跳的跑進一個水窪中去，對著水窪中間的巨大蘑菇揮舞著法杖劈小雷，玩得不亦樂乎。

「……」隊伍眾人一起黑線了。

隊長看了又看，終於忍不住乾咳了一聲，走過去揪人：「蜜桃，妳幹嘛？」現在是玩的時候嗎？剛還覺得這姑娘挺不錯來著，她到底懂不懂事啊？

「打蘑菇啊！」雲千千理所當然邊放雷邊回答，順便鄙視一下這隊長——這麼明顯的動作都看不出來，還用問!?

隊長窒了窒：「我的意思是，妳打蘑菇幹嘛？」

雲千千神秘湊近：「隊長，這蘑菇會爆出毒蘑菇孢子的。」

「……」所以說，這跟副本任務有什麼關係嗎!?

毒蘑菇孢子隊長是知道的，這種東西其實副本外面也有，地圖裡的植株、動物殺掉後都會爆出些稀奇古怪的東西，比如獸骨獸皮獸肉，再比如藤條樹汁草根……蘑菇會爆蘑菇孢子根本不奇怪，這是人家的特產。可是現在是幹這種事的時候嗎!?

隊長深深的鬱悶了，想了想，試圖勸說雲千千：「蜜桃，我們現在是在任務中……」

「隊長，有那時間說話你不如幫把手？大不了爆出孢子了我分你一份。」雲千千堅持故我，一副死不悔改或者說死豬不怕開水燙的無賴樣。

隊長沉默三秒，終於無奈的抹了把臉，招呼還在發呆的另外三個隊友：「都來幫忙，快點打完了快走！」

其他人面面相覷一下，接著趕快圍了過來幫忙一起打。他們算是看出來了，隊長對這姑娘也沒轍，人家才不管他們的反應，反正她就是要玩……都到了這一步，他們總不能現在才把人踢出隊伍吧？

人多力量大，有了四個生力軍加入，巨大蘑菇很快就在眾人的合力攻擊下轟然倒地。

雲千千高興的把毒蘑菇孢子收了起來，很有信用的分了一份給隊長。隊長拿著孢子哭笑不得，他要這玩意兒有什麼用!?丟到外面商店只能賣5個銅子……

隊伍終於重新開始前進，不一會兒，就到了副本中那個待救公主所在的岔路口前。

這個公主可以說是這個副本中的關鍵，救了她，她會叛變殺人；殺了她，系統會判定你濫殺無辜；無視過去也不行，通關判定會說你不夠仁義，取消隊伍獲得通關憑證的資格……

無數英雄就這麼敗倒在這個神秘女人的身上，無奈而鬱悶，不知道該拿這麼個燙手山芋怎麼辦才好。

隊長顯然是有過失敗經驗的，當他走到公主面前的時候，雲千千清楚的看見該隊長明顯緊張的吞了口口水。

「小姐，妳……」隊長遲疑的向岔路口前站著的公主搭話。

「啊──」公主一聲尖叫，戒備的跳開看著隊長：「你們是誰!?」

隊長已經習慣了，這NPC就愛尖叫打斷人說話，所以他早養成了在對方面前自說自話的習慣，反正不管自己說了什麼，最後任務提示都會給出兩個選擇，帶她走，或殺了她。於是，隊長臉色不變，接著開口：「我們是……」

「啊──」公主又尖叫：「你們想做什麼!?」

「我們……」

「啊──你們是來殺我的嗎!?」

「我……」

「啊──」

雲千千感覺自己頭暈，她最討厭的副本NPC就是這個只會尖叫的傻娘兒們。看見隊長還在一臉木然的和對方溝通，而公主顯然是叫出了感覺，越叫音域越廣，越叫臉上的淒慘表情就越深刻，活像誰強X了她一樣。雲千千終於忍不下去了，怒氣沖沖的幾步上前揪住公主的衣領，放聲吼了過去：「再敢叫一聲老娘就把妳先X後殺！」

「啊……呃，對不起。你們是來拯救我的嗎？」公主剛要條件反射的接著叫就被嚇住了，很識時務的直接跳到了對話最後的選擇項上。

「……」這算什麼!?人善被人欺!?這娘兒們皮賤，就是天生欠人吼的!?隊伍裡的人都沉默了。

選擇出來了，現在的關鍵問題是，要不要接護送公主的任務!?隊伍裡的人面面相覷。

畢竟正常人都不會有被虐的嗜好，這個副本裡的娘兒們現在已經在玩家中聞名遐邇了，大家都知道她是個心狠手辣、忘恩負義的狠毒女人，接了任務再在終點被叛變殺了怎麼辦!?可是不接的話系統又肯定不讓通關……頭大啊！

「隊長，接任務啊！」雲千千倒是不頭大，人家意志很堅定。

「可是接了以後該怎麼做?她會在終點叛變……」隊長看著公主嘴角直抽抽，像是牙疼。

雲千千拍胸脯大包大攬：「沒關係，這不是有我在嗎!?」

妳!?隊長眼一瞇，看了雲千千一眼，沉默轉頭。還是算了，這姑娘看著就不怎麼可靠。

「接了這個任務，大家肯定死，不接這個任務，大家有一定的機率不死，但是副本就很有可能無法完成。」隊長在隊伍裡徵求大家的意見：「情況就是這樣，大家投票表決一下吧，到底要不要接?」

「我反對這個說法！」雲千千搶先舉手：「你們得這麼想，不接這個任務，副本肯定完不成，但是接了這個任務，副本就有一定的機率通關，而且大家也未必會死。」

這就是考慮問題的角度不同了，很明顯的，隊長的考慮角度容易把人引導向如何保存等級的思維方式，而雲千千則是從完成任務的方向去思考。

隊伍裡的人再默，良久之後，終於有人開口打破沉默：「蜜桃，我想問一下，妳哪來的自信說我們未必會死？」

「因為有我在啊！」雲千千再次拍胸脯。

「……」

最後投票結果，大家還是一致決定把公主再護送下去。畢竟大家來這裡就是為了通關副本的，又不是閒得沒事了刷小怪玩。至於雲千千的保證!?根本沒人把她當盤菜，20級無經驗的小妞進來混混就算了，那麼自信實在是沒根據。再說人家身上也沒啥王八之氣能發動集體糊弄技能把人給迷成腦殘，這是網遊，不是網遊小說，一呼百應的玄幻劇情還是少點兒吧！

帶著邪惡的公主，隊伍一行人過五關斬六將，最後終於到達最終BOSS的房間門口。

公主眼含淚花，眼神朦朧的看著最後的終點房間不知道在想些什麼。

隊長緊了緊手裡的武器，緊張的看了看房間再看了看公主，一時間真是鼓不起勇氣去推門。一推門，人家公主就要暴走了，不等見到大BOSS，他們就都得交代在這裡了。這個局該怎麼破!?隊長很迷茫。

雲千千完全不緊張，人家簡直就把這當成是郊遊了，翻翻空間袋很熱情的開口：「不急不急，大家吃點兒東西再進吧，一會兒估計有得磨了。我這有包子、包子和包子，你們來點啥？」

「……」都是包子，這還有得選擇嗎!?隊伍裡的人看著雲千千感覺都很無語，等再一想想，大家覺得不對啊，現在問題的關鍵不是要吃什麼，而是此時根本就不是吃東西的時候好不好!?

「妳……」隊長皺皺眉，剛要開口。

雲千千已經不管不顧的翻出個包子遞給公主，她自己手裡也抓了一個，拉著人家的小手手到牆角蹲著開吃去了，一邊吃還一邊聽到某姑娘安慰人家NPC：「公主別急啊，我們一定把妳帶出這鬼地方。我估計妳一個人在這裡晃了那麼久也該餓了，那幫大老爺兒們粗心大意的一點兒都不知道體貼，咱不理他們，快吃快吃，別客氣……」

公主受寵若驚，連繼續感慨都忘記了。這一路走來，眼前的這姑娘何曾對自己這麼客氣過!?在感動或者說惶恐之下，公主聽話的抓著包子就啃，連屁都不敢放一個，更別說反駁了。

兩個姑娘邊吃邊聊天，準確來說是雲千千一直不停的說話，公主只管惶惑的點頭應聲，順便不停的往自己嘴裡塞吃的。五分鐘後，在黑線無語的隊伍眾人的注視下，公主突然毫無徵兆的全身一滯，接著軟綿綿的就順著牆根癱倒了下去，手裡還沒吃完的包子滾落在地上。

隊伍眾人大驚，雲千千依舊笑咪咪，往自己嘴裡塞進最後一口食物，拍拍手站起來：「吃了老娘三個包子才昏倒，這NPC真是太不像話了，連這點兒便宜也要占……」

「……」現在的關鍵不是妳到底損失了幾個包子好嗎!?

隊伍裡的人深深的無語，和雲千千在一起的時候，他們總有種抓不住重點主題的感覺。對方的思維太過隨心所欲了，基本上他們根本就追不上人家那超前的速度，或者說他們根本就理解不了對方的思維邏輯，人家思維邏輯的最大特點就是沒邏輯。

「蜜桃，這是怎麼回事?」隊長終於忍不住好奇的開口了。

「簡單來說，這公主和最終BOSS是姘頭，人家把她搶來了，她為了國家的尊嚴不肯委身，但是要眼睜睜的看著自己的相好被殺，又捨不得。」雲千千撇撇嘴，不高興的用腳尖踢了踢地上的公主：「所以情況就是這麼個情況，要把副本通關，最關鍵的就是怎樣保證在帶著公主的情況下又殺死BOSS。毒蘑菇的孢子有麻痺效果，我在包子裡攙了點兒進去，等殺完BOSS之後，公主再醒來見事實已成，也就能下決心離開這裡了。」

一干人等崇拜的看雲千千：「妳怎麼知道這些的!?」

「在副本任務的前提劇情裡，那個發任務的NPC有提到這段狗血戀情啊，難道你們接任務的時候都不聽人家認真說話!?」雲千千故作驚訝狀，選擇性忽視了去解釋自己怎樣知道毒蘑菇孢子麻痺效果的事情。

隊伍裡的人果然也被她把思路帶走了，一個個羞愧臉紅：「接任務的時候一般沒人有聽劇情故事的習慣……」

「嗯！可以理解！」雲千千認真的點頭：「以前的網遊裡對關鍵線索都有提示，至於其他的故事情節確實不大重要。不過這個遊戲不同，你們要早點習慣才好啊！」說到最後，雲千千語重心長的教育眾人，狠狠的過了一把前輩大姐頭的癮。

四個學生乖乖受教點頭，對雲千千的經驗豐富表示佩服萬分。

「好了！那我們現在就去殺BOSS吧！」眼看著任務居然真的有希望完成了，隊長意氣風發，指揮人就要推開最後一道門。

「且慢！」可就在這時，雲千千卻突然出聲，又一次及時阻止了眾人。她表情嚴肅的看著隊長：「現在還有個更關鍵的事情需要隊長你先表態。」

「什麼問題？」隊長也認真對待，他再也不敢瞧不起這姑娘說出的話了。

「也不是啥重要的事……」雲千千扭捏了一下，接著羞澀的抬頭，看著隊長笑得十分討好：「我就想問一下，剛才的包子你們給報帳不？」

「……」

俊美的男魔、滿桌豐盛精緻的美食、典雅的燭臺……走進最後的房間時，大家都感覺自己彷彿是來到了中世紀的貴族城堡當中，根本不像是陰暗潮濕的地底洞穴。

「每次來的時候都是這桌菜，連酒杯的位置都沒有變化過，本人對食物的保質期表示深刻的懷疑……這些東西到底過期沒有啊!?還是說魔族的生活其實也挺緊張，所以每頓都只能吃同樣的菜色？」雲千千瞅了瞅垂著頭坐在桌邊看似在想心事的那個男魔，忍不住跟身邊的隊伍夥伴們交流。

本來正在沉思的男魔嗆了一下，苦笑回頭：「我一直這副樣子只是主神的安排而已，在這裡不存在食物過期的說法。而且我個人覺得魔族的生活比起神族應該都還要好些……大家都知道，一般號稱正義的人都沒啥錢，他們不偷不搶不騙不……」

「……」隊伍裡的人集體沉默，險些被嚇暈倒。畢竟在這之前，誰也沒碰上過NPC居然會搭玩家話的情況，而且這個NPC居然還知道自己的行動不合常理，這個認知本身就有些不合常理了。

雲千千倒是很適應，笑呵呵的拍了拍身邊被隊友扛著的昏迷的公主，她和男魔好聲好氣的打商量：「你明白事理的話那就好說了，現在的情況是這樣的，我們綁架了你心愛的老婆做人質。識相的話呢，你最好乖乖投降把通關憑證交出來，不然我們就先殺了你，再殺了你老婆！」

「……」隊伍眾人繼續沉默，在愈加無語的同時他們還感覺到深深的丟臉。

男魔自負的笑了笑：「妳認為你們有本事殺了我!?」

「也對，這確實有點風險，那我換個說法吧！……你最好乖乖投降，不然我們就先殺了你老婆，然後再跑路！」

「……」男魔也加入到了沉默的隊伍中去，額上一滴大大的冷汗滲下。

「蜜桃。」隊長咬了咬牙，努力克制喉口翻湧的腥甜：「算我求妳了，閉嘴吧！」她自己丟臉是她的自由，但她要是在NPC面前破壞了全玩家的集體形象，那就太不應該了！

「咦!?為什麼啊!?」雲千千大惑不解。

「……沒有為什麼！」隊長眼神很堅定也很沉痛。

有了正義的人士阻止邪惡的某水果，男魔終於得以按劇本順利發展下面的劇情。

在這個副本的設定中，男魔如果看到有玩家把昏迷的公主帶來之後，就會關心則亂的魔化並和玩家打鬥，其死後才會爆出魔族套裝的部件，玩家們也才會拿到通關的憑證。

不然的話，只要男魔不魔化，玩家即使把他殺個百八十遍也是毛都不會爆出一根來的。

「把公主還給我！」男魔擦了擦汗，沉痛的開口。他被刺激得差點忘記了自己應該要關心一下美麗的公主，都是這個女冒險者害的，這傢伙刺激人的本事不是一般二般，那絕對是宗師級的！

「不給！除非你主動投……」

雲千千大義凜然的上前，最後一個字還沒能順利完成就被自己的隊友們欲哭無淚的拖了回去，大家捂嘴抱腰掐脖子，死命的控制住這姑娘：「蜜桃，我們大家都求求妳好吧!?閉嘴行嗎!?」眾人都感覺想哭了。讓BOSS投降的事情聽都沒聽過，這姑娘能不能不攪和!?讓劇情早點完成，快點殺完快點閃人不好嗎!?

雲千千憤怒瞪視四個叛變的隊友，企圖唾棄他們的卑鄙行為並爭取自由，可惜雙拳難敵八手，她終究是被人壓制得死死的，半點都掙脫不出。

男魔那叫一個汗如雨下，眼看機會難得，他也顧不上按正常程序和人一來一往的對話了，直接劈里啪啦的呼啦一下把劇情直接拖完：「你們這些卑鄙的冒險者，難道用柔弱的女人來威脅敵人就是你們的正義嗎!?……好吧，既然你們死不悔改，那我就不客氣了！為了心愛的公主，讓我們戰鬥吧！魔化！」男魔變身，終於魔化完成。

隊伍裡的眾人很委屈，他們還什麼都沒說呢，這個 NPC 怎麼能自說自話就把他自己的臺詞給說完了!?他們明明也應該有三句臺詞來著，這傢伙居然敢刪他們的戲分!?眼看著男魔縱身撲了過來，大家終於再也顧不上壓制雲千千了，丟下昏迷的公主和生氣的雲千千，慌忙握緊武器迎上前去。

「你們這些混球！」雲千千被吧唧一聲丟到地上，摔了個齜牙咧嘴，憤怒的鄙視眾人：「男不摸頭女不摸腰，不懂規矩嗎!?居然敢吃老娘豆腐!?太過分了！」

隊長趔趄了一下，回頭傷心的望著雲千千——誰吃妳豆腐了!?

悲憤的雲千千無處發洩，只能將自己的怒火全部傾洩到了男魔的頭上，抽出法杖英勇的加入了戰局。

在眾人的圍毆下，悲催的男魔只不過堅持了一刻鐘左右，就壯烈的倒下了，爆出魔族套裝之上衣一件，隊長撿起衣服，系統第一時間通知隊伍裡的所有人說他們已經打通關卡，得到了魔族套裝證明勇士之功勳，請去任務發布人處領賞……

公主沒一會兒就醒來了，抱著男魔的屍體，這個美麗的倒楣公主黯然淚下，可惜這會兒沒人有工夫搭理她，大家都在忙著歡欣慶祝呢。

20 級的副本，自遊戲開通以來第一次被玩家打通關，這是多麼偉大的成功啊！隊伍裡的人都高興得不知道該說什麼才好了，雖然這其中的過程顯得鬱悶了些，但是總體來說，大家還是很感謝雲千千的貢獻和付出的。

「好姑娘！老子果然沒看錯人，剛才在副本門口一見到妳的時候，我就有預感，我們這次一定能通關！所以我毫不猶豫的就把妳組進了隊伍，而事實證明，我的眼光果然沒錯……」心情愉快之下，隊長毫不吝惜對雲千千的讚美之辭，把自己成功描述成一個慧眼識英才的伯樂，而雲千千就是被他相中的那匹千里馬。

雲千千嘴角抽了抽，重生以來第一次遇到比自己還要無恥的人。他們剛才明明是隨便加人的，事實上，當時不管是誰要求加入隊伍，這個隊長都會當場同意的好不好！

公主終於哀傷完了，抹了把眼淚，認命的向隊伍眾人表示了感謝，但是看她的那個眼神，似乎仇恨的情緒更多些。想想也是可以理解的，任憑哪個女人都不會對殺了自己丈夫、害得自己守寡的仇人真有什麼好感的。

雲千千堅定的以為，只要一有機會，這個公主絕對會毫不猶豫的整死他們……當然了，某 NPC 最想整死的肯定是某個卑鄙無恥的水果。

還好只打這麼一次交道，以後都不用看到這個公主。雲千千深深的感慨著，對公主心口不一的道謝根本不以為然。

公主用自己脖子上戴著的項鍊啟動了男魔留下的傳送陣，把隊伍一行人送回了南明城的皇宮之中。在那裡，發布任務的 NPC 向殺死邪惡魔族並救回公主的眾人表示了感謝，並接受了隊長提交的魔族套裝部件，最後，雲千千等人一起獲得了 20 級副本的通關憑證——騎士之勳章。

此勳章佩戴後體質 +3，可以在未來完成更高級副本之後升級強化。

雲千千很滿意，戴著勳章告別了眾人，得意洋洋的給晃哥和七曜等好友發了炫耀訊息：「在本蜜桃的帶領下，隊伍順利完成了 20 級副本的任務，我請大家喝水慶祝，大家來南明城城外水井邊集合囉……」

南明城水井邊，七曜三人和晃點創世都來了。

大家倒不是真特意趕來喝這口水的，更不是為了慶祝。主要是大家都好奇，雲千千到底是怎樣完成副本的。

在短暫的交往中，四人幾乎一致認為雲千千是個不可思議的姑娘。至於這個不可思議的具體含意，則是仁者見仁的問題了，總體來說不會是褒義就是。

於是，這個不可思議的姑娘究竟是用了怎樣令人髮指的手段才通關了副本，這個問題就引起了大家的廣泛關注。更主要的是，關注之後，他們也想順便跟著打通副本，畢竟這中間還牽涉到一個操作性的問題……

「啥都不說了，大家準備一下，等下午的時候我們組隊再去一次。」雲千千倒也懂事，等人到齊之後，根本沒有二話的就首先表明了態度。

四人對這姑娘的識相深表滿意，終於在心裡把對對方的負面評價稍稍加成了正分。

「蜜桃怎麼還在用白板加新手法杖!?」自己的問題解決後，另外的幾人終於有心情關注了一下雲千千。

雲千千撇嘴：「現在出來的都是散貨，我想打套裝。」

這話一出，四個人一起抹汗，套裝啊……那可是高檔貨，先別說現在的玩家們還不知道套裝從哪弄，就算是知道了，要湊齊一套也不是一天兩天的工夫，這姑娘口氣倒是不小！

「套裝要弄齊太麻煩了，而且現在才20級，有那個必要嗎？」七曜在這裡和雲千千相處得最熟，所以這種勸戒的話自然也是他來說。

「不麻煩的，有個套裝任務，只要去副本裡刷一輪，自然能湊齊一套。」雲千千苦惱道：「可是麻煩的就是，那個任務需要魔族使者資格才能接，我的種族傾向不是暗黑的，無法做那任務。而且現在也沒找到其他完成了使者資格的人。」

魔族使者，其實說白了就是一個傳送到魔族地界的資格。這在遊戲發展到中後期之後，擁有這種資格的人數不勝數，所以後期進入遊戲的小號們都挺幸福，隨便找個人帶自己刷刷就能弄齊裝備，甚至用到35級都不用換。

可是在剛開遊戲的現在來說，要找到一個有使者資格的人就很難了。即便是雲千千也沒辦法。

雲千千估摸著，如果到自己25級的時候還沒找到魔族使者的玩家的話，那套套裝乾脆她就發揮社會主義的人道互助精神，讓給其他更需要的貧困階級吧。畢竟25級之後再讓自己用白板裝的話，那可就抗不住怪了。

嚴肅話題結束，接下來就進入了八卦灌水之間，隨便聊了幾句之後，晃點創世倒是對七曜等人也產生了一些好感，覺得這些人都挺不錯。可惜的是，人家三個對他沒好感，準確來說，這三人彷彿是有些低調避世，並不願意接觸太多的人。

於是，雖然晃點創世幾次表示了大家互相加個好友，以後好多聯繫的意願，可七曜三人卻硬是不肯接口，嘻嘻哈哈的擋了回去，大概表示出「大家還不熟悉，多交往一下吧」的意思……他大爺的！加個好友還用得著熟悉個屁啊!?這又不是男女相親談戀愛！

十多分鐘後，晃點創世率先離開，去處理自己的雜務好準備下午過副本的事情了。七曜和不滅也隨後閃人，獨留下雲千千和面癱的無常大眼瞪小眼。

「你不走!?」雲千千詫異的看著無常，她覺得自己和對方的關係應該沒有超越對方和七曜等人之間的交情吧？他的兄弟都離開了，這人還留下來做啥？

「我有些事想單獨問問妳。」無常平靜的推了推眼鏡片。

「呃……基本上只要不是隱私方面的，你隨便問，我一定會說。」

「我就想知道，妳要找九夜到底是什麼目的？」

「……隱私！」

「那換個問題，妳接近我們有什麼目的？」

「……無可奉告！」

「妳……」

「我要求行使自己的沉默權利！」

「……」

無常敗了，他略帶無奈的看著眼前的女人，感覺對方滑得就跟泥鰍似的，讓他不知道該從哪裡下手。人家咬死了不開口，他還能把人家怎麼辦!?

雲千千板了一會兒臉，突然笑嘻嘻的開口：「無常，其實你不用這麼防備我。我對你們又沒有惡意……像你這樣謹慎是好事，但謹慎過頭就有點不好了。而且你瞧瞧你那臉，成天板得跟棺材板似的，看起來就讓人覺得怕怕，沒有女孩子會喜歡你這種人的，還是改改的好！」

「……」現在誰在談到關於他的人氣度問題了!?對雲千千轉移話題能力深表佩服的無常依舊面色無

波，淡定道：「沒關係，我不需要女人喜歡。而且我個人認為妳對我有什麼誤解，就我本身來說，只要妳不可疑，我也沒必要問那些事情。」

「我很可疑!?這應該是你對我有誤解吧！」雲千千被打擊得鬱悶了：「算了，我也懶得跟你說了，累！你想繼續待著就待吧。姑娘我可是沒心情奉陪了！」說完，轉身就要離開。

無常看著背對自己離開的雲千千，眼睛微瞇了瞇，終於還是什麼都沒說。

「對了蜜桃，還有件事。」雲千千剛走開幾步，七曜突然飛來一條訊息：「妳剛才說的魔族使者資格，無常正好做完了那個任務，如果妳真想去副本的話，可以問問他。」

「……知道了！」雲千千沉默無語許久之後才應了一聲，切斷通訊。接著轉頭，突然給了無常一個甜美動人的微笑：「無常哥哥，你今天看起來真是分外的英俊瀟灑……」

「行了！」無常平靜的推了一下眼鏡片，淡淡的開口：「我大概猜得到妳的意圖，陪妳去副本不是不行，但我有什麼好處？」

「……如果是七哥就沒你那麼見外。」雲千千鬱悶的撇撇嘴。

「所以他才會一直被妳壓制。」無常淡定的微笑，指出事實。

「……」

在副本推倒BOSS其實沒有什麼難度。難度只在於怎麼處理其中的劇情。

在知道了公主的欠扁本性之後，人們都很樂於把這娘們放倒，然後一遍一遍又一遍的凌虐男魔。讓可憐的公主在短短一天之內就連續喪夫了數百次，被調戲得很淒慘……這沒辦法，大家都憋得太久了，難得知道過關的方法，當然要趕忙來爆發一下。等爆發完了心情舒爽之後，當然要把消息告訴朋友，讓他們也來爆發一下，然後朋友再告訴朋友的朋友……

帶著七曜幾個和晃點創世成功完成20級副本之後，雲千千也懶得去管晃點創世接下來想把這個攻略和哪個朋友分享了，直接拉著原裝隊伍再風風火火的衝到了皇宮，要接套裝任務。

「大人！我們是正義的騎士勇者，曾經在前段時間成功拯救公主……這次我們來，就是為了徹底剷除禍患，去搗毀魔族留在人界的小基地！」皇宮門口，雲千千正義凜然的對之前給自己發布20級副本任務的那個NPC說道。

周圍有一堆正在排隊準備接20級副本任務的玩家們，本來看到雲千千插隊把任務NPC強行拉出時還十分的不滿意，這下一聽，似乎這任務還有後續!?於是一個個都不吭聲了，豎著耳朵準備聽第一手情報。

「很抱歉騎士大人，我們並沒有出兵討伐魔族的意向。」沒想到的是，NPC居然認真的回答了這麼一句。

「哈!?」雲千千傻眼了。

周圍群眾一片噓聲，對雲千千表示了強烈的不滿，他們都以為這姑娘是來故意搗亂或者說乾脆就是妄想症發作了——人家NPC根本沒說要發任務，妳耽誤大家時間來攪和什麼啊！

隊伍裡的七曜幾個也對雲千千表示了深切懷疑：「蜜桃，妳確定有任務？」

雲千千大汗，她覺得自己應該沒有提前出現類似老年痴呆之類的症狀吧！這裡有沒有任務，難道她還會不知道!?

眼珠子轉了一圈，雲千千拉過NPC，鬼祟的湊在人家耳朵邊小聲嘀咕：「大哥，我要接的是希望之光的任務，這可是為你們國家增加優秀人才啊！難道你希望我去西華城或者說其他別的哪座皇宮接任務!?到時候人才流失了算誰的!?……唔，雖然到時候還得先把那邊的20級副本做一遍，但是為了套裝我也不介意多費點事的，你看怎樣？」

NPC一聽也大汗，這妞怎麼會知道自己這些NPC中內部流通的任務的接取流程!?想了想，他也偷偷摸摸的小聲回話：「大姐，看妳知道那麼多應該也不是外人，那我就明說了，這不是我故意為難妳，關鍵是公主發脾氣，說她第一次被救回來的時候遇到的冒險者太卑鄙猥瑣了，所以強烈要求國王給封閉任務，讓你們玩家吃個小虧……要不，妳找國王商量商量？」

這位日理萬機，已經完全不記得眼前的姑娘就是第一個達成任務的隊伍中人了。而且當時雲千千又只是隊員身分，確實也不怎麼顯眼。

雲千千氣憤：「這公主怎麼能恩將仇報呢，真是太不像話了！」

「總之，情況就是這麼個情況，要嘛你們去找公主談談，要嘛去和國王談談……我是沒有辦法了。」

NPC乾咳了一聲，直起身來，裝作沒聽到雲千千對公主的負面評價：「我唯一能給你們的提示，就只有一條，每個騎士都可以直接進入皇宮要求面進皇室成員……當然，如果妳想在那裡做什麼手腳的話，皇宮衛士也不是吃乾飯的。」

雲千千鄙視這個NPC，意思不就是說自己可以直接進皇宮和人談判嗎!?這個規則姐前世就知道了……

三分鐘後，雲千千拉著隊伍出現在皇宮內。

「阿姐，打個商量嘛！」雲千千拉著公主的小手手死纏爛打。公主名叫阿麗絲，所以以阿姐稱之。公主臉色鐵青，長這麼大她就沒見過這麼無賴的人。要不是NPC不能隨意對玩家出手的話，這個女人以為自己還有命在她面前說話!?憤怒的公主站起身，直接手指皇宮門外，對士兵曰：「打出去！」一聽這話，雲千千反應敏捷，刺溜一聲在士兵們圍上來前就竄了出去。七曜幾個根本沒經歷過這陣仗，只慢了這麼一步，頓時被一群豺狼虎豹似的凶惡士兵給打成了豬頭。

等這些人全部逃掉後，公主依然覺得鬱結難消，忿忿不平的離開，準備回自己的寢宮。剛走到門廊處，第一個脫逃的雲千千突然又從扶手外探了個頭出來，繼續唸叨：「阿姐，其實嚴格說起來，我們這也算是去拿回妳老公的遺物誒……」

公主被突然出現的人頭嚇得一怔，繼而氣得渾身顫抖，怒吼曰：「打出去！」

士兵們四面八方圍過來，雲千千又先一步逃之夭夭。

迴廊處——

「阿姐，不在乎天長地久，只在乎曾經擁有，讓他在最愛妳的時候死去，總比你們結婚後，等妳變成黃臉婆了再看他去綁架別的公主好啊……」

「打出去！」

後殿處——

「阿姐，男人如衣服，其實外面有那麼多優秀的青年俊傑，妳何必吊死在一棵樹上呢!?比如我看妳那皇宮禁衛隊隊長就長得很……」

「打出去！」

皇宮花園內——

「阿姐……」

「滾！」

一路走回寢宮，公主已經是大汗如雨，累得氣喘吁吁，她實在是想不明白，這世界上怎麼會有這麼死纏爛打的女人!?自己光是用吼的都覺得有些體力透支了，對方一路藏躲，還四處奔逃亂竄，看起來居然還那麼精神奕奕!?不過還好，現在已經回到自己的寢宮了，想來那個女人也該放棄了……吧!?

公主瞪著自己床底下一拱一拱爬出來的女人，久久的無語。

「阿姐，往事已矣，來者可追。其實妳實在沒理由這麼仇視我，要知道，如果父母和配偶關係不好的話，強行結合的婚姻一般都是不會幸福的，何況你們還是異地婚姻……據研究表明，這樣的離婚率高達79.7%，我只是在幫妳揮慧劍、斬情絲……」

「……」

23・麵館的老大

公主和雲千千顯然不是同一個層次上的存在。

起碼公主自認為自己從小精心保養、尊貴呵護出來的臉皮就比不上人家的那麼厚。

如果現在把身分和立場對調一下的話，公主相信自己就絕對做不到雲千千這樣的地步。當然了，如果要是當初被男魔抓去的是雲千千的話，估計那丫頭也不可能安分到等人來算計她，當她被抓回去的第一時間就會做出選擇，要嘛把男魔踢爆蛋，抓回皇宮關進鐵籠收門票展覽之。要嘛就是直接叛變反人類，吆五喝六的拉上一大幫人給自己男人增加實力，順便把全大陸除自己本國外的所有國家都給推倒打成灰灰……

頭腦簡單的人，果然是比較幸福啊……公主深深的長嘆，突然之間，她覺得自己沒那麼恨雲千千了，她只恨自己，是自己決定徘徊，是自己捨不得做出抉擇、於是寧願縮進龜殼裡對一切視而不見。既然如此，那無論有什麼結果都是自己自找的，這能怪別人嗎？

「妳走吧！」深深的看了雲千千一眼，公主決定放過她了。錯不在對方，在自己啊！

「誒!?」雲千千有點傻眼，從床底下爬出來，也不管自己一身邋遢，直接跳上了公主的床，還打滾兩下：「我辛辛苦苦說了那麼多，妳還是不肯發我任務啊!?」

公主額上青筋暴跳，努力無視自己床上那黑黑的髒印子隱忍咬牙道：「妳可別得寸進尺！我肯放過妳，妳就已經該抱著感恩的心去讚美主神的眷顧了！」

「讚美主神！」雲千千從善如流的低頭做虔誠狀，接著再抬頭，眼睛依舊興奮得亮晶晶：「我讚美完了！任務呢!?」爪子一伸，半點不會跟人客氣的。

「……」公主默然垂頭，久久之後，她深呼吸了一下，表情平靜的走出去拉開自己的寢宮門，憋足一口氣，突然衝著門外大叫：「來人啊！有刺客！」

臭娘兒們！雲千千淚奔，從床上猛的彈起，刺溜一聲，極其熟練的飛快從窗子竄了出去，又一次成功跑路……

七曜幾人從被皇宮裡打出之後，早就各回各家，各找各媽去了。

雲千千嘗試聯絡這幾人，結果被對方強烈譴責了一通其不講義氣、自己落跑的行為之後。慚愧的雲千千也只好放棄——人家在肉體和心理飽受傷害之下，現在正是激昂憤慨中，任憑她再說什麼也是沒用的，看來這任務還得拖。

想從公主這邊接任務是行不通了，雖說人家現在還沒對自己趕盡殺絕，但保不濟這娘兒們什麼時候一受刺激，突然就喪心病狂了呢！畢竟當初公主也是在副本中叛變殺了無數去救援她的人，單從這一點來看，雲千千就非常堅定的相信對方的性格因子中一定有暴走傾向，甚至很多時候還十分的是非不分。

用言語去說服感化這公主看似是不可能了。雲千千想了想，決定去找皇宮的大BOSS，也就是皇帝陛下。當然，不是現在就去找，公主現在正在對她進行強勢圍剿，雲千千決定先去吃個飯啥的，等公主那邊稍微平靜點兒，起碼不要出現自己一進皇宮大門就被戳成篩子的情況之後再去。

「瞧一瞧看一看，走過路過不要錯過了哎！十全大補丹，初級滿熟練藥師煉製，保證紅藍瞬間雙補，經過創世紀ISO9001認證，不含任何添加劑防腐劑，純天然綠色丹藥！一顆只要17銅！」
「縱橫四海幫會招人了啊……目前是傭兵團，可一旦成立幫派後，團內成員可以免審核直接入幫！25級以上的可以直接來我處報名！」
「極品小裝備，裝備小極品！您還在為抗不住怪而苦惱嗎？您還在為拿不出一套給力的裝備而憂鬱嗎？看我手裡這件……」
雲千千從一幫堵在傳送陣濞的傳銷玩家中間穿過，期間扒開熱情的友好之手數隻，最後終於抵達了全城最便宜的一家麵館，坐下後非常有氣勢的拍桌吆喝：「老闆！素麵來一碗！」
麵館內眾玩家立刻集體對此妞鄙視之。雖然大家都是沒錢人，所以才會選擇這家最便宜的店，但您沒錢到只能吃素麵的地步，不鄙視妳鄙視誰啊!?看咱多大方，還有能力加個肉末……
窮人也要找平衡，他們最喜歡的就是仇視富人，順便再鄙視比自己還窮的人。
雲千千絲毫不受環境影響，非常淡定的等待自己的素麵。老闆也是非常有職業素養的，任何客人都是他的主神，一概採取同樣的熱情態度對待之。
不一會兒，雲千千的素麵就上來了，一碗清湯，裡面一把麵條，湯麵上浮著幾顆蔥花，連油腥都看不見半點……
剛拿出雙筷子還沒來得及下手，雲千千身邊又坐下來一個男人，同樣一拍桌子大吼：「老闆！素麵來一碗！」
雲千千差點沒噴了，其一，她沒想到還有摳到自己這分上的人，而其二，則是因為這聲音太熟太熟……熟到前世她在對方身邊混了將近有大半年的時光。
嗆了幾下，雲千千抬頭一瞄，果然，身邊坐著的這個男人不就是前世疑似暗戀自己那老大嗎！
「不好意思啊，其他地方沒桌子了！」發現同桌的姑娘眼神古怪的盯著自己看，男人不好意思了，憨憨的一笑，臉紅的解釋著。

「沒事，我就隨便看看。」雲千千裝不認識，低下頭吃麵。

男人似乎是被雲千千剛才那一眼看得挺彆扭的，不自在的在凳子上動了動，想找話說又不知道該怎麼開口——人家姑娘吃麵可專心了，自己會不會唐突啊!?

「老海！」氣氛正詭異著，又一個男人走了進來，直接坐到雲千千這一桌，也不會客氣的，伸手就拍上了雲千千前世老大的肩膀，故作親暱的一副責備狀：「你怎麼就走了啊？小雲跟了我，你就那麼不自在!?」

有姦情！雲千千是多麼敏銳的人啊，聽到這麼狗血老套的橋段，要是還不能猜出是怎麼回事的話，那也太侮辱她的智商了。

老大被人說得臉色不好看了，抿著唇一言不發。後面進來的那個男人還在一副語重心長的模樣長嘆道：「老海，雖然說我和你是兄弟，照理來說，我實在是不該跟小雲發生些什麼。但是……我和她真的是兩情相悅的。」

老大：「……」

雲千千：「嘶——呼嚕嚕嚕！」

「我愛她，她也愛我。我們是真心的……」

老大：「……」

雲千千：「吧唧吧唧！」

「我們並不是要故意背叛你，但是那時候，我們一不小心就情不自禁……」

老大：「……」

雲千千：「嗝！」

「……」

「……」

「這位美眉，妳能吃小聲點兒嗎!?」後進來的男人笑得一臉僵硬，沉默許久之後終於忍不住把頭轉向了雲千千。

「為啥!?」雲千千鬱悶：「你把這裡包場了？」

「不是，關鍵是我們在談事情……」男人看似牙疼，腮幫子一抽一抽的。

「你們談你們的，我沒事，再吵我也吃得下去！」雲千千體貼的安慰那男人，順便唏哩呼嚕的又吸上來一大口麵條。

「……」

店老闆竄過來插花了，又一碗素麵往桌上一放，對著老大笑容滿面：「客人，您的麵！」

老大一言不發，抽了雙筷子準備吃麵。男人放棄和雲千千講理了，回頭繼續和老大溝通，看到了老大面前的素麵碗，他故作驚訝的大聲又開口：「老海！你居然只吃素麵!?難怪小雲會那麼委屈，你說說，身為一個男人，如果連心愛的女人想要些什麼都送不了，哪個女人跟著你會開心啊！」

切！素麵怎麼了!?綠色無添加無汙染，管飽還低卡路里，最重要的是沒有其他雜七雜八的垃圾調味料……馬的不懂養生之道！同樣吃著素麵的雲千千邊吸溜麵條邊鄙視此男。老大則是一貫的無視，面色平靜無波，冷靜的樣子是雲千千前世從未見過的，讓人心生寒意。

「海哥哥，你生我氣了嗎!?」

這邊局面正僵著，麵館外一個女人又走了進來。怯怯如一朵嬌羞的小花，故作出一副不知世俗險惡的純潔模樣，讓人一看就忍不住想踹她。

這個女人一進來，老大終於無奈的放下麵碗開口了：「我沒生妳氣！」

老大，你一開口就敗了……雲千千深深的嘆息著。

果然，聽到老大終於接過話頭，剛才本來已經沒再說什麼的男人又來勁了，他快步走上前去，憐惜的擁住那個剛走進來的女人，在老大面前大秀恩愛：「小雲，妳怎麼來了!?我不是說這裡交給我就好了嗎！老海會原諒我們的，妳不用擔心。」

「是啊，不原諒又有什麼辦法。水往低處流，人往高處走，跟了你不用吃素麵啊……嗯，起碼能加上一勺子肉末！為了吃口肉，人家姑娘都委屈到這分上了，再不原諒也不忍心了啊！」雲千千把頭都快埋進了麵碗裡，邊吃邊小聲嘀咕。

「噗！咳、咳咳！」本來想掩飾傷心而正吞下一口麵條的老大被嗆著了。

恩愛情侶臉色頓時變得很精彩，忽青忽白的煞是好看——這姑娘誰啊!?話說得也實在損了點兒吧！

咳了半天，終於把氣管咳順了，老大連忙喝了口水壓壓，放下杯子之後，他已經被鬧得沒啥悲傷的心情了：「小雲，你們走吧，我們的事到此為止，啥都別說了。」

「海哥哥，其實你是好人。」被叫做小雲的女人回過神來，連忙重新擺回委屈的表情，怯生生的開口。

「老海，我們對不起你。」男人又一次嘆息，繼而轉頭深情的看著自己懷裡的小雲：「小雲，這事是我們做得不對，我們要好好跟老海道歉！」

老大臉上變幻得跟調色盤似的，想必心情也是十分複雜。

根據雲千千的經驗判斷，現在對方悲傷的情緒沒多少，更多的應該是鬱悶。

這兩人跟老大有什麼深仇大恨？至於非把人噁心成這樣嗎!?雲千千也鬱悶了。

「嗯！我一定要海哥哥原諒我，不然跟你在一起，我也是不會快樂的。」小雲哽咽著，眼圈說紅就紅，那淚珠子連醞釀都不用，呼啦一下就掉下來了。

「這位美眉，妳吃完了能讓讓嗎!?」男人轉頭看雲千千，示意對方給自己三人讓個場地。

可是我還想看戲誒！雲千千為難的看了看自己面前的空碗，想了想，抬頭跟老大打商量：「海哥是吧？要不你請吃我碗麵唄!?我想再坐會兒……嗯！素的就行！」

「……」幾人一起無語了。

要嘛怎麼說老大脾氣好呢！單看人家被這兩個賤人欺負都不發火就知道了，老大這人就是一個欠削的貨。雲千千心裡想著。

聽了雲千千自來熟的要求之後，老大只愣了一愣，接著居然就點頭了，當真轉身跟店老闆吆喝了起來：「老闆，再上碗麵……嗯！加肉末的！」

「哎呀這怎麼好意思！」雲千千樂得眉開眼笑，狗腿的當即起身給老大把水杯倒滿，笑得一臉諂媚：「真是讓您破費了！」

男人臉色鐵青，咬著牙說不出話來。小雲哀怨的瞅了瞅老大，再瞅了瞅雲千千，再度潸然落淚喃喃道：「你以前都沒主動給我點過加肉的麵……」

「妳得這麼想，正是因為海哥沒關照過妳，所以妳才能從一碗肉末麵就了解到妳身邊那位哥兒們的體貼和大方啊！不然的話，人家起碼得給妳弄個滿漢全席……條件太高了都不好找對象，現在這樣正好，不然人家哪來的機會和條件勾搭妳啊……」眼看有肉末麵吃了，雲千千心情大好，主動安慰小雲同學。

麵館裡所有聽到這邊對話的人都汗顏了。老大擦了擦額上的冷汗，小心的跟雲千千商量：「這麵我請妳吃可以，但是妳能不能別說話了!?」

眼看著雲千千又要繼續留下來「呼嚕嚕嚕吧唧吧唧嗝」，男人和小雲都是一副想死的表情。

「要不我給妳點碗大排麵，妳能換張桌子吃嗎？」窒了窒，男人鬱悶的決定還是把這人哄走先。

一碗大排麵就想收買自己!?這簡直是侮辱！雲千千憤怒的拍桌：「起碼得再加個滷蛋！」

「……」男人默，繼而青筋亂跳，也拍桌：「憑什麼!?」他大爺的！沒聽說過吃麵吃得配菜比麵還多的！自己都沒這麼奢侈過，這姑娘覺得他看起來像冤大頭!?

「喊！沒錢你明說就好了，咱又不是缺你一口吃的，我還有碗肉末麵快上了呢！」雲千千鄙視了男人一眼，順便頗有深意的掃了一眼其身邊的小雲同學。

男人「咯登」一下，這才想起自己剛到手的女人還在旁邊看著呢。為了加不加一顆蛋的問題，自己居然和一姑娘在麵攤上當眾吵了起來，這實在是很沒有面子。雖然這已經不僅僅是單純的一顆蛋的問題了，而是更嚴肅的，代表著更高層次的交鋒與對決，這個對決的結果也象徵了兩人的精神和意志和信念和……

「就聽妳的，再加顆滷蛋……」男人終於淚流滿面。

「如果你附帶給我瓶啤酒，我不僅是換桌，甚至可以直接離開這裡哦！」雲千千笑咪咪的趁勝追擊。

「……老闆，再上一瓶啤酒，剛才的大排麵加滷蛋和我海哥點的肉末麵都打包！我結帳！」男人沉默了一下，直接轉頭招呼。反正已經被敲詐了，再多破點費也沒什麼，小爺他就當破財消災了，也落個清靜，還能在小雲面前賺個大方的面子。

店老闆多麼高興啊，自己這裡來的向來都是窮人，消費層次平均下來基本上也就是一人一碗肉末麵的水準。這姑娘真是不錯，一人就消費了三碗麵，一碗比一碗貴不說，臨了還捎帶瓶啤酒。

於是，興奮的店老闆很快就以超效率把大客戶雲千千點的東西都送上了，甚至為了對對方的熱誠惠顧表示感謝，老闆還贈送本麵攤 VIP 打折卡一張，介紹曰：「憑本卡可在本麵攤享受9.8折待遇。PS：由於沒有比銅更小的貨幣單位，所以當出現零頭時，直接以1計算，即使是0.1亦然……」

雲千千算了下，一碗素麵是30銅，9.8折下來是29.4銅，小數點後單位皆直接算成1……靠！結果不還是30!?

對店老闆表示了真誠的鄙視後，雲千千把點的麵往空間袋裡一丟，沒有半點留戀轉身就走，揮一揮手，不帶走一片雲彩。

「她終於走了！」男人如釋重負的長出一口氣，和小雲感動對望。

被獨自留在尷尬桌位上的海哥則感覺心裡挺不舒服的，想了想，終究沒說什麼——不過是不認識的路人而已，他憑什麼要求人家留下來!?

誰知感動的還沒感動完，鬱悶的也還沒鬱悶完，走出店門的雲千千突然又從門簾外探進個頭來，朝詫異的海哥揮手：「海哥！你怎麼還不走啊!?」

「啊!?」海哥迷茫了一把。

「啊什麼啊!?你兄弟挖了你老婆在旁邊恩恩愛愛的，你倒是真有心情在這裡留著啊!?人家叫咱讓地方了，還不趕緊的跟上我？姐帶你找個風景優美、山清水秀的地方哭去！」雲千千風風火火，邊數落邊衝了回來，抓住海哥，再衝男人諂媚的賠笑哈腰：「真不好意思，這哥兒們就是傻了點兒，沒眼色不會看事！您見諒，慢吃啊！」說完拉上海哥再一起衝了出去。

「等等，我的麵還沒吃完……30 銅呢！」海哥已經徹底傻了，完全抓不住重點。

「素麵算個屁！姐請你吃肉末的……」財大氣粗的雲千千拉著人飛快的消失，聲音也越來越遠，直至最後完全聽不到。

眼睜睜的看著這個風一般的女子拉走了海哥，男人和小雲怔了又怔，好半天後才終於回過神來——人，被帶走了!?

敲詐了自己一份大排麵加蛋不說，還外帶一瓶啤酒。結果這姑娘讓是讓地方了，卻把主要演員也拉走了，這還玩個屁啊!?屎可忍尿不可忍！望著已經人去簾空的麵攤門口，男人終於忍無可忍的拍案而起，憤怒的大吼：「妳踏馬的有種！」吼完一回頭，面目猙獰揪過店老闆來問：「那姑娘叫什麼名字!?」

店老闆鬱悶了：「客人，我只是麵店老闆，不是辦調查人口的。您和她說了那麼多句話都不知道她叫什麼!?」

「……」男人抓著店老闆沉默許久，終於委屈得黯然淚下——老子知道個屁！

皇宮，向來是玩家們的嚮往之地。雖然只是一個遊戲，但這麼一個地方畢竟代表了一國的權力中樞啊！其建築布局及細節設計等等更是集奢華精巧之能事，讓人身在其中之際，總會忍不住的為其震撼感慨。

由於是遊戲的關係，各地圖對玩家們的限制並不大，所以儘管是皇宮，但只要是做完了 20 級副本任務的人，就都有了自由出入的資格。在現實中大家可沒有這種便利，比如說你敢到白宮遛馬嗎!?可是在遊戲裡就能。

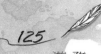

於是在這裡，玩家們出入皇宮也就成了常事，大家都樂意過一把癮，體驗一下階級頂層的生活起居。雖然說不能真做什麼太放肆的事，但咱逛逛總行吧？

雲千千拉著海哥從麵攤衝出來之後，就直接帶著人順路逛到了南明城皇宮的正殿裡，兩人一起蹲在國王面前……吃麵！

「蜜桃，妳拉我來這裡幹嘛？」海哥不自在的動了動身子，還是有些不能適應這麼囂張的行為。在國王面前吃麵誒！而且還是蹲著……就算這只是遊戲，你不把他當真的國王看，但你起碼得把他當個人看吧!?怎麼說這些NPC好歹也是高擬真智慧來著，誰見過現實裡有人好意思端著飯碗去不認識的人家客廳裡蹲著吃飯的!?

「南明城這裡壓了個任務不肯發布，我又想接那個任務。所以想從國王這裡下手，看看有沒有什麼接任務的路子。」雲千千邊嘶溜麵條邊回答，一派泰然自若理所當然的模樣。

海哥端著麵碗想哭：「我的意思是，我們為毛要在這裡吃麵啊!?」這姑娘還真不把自己當外人，剛拉著他從麵攤出來之後，這人極自然的跟他互加了個好友，接著就拉上他一點也不見外的一起跑過來這邊蹲著分贓吃麵了。可是天地良心，他現在除了知道人家叫蜜桃多多以外，其他一點兒了解都沒有，他還沒有做好陪她丟臉的心理準備啊！

「你吃飯還要先選個風水寶地!?」雲千千詫異，繼而為難了：「可是那樣太麻煩了，我還是覺得隨意一點就好。」

「……」不！關鍵是現在隨意得太過了……海哥終於無語。恍惚的看著雲千千，這個男人突然有種不祥的預感——也許在未來相當長的一段時間裡，他都得繼續維持這樣的生活了……

26．國王的任務

南明城的國王現在很糾結。

剛才他聽自己的侍衛長說，有一男一女到達了自己的皇宮正殿，雖然對方暫時沒有點明是要面見自己，但這個勤勉認真的國王還是第一時間就穿上正裝走了出來，準備接見此二人。畢竟國內的子民就等於是自己的兒女，兒女來見父親，肯定是有什麼請求吧？既然如此，他怎麼能讓自己的兒女著急呢！慈愛的國王如是想著。

可是出來了之後，眼睜睜的看著下面的一對「兒女」一邊盯著自己，一邊吃了十多分鐘的麵條，任是國王再怎樣慈愛，也感覺到自己太陽穴上開始突突的亂跳，滿腦子熱血上湧，已經臨近暴走的邊緣了。

他大爺的！這兩隻小兔崽子就是特意來徵用他的皇宮正殿當飯廳的嗎？而且這兩個傢伙老盯著自己看是啥意思！在動物園參觀稀有動物？國王傷心悲憤怒，此時他已經不再把下面的雲千千二人當成兒女了，就算還是兒女，也是忤逆不孝的那種。

「咳！」眼看著對方二人總算撈完了麵條，進入喝湯步驟，鬱悶了許久的國王終於忍不住乾咳一聲，主動開口了：「我可愛的子民，你們來面見我是有什麼請求嗎？」

「沒有啊，隨便逛逛，逛著逛著發現這裡挺不錯的，就順便野餐一下。」雲千千理所當然道：「您這麼大方，想來應該不會介意吧？我們可是您的子民，也就相當於是您的兒女啊！兒女到爹房裡吃個飯，應該沒問題的吼？」

海哥一聽這話就想暈了，看了看王座上臉色難看的國王，他連忙扯雲千千的袖子，鬱悶的壓低聲音：「蜜桃，妳不是想來接任務的嗎！這麼說話萬一把國王惹生氣了怎麼辦？」

「不會的！咱爹很大方！」雲千千笑嘻嘻的安慰海哥。

這回連國王也想暈了，有這麼無賴認爹的嗎！他可不想要這麼不省事的女兒來著！不過還好，他兒子……呸！那個男人的話裡還是有些有用的訊息的，原來是為了任務而來？

又乾咳了兩聲，國王裝作沒聽到雲千千最後的那句話，再次開口：「兩位！如果你們有什麼要求的話，可以儘管說給我聽聽看，沒關係的，不用害怕！」

誰害怕了？雲千千翻了個白眼，勉為其難道：「好吧！既然你這麼強烈要求，那我就說給你聽吧！」

靠之！國王的中指蠢蠢欲動，很想豎給下面那姑娘看。

「我們這次來的目的很簡單，就是要接希望之光的任務，您可千萬別說您不能發布啊！」雲千千嚴肅道：「做任務是我們的權利，而發任務則是你們的義務，如果因為你不肯履行自己的義務而損害了我們的權利，我可是有權去投訴的！」

國王吐口血：「這個任務目前還沒有一個人觸發過吧？妳怎麼知道這個任務的!?」

「女人的直覺！」雲千千負手做世外高人狀。

「……」妳家的直覺能直到連任務名字都說得出來！這也太靈異了吧!?

國王和海哥一起鄙視不肯說實話的某水果。

國王瞪著雲千千無語了一會兒，眼看某無恥水果沒有退縮的意思，終於主動的敗下陣來：「要給妳任務也不是不可以，可是我的女兒……」話說一半就沒有了，國王愁眉深鎖，為難的深深嘆息著。

「棍棒底下出孝子！女子不可參政……這兩句話您聽過沒!?只是一公主居然還敢攬和自己親爹國王的正事!?真是太不像話，不教訓教訓她都不知道天高地厚……國王您不用為難，這種人跟她說道理都不好使，就是要打到她服！您要是捨不得動手的話咱們幫你！」雲千千氣奮填膺的表示自己對公主不懂事的憤慨，擼著袖子就做出一副要揍人狀。

海哥想吐血了，別把他算進去好嗎？為什麼要用咱「們」!?

國王也想吐血了，這人想打自己親閨女還能說得這麼理直氣壯，她還敢再無恥點兒嗎!?擦了把冷汗，國王鬱悶的阻止某顆想衝進後殿的水果：「這位……勇士!?妳不用這麼激動，其實要我發任務也不是不可以，只要妳先幫我辦件事就可以！」

國王的話音一落，系統提示聲立刻歡快的跳了出來，在雲千千的耳邊唧嘰歪歪，大致意思就是說國王現在想拜託件事，完成了之後有錢有經驗有裝備，好處大大滴，問雲千千是否確定要接這個任務云云。

雲千千一聽還有這等好事，當下拉過海哥來一起拍胸脯，對國王豪放的表示自己二人願意為對方做任何事，上刀山下火海都在所不辭，但是如果她真被掛掉的話還是希望能有撫卹津貼……

國王嘴角抽了抽幾下：「上刀山下火海倒是不用，這個任務也不會有讓你們掛掉的危險。我只希望，你們能陪陪我的女兒，讓她心情好轉起來。如果你們能讓她笑的話，希望之光的任務我保證馬上就發給你們！」

「海哥！這就靠你了！用你的美色迷暈那娘兒們！」雲千千一聽，立馬轉頭嚴肅的拍了拍海哥的肩膀。

海哥想哭了：「蜜桃，咱沒泡過姑娘啊！而且做人說話憑良心，妳真的覺得我有美色!?」他聽過有人誇自己爺兒們、陽剛、義氣、厚道……但唯獨沒聽過人誇他有美色。雖然大家都說他長得也不差，有稜有角的挺有男人味，但離迷倒堂堂一個公主的程度還是差遠了吧？

雲千千一聽海哥寧死不從，於是淚眼汪汪的轉頭看上方臉色鬱悶難看的國王：「國王啊，不是咱不幫忙，主要是海哥不合作啊！要不您下個死命令，讓他在一天之內泡上公主？那樣我保證公主就能笑了！」

「……請妳用別的方法可以嗎！」國王嘴角抽了抽許久，終於從牙縫裡憋出一句話來。

雲千千抹把眼淚，無助的看著國王：「不管什麼方法，只要能讓公主笑出來就可以了嗎？」

「對！」國王嚴肅的點頭：「除了泡……妳剛才提的那個方法以外，不管妳用其他什麼辦法，只要能讓公主笑出來，我就算你們任務完成！」

「好吧！」雲千千想了想，終於一臉堅定的咬牙：「這任務我們接了！」

27．任務完成

「蜜桃，妳打算怎麼做？」得到批准後，兩人剛一離開後殿，海哥就忍不住憂心忡忡的開口了：「20級副本我昨天也剛做完。就我個人認為，公主既然愛那 BOSS 愛到不惜殺了玩家也要保全他，那麼在 BOSS 死後，想讓她那麼快就重新高興起來實在是不大可能！」

「誰說我要讓她高興了？」雲千千詫異。

海哥噴口血：「不讓她高興難不成妳還讓她哭啊!?」

「海哥，你做任務難道都不仔細看任務的完成條件嗎？」

「唔……難道我已經精神衰竭造成記憶混亂？」海哥愣了愣，翻出任務面板仔細又看一遍，茫然：「沒錯啊，『讓公主再一次笑出來』，這不就是我們的任務嗎？」

雲千千失望的搖頭，一副恨鐵不成鋼的表情：「所以說，國王只要求我們讓公主笑，沒說一定得是她心情愉快了自己笑出來的吧？笑只是表情，而高興是心情，心情可以牽動表情，但表情未必都是因為產生對應心情的時候才會出現……我這麼說你明白了嗎？」

海哥表情痴呆的窒息良久，最後終於淚流滿面，一把拉住雲千千的手抹淚哽咽：「蜜桃，妳還是給我個痛快，直接說妳想幹啥吧！」

雲千千羞澀的一低頭：「我記得生活職業裡的煉藥師可以煉出一些惡作劇的笑笑粉……」

「……」喂！妳不是來真的吧!?

之後發生的事情，海哥一直覺得自己恍若是在夢中一般。那個不要臉的水果拖著他去了城裡的藥店，只花了10個銅板就購買了分量十足的一大包笑笑粉，這玩意兒因為沒有什麼實用價值，只能用來做惡作劇，所以自然賣得便宜。

接著，他暈暈乎乎的再被雲千千拉回皇宮，眼睜睜的看著那個女人先去皇室專用廚房遛達了一圈，並且還從NPC胖廚子那裡糊弄來一些點心說要帶給公主。因為國王發布的任務，那個胖廚子也十分配合，只以為是某水果要哄公主開心，於是乖乖的就把點心遞出了好幾盤來。

走出廚房後，這姑娘毫不客氣的黑下了其餘的點心放進自己包裡，只留下一盤看起來最樸素最不值錢的，當著他的面把20級副本裡得到的毒蘑菇孢子摻了進去，再招來個侍女讓她端給公主。

因為點心是皇宮出品的，送點心來的又是自己的侍女，於是公主根本沒有任何懷疑的吃了下去，緊接著杯具再次降臨……

「國王大叔，您看，公主現在是多麼的開心啊！就連在睡夢中她都一直保持著笑容，這足以證明我們的任務是多麼的成功了！」雲千千把國王請到公主房間，指著床上被灑了一身笑笑粉的某睡美人公主，當著國王的面臉不紅氣不喘的說著。

海哥悲憤的含淚站在一邊沉默，深深的感覺到了自己的墮落。他怎麼能眼睜睜的看著這個女人這樣糊弄NPC呢!?他怎麼能眼睜睜的看著公主被設計呢!?他剛才怎麼就沒阻止這一切呢!?……他錯了，他不再是一個品德純潔的好人了，他對不起國家的栽培，更對不起自己的爸爸媽媽和他家養的旺財啊嗷嗷……

國王狐疑的看了看沉睡的公主身上沾著的可疑白色粉末：「這是什麼!?」說完伸手想去摸。

「別碰！雖然人是您女兒，但畢竟公主已經是成年的姑娘了!您這樣隨便亂摸人家很不好！」雲千千及時拉住國王，嚴肅指責的同時順便隨口編了個理由：「公主身上的是麵粉，經過我的諄諄教誨和耐心開解之後，公主已經從喪夫……咳!的陰霾中走出來了。同時她也因我的教育而認識到了自己的錯誤，知道讓自己的父親為自己擔心是多麼不孝順的一個錯誤，於是公主想親手做些點心來送給您當作是道歉和感謝……於是如此這般的，這才弄了一身的麵粉。」

國王感動了，他有個多麼懂事的女兒啊！抹了一把淚，國王滿足的點頭：「嗯！我的女兒長大了……」

「是啊是啊，人總要學著自己長大……那啥，我的任務完成了吧!?希望之光的任務也可以發布了吧!?」

「不急，我先把公主叫醒，我們父女要慎重向妳道謝才行。」

雲千千大驚之下連忙正色阻止：「國王大叔！這話您說的就見外了！我們身為您的子民，對公主的事情自然也很擔心，能為你們做點什麼是我義不容辭的責任，而且我趕時間，您還是早點把任務發給我得了，等公主醒來後，她一定是想和您第一時間好好暢談一番心事，而不會是想見到我們的。」

國王甚感欣慰的點頭：「難得國家中居然有妳這樣謙虛體貼的好孩子……那好吧！我現在就把任務給你們。以後有時間的話妳可以常來皇宮作客！」

完成任務，再接任務，一切搞定!雲千千慌忙的拉上一臉木然的海哥就想離開。誰知剛一走到門口，國王突然開口：「請等等！」

雲千千一僵，遲疑的轉過頭去：「還有事嗎？」別是被看出什麼不對勁，暴露了吧!?

國王老臉一紅，不好意思的吞吞吐吐：「妳剛才說我女兒給我做的點心呢？」

「……」雲千千沉默三分鐘，最後終於萬分不捨的含淚從藏下來的點心中端出一盤來遞了出去。看著國王歡喜的從自己手裡接過點心，雲千千一個沒忍住的淚流滿面──他大爺的！自己的點心又少一盤！

「這就是我女兒親手做的點心嗎!?謝謝，真是太謝謝……咦？妳怎麼哭了？」

「沒有，這父女情深太感人了，我激動的！」雲千千哽咽……

「……」海哥終於忍無可忍的抬頭，認真而專注的研究起皇宮的天花板來──香蕉的！他可是什麼都沒看到，也什麼都沒聽到啊！

任務是接到了，但副本現在還不能去。

七曜等人因為雲千千在皇宮時不負責任的落跑行為，身體上和心靈上都受到了嚴重的打擊，於是，這些人面對某水果取得任務後的二次呼叫時，都採取了避而不理的冷處理態度。

雲千千拉著海哥，捏著任務，卻找不到陪自己去副本送死的人，頓時感覺很寂寞。

「沒人理我！」雲千千可憐的轉頭望海哥，希望尋求安慰。最起碼也要從對方的好友裡挖幾個人出來做任務啊，就是不知道海哥在這個等級時的交際面如何，怎麼說人家前世也是個小傭兵團團長，王八之氣總該有點兒吧！

海哥嘴角抽了抽，無奈的嘆息道：「別看我，剛才在麵館的情形你也看到了，我現在不好叫人來，要是讓那對……呃，小情侶知道了的話，他們沒準也會跑過來的！」

「來了就來了唄！」雲千千大惑不解：「我跟你之間是純潔的革命戰友情誼，難不成你還怕他們看見了之後會誤會咱們有啥姦情？」

「……」重點不是這個好吧！

雲千千根本不知道麵館裡遇到的那對男女是哪兩根蔥，在前世她認識海哥的時候，這麼兩號人物早就沒在這位大哥身邊閒晃了，所以雲千千自然也就沒機會認識這對極品。

用這位姑娘的角度來看，既然註定是要消失的兩個龍套路人，那麼海哥實在是沒有理由太在意。走吧，走吧，人總要學著自己長大……海哥同學啊！將來您連記都記不得這兩根蔥，現在何苦在這兒彆扭!?

人其實就是這樣，很多時候可能覺得自己正在經歷一件多麼痛苦且難以忍受的事情，實際上眼睛眨巴一下，時間過去之後，很可能就什麼都沒感覺了。

「現在就兩個選擇，第一，咱們去找野隊，第二，你拉你幾個朋友過來。」雲千千無奈的攤手：「海哥，你自己決定吧！」

「……其實我也可以選擇不去來著，反正又不是我的任務。」海哥很有氣質的選了第三條路。

「大哥！你忍心丟我一個弱女子獨自在這險惡的江湖中沉浮嗎!?」雲千千悲憤了，拉著海哥的袖子一把鼻涕一把眼淚，一副好不傷心的樣子：「我請你吃東西，帶你蹭任務經驗，還把你從被那對賤人挑釁的水深火熱中救出來……現在輪到小妹有難處了，結果你就這麼見死不救的!? 你還是個男人嗎你！」

路人們聽到這話，紛紛以譴責的目光鄙視海哥，堅定的把他歸類成吃軟飯且沒義氣的那種小白……小黑臉的行列中去了。而海哥面對千夫所指，則是欲哭無淚的反握住雲千千的小手手，比她還傷心的哽咽了：「蜜桃姐！妳是我親姐！小弟的尷尬你也知道，我實在是叫不來人啊！」

「那我的任務怎麼辦!?」雲千千淚眼汪汪反問。

「……」關老子屁事！海哥很想反爆這麼一句，但再看看周圍人群不怎麼友好的鄙視目光，他終於還是沒敢這麼開口，猶豫了一下後，海哥終於咬牙：「我偷摸著問一下，妳別聲張啊！」

「……」這傢伙真夠無聊的，用頭髮想也知道自己根本不可能認識他那些朋友，她聲張個屁啊！這回換雲千千無語了，瞅著海哥的眼神宛如瞅一個白痴……

事實證明，海哥在遊戲初期的時候果然就和他前世曾經哭訴過的一樣倒楣。這傢伙鬼祟的發了幾個好友私聊出去，敲定見面地點一起組隊任務，本來一切應該無波無折的，結果等他帶著雲千千到地方一看——馬的！其中兩個約好的好友竟赫然變成了麵館裡的那一男一女。

「海哥……」海哥和雲千千還沒來得及表示鬱悶，小雲美眉就眼淚汪汪的瞅著海哥先張口怯怯的喊了一聲，未語淚先流，一副不勝嬌柔的西子捧心狀，足以引發任何正常男人的保護欲。

「海哥！」雲千千面無表情的轉頭，嚴肅批評海哥：「我是叫你找人一起去任務的，你找來這麼個拖後腿的是什麼意思啊!?」

海哥大汗淋漓，連忙解釋：「我真不知道他們也會來，開始我叫的人不是他們倆啊！」

「海哥做任務叫上海嫂怎麼了!?」隊伍裡的一哥兒們不高興了，海哥的朋友圈子裡明顯還不知道小雲同學已經情變的消息，這位居然在這忿忿的伸張正義：「妳要是不高興可以不組隊！咱們是看海哥的面子才來幫忙的，不然妳以為大家稀罕來啊!?」

雲千千一聽，更加鄙視海哥，合著這位還有點兒家醜不可外揚的保密意識：「海哥，你媳婦兒不是被你兄弟用一碗肉末麵挖走了嗎!?上午還看著他們特意跑到麵館來當著你的面卿卿我我的，你別告訴我說你那麼快就被人兩句好話給哄得能當是什麼事都沒發生過了……你腦子沒問題吧!?綠色太鮮豔，不好配衣服，尤其是帽子，更不好戴……」

海哥臉都漲紅了，不是羞憤的，是憋的——這水果說話怎麼就那麼毒呢!?這叫自己怎麼接!?又不是撿破鞋的，自己哪會像她說的那麼沒原則啊！

海哥那個哥兒們顯然沒料到是這麼個情況，目瞪口呆的看看雲千千和海哥，再看看小雲和麵館裡出場過的男人，結結巴巴的明顯被震住了：「你們……小雲，天下，你們不會真好上了吧!?」

「這哥兒們，你不了解情況!?」雲千千很好心或者說很八婆的湊過去，體貼的為其解釋當下的情況：

「事情是這樣的，這位叫天下的哥兒們呢，今天帶著那個叫小雲的娘兒們，兩人一起衝進海哥正在吃麵的麵館，逼迫正在失戀傷心的海哥當場承認他們的合法關係，並且強烈要求海哥必須要理解他們苟合的情不自禁，再並且希望海哥能成全他們，在海哥已經表示不會插手他們之間姦情的情況下，還慫恿海哥一定要表示些什麼……」

「表示什麼？」那哥兒們被糊弄傻了，愣愣的接口反問。

「比如說啊，如果海哥公開表示不介意並且祝福他們了，那你們這些哥兒們即使再怎麼不齒他們，不也會礙於海哥的面子而不好說些什麼嗎!?」雲千千耐心的誘導：「兄弟妻，不可騎。比如說你們會不會對自己兄弟老婆下手!?我相信肯定是不會的，這簡直就是男人之中的恥辱，兄弟之中的敗類啊！可是人家偏偏就下手了，可下手之後，這不就得想辦法逼還在傷心中的海哥出面來幫把手給人撐面子嗎!?不然這小情侶倆還怎麼在你們這些朋友中裝純潔啊！」

這話說得真是極富煽動性啊，被雲千千慫恿的哥兒們當下就熱血上湧了，憤怒的衝那從雲千千出現後就一直沒能回神的天下大吼：「天下！老子真是看錯你了！你這還算是兄弟嗎!?還算是朋友嗎!?你踏馬的禽獸不如！老子退團，懶得跟你們囉嗦了！」

天下聽完一愣，接著反應過來之後那叫一悲憤啊。剛才雲千千一出現，他就認出來這是敲了自己一竹槓後又迅速拉著海哥遁走的姑娘，自己在這氣得說不出話來，正想著怎麼教訓對方一下呢，結果就被人搶得了先機，先行引導了輿論走向……

這、這……這簡直是屎可忍，尿不可忍！太踏馬的欺負人了！

雲千千慫恿的這哥兒們很可愛，人家不僅自己退團了，還順帶著在傭兵團頻道裡把天下和小雲的姦情劈里啪啦的這麼一宣揚，外加了許多鄙視批評的個人評價和言論，結果這麼一鬧下來，傭兵團裡的人頓時多達了半數……

雲千千只知道海哥在遊戲中的後半期發展，卻不知道前半期，這段往事海哥一直沒主動提起過，於是某姑娘也就沒興趣打聽，只以為人家不過是跟自己一樣在遊戲中沉浮的普通人一名了。

其實真要說起來，海哥在剛剛進入遊戲的時候，也算是挺風騷的一個人才俊傑啊。

這個男人第一個建立的傭兵團，並不是雲千千後來加入過的那一個。海哥算是一個眼光獨到，並且還真有點兒王八之氣的男人。在大家還沒有組團意識的時候，他就先行用全部家當註冊了一個傭兵團，召集一夥在以前的遊戲中聚集過來的朋友一起拼殺奮鬥，屬於實幹型的有為青年一枚。

而天下，就是海哥這個傭兵團裡的副團長。

海哥現在的這個傭兵團裡，都是一起玩過幾個遊戲的好兄弟，天下也包括在這些兄弟當中。論人氣，天下只比海哥差一籌，但是論野心，人家絕對在海哥之上，副團長的位置，當然是不能滿足天下這個男人的。

遊戲後期的傭兵團多如牛毛，根本不值一提，但是在遊戲剛開幾天就建立起的傭兵團，那就絕對是珍稀罕見的了。別的不說，光是那註冊資金都夠玩家們傾家蕩產的。

而海哥正是在一力承擔了組團資金，剛剛傾家蕩產之際，就遭遇了小雲的紅杏出牆事件。面對兄弟和自己多年遊戲老婆的背叛，厚道的海哥非常爺兒們的選擇了沉默，把團長的位置讓給了天下，堅毅的選擇了黯然退出。

於是，剛剛獲得海哥離開傭兵團的消息的兄弟們都傻了，完全不知道海哥到底是出了什麼事情，為什麼剛剛組起傭兵團卻又離開了!?這些人發消息過去都收不到回信，個個焦躁暴動。

本以為事情到此為止都很順利的天下也傻了，他沒想到海哥一離開會給自己帶來這麼大的麻煩。雖說他現在如願成了團長，但眼下大家都在猜測海哥的動向和離開的意味，根本沒人願意聽他的，這明顯不合乎自己的期盼啊！

就這樣，天下帶著小雲重新找到了海哥，想演一齣戲，在海哥傷口上多灑幾把鹽，讓他傷心之餘再堅定一下死也不願意回來的決心……只要自己這麼多顧幾次茅廬，做足姿態。回頭再做出遺憾的樣子，告訴大家海哥不知什麼理由的硬是鐵了心要離開就可以了。

天下十分了解海哥的性格，他知道，這男人絕對不可能當著大家的面說出自己和小雲的事情，更不可能編出其他的幌子來合理解釋他的離開。在不了解海哥出走原因的情況下，兄弟們只會以為是海哥拋棄了他們，等日子一久了，大家也都心冷了之後，自己想坐穩團長的位置還不是易如反掌的事情嘛……

可是天下千算萬算，算到了這個開頭，卻沒有算到這個結局。

大家都沒料到半路會殺出雲千千這麼個程咬金。誰能想到會有這麼個重生回來的姑娘，心血來潮的想探望一下自己的老團長呢!?

雲千千這麼心血來潮的倒不要緊，可她小蝴蝶翅膀一搧，竟直接把本來應該要被眾人誤解拋棄的海哥給搧回了注目中心，不僅揭發了天下無恥的挖牆角行為，還直接讓大家更加齊心支持海哥。

「天下！你無情無恥無理取鬧！拐了嫂子不說，還假惺惺的騙我們說帶著嫂子一起去勸海哥！怪不得海哥都不肯說什麼呢！」煽動完群眾並順利退團的那哥兒們憤怒指責天下：「這回你硬是擠下海哥找的那兩兄弟，帶著嫂……小雲一起過來，說是想趁機說服海哥，實際是想再刺激海哥一把吧!?老子還不稀罕伺候你了！咱們兄弟一起湊錢，跟海哥再組個團去，你以為你是什麼東西啊！」

「對對！實在不是東西！」雲千千興奮激動HIGH啊，眼前這戲碼難得一見，她不跟著煽風點火、火上澆油才怪了。

海哥扶額嘆息，感覺深深的無力。要照他的性格來說，是打死都不會和兄弟翻臉，鬧到眼下這麼僵的地步來著。怎麼感覺自己自從遇上這水果之後就一直在顛覆以往的生活模式呢？

小雲臉色蒼白，顯然沒想到會鬧到這個地步，她也是知道海哥絕對不會太過為難自己，這才敢答應和天下一起出現的。這會兒這麼一翻盤，小雲立刻就手足無措了，害怕的往天下身邊縮了縮，一副怯生生的模樣，卻反而更坐實了她和天下的關係。

天下眼下別無辦法，只能無力的辯駁：「我和小雲是真心的……」這話一出，天下自己都覺得噁心。

這套臺詞拿來刺激海哥是沒問題，可是想拿來騙其他人的話，那明顯是藐視其他人的智商了。既然是真心的，為毛不一開始就直接說出來!?還非得逼著海哥退位給你們倆創造條件!?

再退一步說，就算你這傢伙真是禽獸不如的情不自禁了，那也不應該瞞著大夥，把責任都推到海哥的身上吧!?在這裝純潔高尚的想噁心誰呢!?

劇情瞬間大反轉，海哥由一個不說緣由拋棄兄弟的人變成一個吞下委屈成全兄弟的杯具英雄。海哥團裡的兄弟們憤怒憤慨憤然啊。不僅是雲千千面前的這個人激動，整個團裡的人都激動了。

天下不斷的收到團裡有人責罵自己並退出傭兵團的消息，只有少部分人群是震驚觀望的猶豫狀態，另外更少的一部分人是在這個遊戲才加入的，還不是很能代入情緒……他費盡心機騙來的傭兵團，沒幾分鐘就變成了一個空架子。

「蜜桃，看來我是不能陪妳去了。」海哥也不斷接到自己兄弟的關心問候訊息，接連回覆了幾條之後，聽著耳邊還在不斷響起的提示音，他也頭大了。

「誒!?為啥啊!?」雲千千震驚了，繼而悲憤了：「我幫你揭發這對狗男女，你居然還忘恩負義的要棄我於不顧!?」她真是白幫了這白眼兒狼了！

海哥苦笑：「兄弟們都在找我，我得給他們個交代……」

30・輿論就是力量

在此時的海哥心裡，自己多年認識交往下來的兄弟們是感情深厚的，而雲千千雖然給他的感覺很親近很自然，最多卻也不過是當天才認識的新朋友而已。

孰輕孰重那不是明擺著的嗎？於是，拋棄雲千千那是多麼理所當然的事情啊。再於是，拽著苦大仇深卻又死不撒手的雲千千，海哥只能毅然決然的拖著這姑娘一起去會自己的狐朋狗友們，身後還跟著天下、小雲美眉和那個有愛的哥兒們，人家這幾個好說也是相關當事人不是？這會兒想裝死是不可能的……

「海哥！」

「老海！」

「海子！」

光從聚集起來的眾人口中不同的稱呼，立馬就能判斷出哪個人大概是持哪種立場。跟著海哥在酒樓裡落坐，雲千千深深的嘆息著，這果然不是小說，就算是壞人，也會有親友團的，人家天下的擁護者雖然不多，但起碼也坐滿了包廂的1/3。

搶人老婆!?人家就說自己是情不自禁了，別管這藉口找得是不是高明，人家朋友就願意聽了，其他人還能怎麼辦!?

這是不講道理的道理——他是我朋友，所以我可以諒解他。你和我的交情沒那麼深，所以你再有理咱也懶得搭理你！

海哥也鬱悶，眼下這交代看來不好給，他真不想把自己那點兒感情創傷攤出來給大眾評斷對錯。這事情本來就厭煩，攪和的人多了之後只能更厭煩。再說討論又能討論出什麼結果？只為個公道!?噁不噁心啊！還是說讓天下低頭認錯再把小雲還給自己!?問題是自己現在也不想重新追回那姑娘了啊……總之海哥就是頭大，非常之頭大。

雲千千這會兒也頭大，不僅頭大，她還憤怒，因為滿包廂居然沒一個位置了，她得站著，看樣子這些人討論的時間還挺長，估計站上一個多小時也是有可能的。

想了想，雲千千乾脆跟海哥打了聲招呼告辭：「海哥，這是你們家事，本蜜桃也不好在這攙和著……我出去遛達一圈，回頭再來找你做任務！」

這水果要走，海哥那是求之不得的，先不說這事情本就尷尬，不適合太多外人攙和，單說雲千千這性格，那也不是海哥消受得起的，他怕這姑娘萬一要是留下來了，沒準兒能把本來幾句話的事情給慫恿成自己兄弟們認識以來最大的一次內鬨群P。

「小二，上酒菜！記天下的帳！」雲千千臨走到門口還吆喝了一聲，回頭順便跟其他面色古怪的人解釋了一下：「聽說海哥建傭兵團的時候拿出了自己的全部家當一力承擔了。我見到他的時候，他只點得起素麵，天下大哥既然有錢泡海哥的妞，想必也不介意給團裡的兄弟們結次單吧？」開談之前先給那傢伙扣頂帽子再說。不是有錢挖兄弟牆角嗎!?海哥的錢都給兄弟們謀福利了，你這傢伙身為罪人出點血沒啥的吧！

果然，包廂裡的氣氛頓時變得異常尷尬了起來，本來站在天下那一邊的幾個哥兒們倒是想說些什麼，一聽這話都面面相覷了。

「咳！」天下漲紅了臉乾咳聲，勉強的扯出一臉僵硬的笑打著哈哈：「這個當然，都是兄弟，我早就想請大夥一起聚聚了，今天難得……」

「小二，再打包五個炒菜、一斤醬肉和兩瓶果酒，我路上吃……馬的！為了給咱海哥騰出點兒私人空間來說話，本蜜桃只好帶點盒飯在路上將就著吃了！」雲千千忿忿的抱怨了一句，接著再回頭小心翼翼看著天下：「天下哥，這也是記包廂的帳吧!?」

「……」這是赤裸裸的威脅了，你給咱打包，咱就滾蛋。你要是不幹，咱就不給你讓空間，死皮賴臉留下來煩死你……咱是海哥這邊的人，想請海哥出面趕人!?人家可從不做這麼不厚道的事！

天下臉上的笑都扭曲了，沉默許久後才終於艱難的開口：「是！記我的帳！」兩次竹槓了，他大爺的……

滿屋子人帶著各種複雜的表情目送走雲千千後，感慨噓唏了一會兒也就把這不知身分的神秘姑娘拋到腦後，終於開始了友好交涉協商。協商的中心議題就一個：天下和小雲背著海哥勾搭究竟是對是錯……

這是一個關於道德和責任的辯論譴責。

大部分的觀點認為，天下和小雲的感情是不純潔的，是帶有明確目的性的，是傷害到了他人的，沒有道德的行為。於是他們要求這二人立刻向海哥道歉認錯並退出傭兵團，他們認為，這二人的存在是侮辱了自己兄弟圈子裡這個純潔的團體，並且傷害了厚道的海哥。

而另外的少部分人卻認為，這樣對天下和小雲很不公平。天下自稱自己和小雲之間是情不自禁的高尚愛情，你可以說它煽情，也可以說它狗血，但你有什麼資格說他錯了!?喜歡一個人是錯了嗎!?就因為自己的愛人是兄弟的老婆，所以這對男女之間即使彼此傾心也要死守所謂義氣，不能越雷池半步嗎!?拜託，這早就不是舊社會了，犧牲真正相愛的兩個人之間的愛情來表現出對一個兄弟的「夠義氣」，這種事情有意思嗎!?

所以這部分的人認為，天下和小雲不僅沒錯，還很可憐。因為他們相愛是要付出被眾人指責唾棄的代價的。這些人甚至認為，錯的是海哥——你失戀了可以傷心，但你幹嘛主動退團!?為了自己的個人問題棄兄弟於不顧，還讓大家把指責對象都集中到了天下和小雲的身上，這難道不是一種變相的輿論威脅!?你是想用退團威脅誰呢!?

兩方的人相持不下，各有各的道理。其實說白了，也就是各自的親友團之間的口水戰。

世間事本來就是這樣，沒有一個完全的是非標準，不過是誰更偏向誰一點的問題。而大家在最後普遍認同的那一方正義，其實也只不過是最後的輿論勝利者和大環境製造的一個導向而已。

天下終於感覺放心了一些，雖然到現在為止的結果並不十分令人滿意，但他總算是掌握了一部分的支持者，光這一點就足夠了。而且，這些人辯到最後也沒辦法讓自己把傭兵團讓回去，因為觀點不統一……於是，天下甚至有心情喝口小酒吃口小菜，順便秀下和小雲的恩愛，製造兩人是一對一往情深的苦命鴛鴦的景象。

而海哥則顯得更加鬱悶了，無論說到最後他是對是錯，總之被甩是大家都認同的事實了，這被人一口一個「小雲離開海哥是錯誤的（沒錯的），這是出於……」的喊著辯論著，海哥實在覺得委屈，他感覺自己就是自取其辱來了。

半個多小時過去了，海哥和天下早已沉默，而其他人還是誰也說服不了誰。

正當包廂裡的氣氛被炒熱到高潮，兩方人馬各持觀點吵得不可開交的時候。突然，包廂門打開了，天下和海哥兩個沒有親身參與辯論的人第一個發現，轉過頭去，正好就看到雲千千從門外探了個腦袋進來，眼珠子滴溜溜的轉了一圈，看著包廂裡的人笑咪咪的開口：「喲！還沒談完呢!?」

「……」海哥和天下一起沉默，不敢接這話。

雲千千倒是自來熟的走進來，一點兒不見外的招呼小二加一套桌椅，自顧自的坐著吃喝。

「妳剛才幹嘛去了!?」海哥終於還是忍不住開口問了句。第一他是實在無聊了，這一直沒自己開口的機會，合著他總不能哭著在這訴苦吧!?第二，也是他實在不放心，根據與某水果半天多的交往相處經驗，海哥深深的了解到對方的不安定性，這就是個不定時炸彈，走哪兒都能鬧出點禍事來，純粹的一個生化武器啊。

在小二加桌子加酒菜的時候，包廂裡的其他人也終於注意到了雲千千已經王者歸來，頓時大家都不大聲吵吵了。海哥這邊的人振奮非常，天下那邊的人則是咬牙皺眉，大家都知道這姐兒們是幫海哥的，嘴毒辣，這位人物回來了，接下來還能有不亂起來的可能性嗎!?

「就隨便逛逛，找幾個朋友吹牛打屁閒聊了會兒……對了，順便還買了份現在街面上正熱賣的報紙。」雲千千倒是也不跟海哥賣關子，直接從空間袋裡刷出幾份報紙往桌面上一拍，拿起其中一份遞給海哥：「無聊了你也可以看看，創世時報出的還是滿不錯的，我看著挺有意思。」

「創世時報!?」海哥鬱悶。這報紙他聽說過，因為創世紀有現實的接軌滲透性的關係，所以不少如旅遊、娛樂、傳媒等等的產業也都將業務拓展到這裡面來。而創世時報就是除官方報外的第一大私人報刊，開服第一天就借了官方管道火熱宣傳，其報紙內容主要是小道消息和名人八卦之類，在玩家群體裡的印象基本上就和狗仔隊同個性質，雖然還算暢銷，卻不怎麼受海哥這類人待見。

「這種八卦雜誌有什麼好看的！」海哥撇撇嘴，雖然不屑，但還是從善如流的隨便翻了翻……他是真無聊了。

一屋子人倒是瞬間換了表情，剛才高興的那撥改失望——只是逛街聊天買報紙啊!?真不給力！剛才如臨大敵的那撥則鬆了口氣——只是逛街聊天買報紙啊!?還好還好！

於是大家調整心情，紛紛重振旗鼓，打算繼續據理力爭自己方的觀點。可就正在這時，正看報的海哥突然愣住了，他瞪著自己手裡報紙正翻開的某一頁，哆嗦著嗓子輕喊了一聲：「蜜桃!?」

「在！」雲千千答應得挺痛快的。一屋子人注意力頓時再度集中，怎麼了這是？

「這是怎麼回事!?」海哥臉黑黑的揚了揚手裡的報。

「什麼怎麼回事啊？」雲千千一臉茫然，很是無辜的表情。其他人同樣茫然，不知道海哥看到了什麼才這麼緊張。

天下心癢癢了，有心從桌子上拿一份來看，又覺得這似乎不大好，於是很糾結。

就在這時，包廂外酒館樓下的叫賣聲為大家解開了迷惑：「創世時報新刊出售！最新出爐的南明城消息，記者從知情人士處獲得第一手消息，新秀傭兵團海天一色副團長天下不顧兄弟道義，以美色勾引自家團長的老婆小雲，逼得一力組建傭兵團的團長海哥在被背叛的傷心之下黯然退位，兵不血刃接手海天一色……最聳動的八卦，最驚人的內幕，一場沒有硝煙的戰爭，道德在陰謀中沉淪，情義在利益中暗淡。到底海哥能否重整旗鼓打敗陰暗的篡位者!?還是步步算計的天下得償所願，以陰謀順利盜得海天一色!?本報小編隨時為您跟蹤報導……本報每份只賣 10 銀，本城範圍內僅發行 3 萬份，賣完即止……」

海哥的臉更黑了，咬牙怒視雲千千：「知情人士!?」馬的這知情人士不是她才怪了，不然自己這邊的事情剛剛才掀出來，外面怎麼可能這麼快就收到消息！

雲千千一臉忿然，橫眉怒目的拍桌做氣憤填膺狀：「海哥，你們這裡絕對有創世時報的編外記者或內奸！不然消息怎麼傳得這麼快!?回頭你一定要好好管管，這真是太不像話了！」

「……」一屋子人俱皆沉默。大家也一致覺得太不像話了，這明擺著就是這水果鬧出來的事，她怎麼有臉做出這麼一副正義凜然的樣子!?

尤其是天下的臉色更難看，忽青忽白，最後完全沉澱成了黑色，連握杯的手都氣得微微顫抖。很好，自己這邊還只是發動團內兄弟的輿論想穩定人心，人家更強悍，直接一下捅到了八卦報紙上去，利用傳媒的力量發動廣大人民群眾給海哥那邊造勢，這樣一來，就算團裡的人都支持自己上位，自己以後也沒辦法開展任何工作了。人家只要一看到海天一色，怕是第一個問題就得關心下現在的團長是誰，只要一見到他天下，立刻就能記得他這位名人：「看！那就是勾引兄弟老婆，騙了兄弟的傭兵團那天下……」

「蜜桃！」海哥也氣憤，他一心想著家醜不可外揚，結果這一揚就揚到了全遊戲去，自己現在怕是創世紀中第一號悲情男主角啊！「妳剛才說逛街聊天，是和誰聊的!?」

「這個……我也有自己的朋友圈來著，我都沒強求你介紹你全團的兄弟給我認識了，還主動退出你們的辯論以避嫌，不參與攪和。結果你現在卻這麼干涉我的私生活，這是不是不大好!?畢竟咱們倆又沒啥特殊關係，你這樣子似乎有點盤問的嫌疑了！」雲千千為難道。

「不攪和個屁！」海哥氣得幾乎昏厥過去。她這樣還不算攪和，那要怎樣才算!?

「算了！」天下鐵青著臉呼拉一下起身，環視了一下包廂裡神色各異的眾人，最後盯緊了海哥怨毒的沉聲道：「海哥！這事是兄弟做得不厚道，您手段高，我認栽了！傭兵團我現在就退出，團長讓給小A，回頭您自己接回來就行了！從此你走你的陽關道，我過我的獨木橋。咱們一拍兩散，各不相干！」

小A就是組隊時怒斥天下並第一個退團那哥兒們的親哥哥，也是少數還留在團裡的海哥黨的死忠派。天下現在根本不相信海哥會不知道雲千千的行為，如果不是海哥指使的，憑什麼人家一個素不相識的姑娘要為他這麼奔波！

「哎呀我好怕怕啊！」雲千千陰陽怪氣拍胸口，齜了齜一口小白牙輕描淡寫道：「大家都是兄弟，何必呢!?有啥話不能好好說啊！海哥都能不計較你挖他老婆的事情，一笑泯恩仇了，大不了咱也學你當初道歉的時候一樣，給你點碗大排麵算是誠意!?……嗯！傭兵團比老婆值錢，那就多加顆滷蛋吧！」

「哼！」天下毫不憐香惜玉的粗魯拉起含淚的小雲，沒有再掛上虛偽的客套，冷冷的掃了雲千千一眼，轉身就要離開。

「站住！」雲千千憤怒拍桌。

「妳想怎樣!?」天下一下轉身，他現在火頭正旺，才不怕人找碴，要是打起來倒是正合他的心意了。

「小二！」誰知雲千千根本沒理他，揚高嗓門喊進了小二，一指天下對小二正色道：「事先說好了是他結帳的，我們可是一分錢都不會出。這人想跑單，你看著辦吧！」跟老娘翻臉!?你就是翻屁股也得先把帳給結了！香蕉的！

「……」

這一整天發生的事情，海哥都感覺像是作夢一樣的不真實，直到渾渾噩噩的走出了酒樓的包廂，站在興奮的兄弟們的包圍中之後，他還覺得腦袋裡是昏沉一片。

天下的支持者或沉默留下，或跟著天下黯然離開。海哥重新回歸並再度接掌了海天一色，團裡歡呼聲一片。而親身經歷了酒樓包廂談判現場的那些人，都備加推崇雲千千，直覺得這姐兒們有夠風騷的。

一傳十，十傳百，雲千千的拉風舉止被整個海天一色廣為傳誦，一時風頭無兩，甚至隱隱有蓋過海哥的勢頭。大家還推出一種可能性，紛紛懷疑這水果是不是暗戀他們老大!?要不怎麼會這麼力挺海哥!?

「海哥！」站在酒樓門外，雲千千嚴肅拉起海哥的小手手。

海哥回神，想起了團裡的揣測，再看看自己被拉住的手，突然臉紅了，在周圍兄弟曖昧暗示的眼光中結結巴巴道：「什、什麼事!?」蜜桃真的喜歡他!?這是要告白了!?不可能吧！兩人才認識這麼短的時間……不過如果真是這姑娘的話，他倒也不是不能接受，仔細想想，對方一直在維護他，而且行為舉止也和一般的女人不同，很獨特，很……

「事情辦完了，你現在可以拉人跟我去副本了吧!?」雲千千忽而悲憤了，咬牙淚流滿面：「為了抓幾個苦力去幫忙，你說我容易嘛我!?你要是再找其他藉口推脫的話，那就太不像話了！」

「……」一街人一起沉默了。

雲千千的面子大家還是會給的。不管怎麼說，人家也是於水深火熱之中解救了純潔海哥，並且親自導演了一齣好戲，讓海天一色免於落入天下等人之手的幕後英雄啊……雖然人家指天發重誓說自己絕對沒有和任何記者勾搭過。

這會兒聽說人家要做任務弄套裝，海天一色傭兵團裡的那些兄弟們個個都很積極，他們直接把雲千千看成了內定的海嫂，再保守一點兒也是大姐頭的層次。大姐頭有令，這些人當然是不會推辭。於是沒啥說的，海哥當下就點出了三個手上操作好又彼此配合默契的兄弟，跟著雲千千一起向副本的方向進發去了。

可是，在這世界中常常存在著各種意外，比較文藝點兒的人喜歡把這稱之為宿命啥的。

雲千千的宿命可能就是她註定了要在拿到套裝的道路上經歷一波三折，不可能順順利利的得償所願，海哥更缺德點兒，人家不說這是宿命，人家沉默許久之後，從牙縫裡迸出兩個特精闢、特有歸納性、也特能代表廣大群眾內心呼聲的字來：「報應！」

到達了印象中的副本所在地圖之後，雲千千剛拉著一票人走到副本入口附近，一抬頭，就看到了一票威武的國王軍正嚴陣以待的把守著那個入口處，氣勢凜然，很容易給人一種他們把守的其實是啥軍機重地的錯覺。

「那國王恩將仇報了！」雲千千二話不說的拉人隱蔽，蹲在草叢裡跟隊伍裡的人咬牙忿忿道。

「妳怎麼知道是國王的人？」

海哥不解，想探個頭出去看一下，結果被雲千千第一時間拍了回來，嚴肅批評：「伸頭被人看到了怎麼辦!?……那帶兵的就是在皇宮門口發20級副本任務的軍官，不是國王搞出的動靜的話，誰還能請動這尊大神!?」

「……其實我覺得自己彷彿可以理解國王的心情，現在該怎麼辦？」海哥默了一會兒後才開口。軍官耶，對現在的玩家來說，這簡直就是他們不可逾越的存在，等大家都有個50、60級了，恐怕才有可能和人家去拼一下。

「眼下咱們有兩條路可走！」雲千千鬼祟沉聲道：「第一條路，咱們隱蔽一下，弄點草叢啥的做掩護，然後祈禱這些NPC都是瞎子，能讓咱們偷摸著混進去……」

「……我選第二條！」海哥再度沉默三秒，毅然開口道。

第一條路絕無可行性，唯一會有的結果就是自己這些人全部被人拍成灰灰……遠距離的潛伏你要弄點兒掩護想混進去可能還沒問題，但是現在洞口就在人家眼皮子底下，你可以侮辱那些NPC的眼神，但你不能這麼侮辱人的智商……誰家草叢還帶移動的啊!?

「既然你決心選第二條路就好辦了！咱們可以找點人幫咱們打掩護，然後趁亂混進去！」雲千千笑嘻嘻的邊說邊掏出通訊器來。

「妳想做啥!?」海哥立刻警惕，他很想知道被雲千千看上打掩護的那些人是從哪來的，這姑娘別是盯上他團裡那些苦命的兄弟了吧!?

雲千千做出噤聲的手勢，呼啦一條通訊請求就發了出去，等那邊的人一接通，她立刻興奮的出聲了：

「主編啊！我是剛才提供新聞線索的那個蜜桃多多啊，你還記得不？這裡又有一條大新聞，不知道你感不感興趣!? 國王今天突然臨時派出軍隊把守一個副本，懷疑裡面有什麼任務劇情或特殊獎勵哦……」

十多分鐘後，雲千千心滿意足的切斷通訊，一回頭就看到了海哥鐵青的臉和另外三人糾結的表情。

海哥磨了磨牙：「妳這傢伙不是發誓說老子和天下的事情不是妳洩露給創世時報的嗎!?」

「我什麼時候發過這種誓!? 我只發誓說我絕對沒有和記者勾結過……海哥，話可是不能亂說的，你這樣隨意的誣陷一個純潔正直的守法公民是一種很不道德的行為！」雲千千正色道。

「呸！」海哥快氣暈了，真沒見過這種被抓個正著還死不認帳的：「那妳剛才聯繫的人又怎麼說!?」

「我撒謊了嗎!? 我說錯了嗎!? 本蜜桃確實沒和記者勾結過，剛才我聯繫的是主編，人家的職位和薪水可是與記者有著很大差別的！」

「……」

雲千千是誰!? 人家那是重生回來，開了一把 save&load 作弊大法的特別人士啊！別的不敢說，人家腦子裡的那些知名人物 ID 就是一串串的。

如果說她發短信去騷擾那些未來高手的話，人家只會把她當成神經病，順便警惕一下自己的 ID 是怎麼透露出去的，或者會不會是哪個仇家故意設的溫柔陷阱？但是要發個消息去騷擾業界人士的話，那就絕對沒有問題了。這一部分人到遊戲裡就是做生意來的，人家不怕騷擾，就怕沒人認得自己。

比如說那個創世時報主編吧，雖然人家的遊戲 ID 沒有公開過，也並不是打算來做新聞收集工作的，可一旦有新聞自己送上門來的話，這主編大人還是很願意笑納的。至於對方是怎麼得知自己 ID 的問題就不重要了，人家能查到這一步上，也間接說明了人家有門路嘛！越是有門路的人提供出來的消息，他們也就越是會鄭重對待。

海哥就這麼敗了，這水果雖然玩了一把文字陷阱，但人家說的話認真算起來卻是沒有半句虛假的。

既然都說到這個分上了，海哥也只能自認倒楣，不然還能怎樣!?事情出都出來了，自己再糾結下去非逼著雲千千認罪，也沒辦法撈回半點影響啊！

倒是另外三個哥兒們對雲千千的口才和勇於面對海哥黑臉的膽量再次表示佩服得五體投地，還很有在團裡再幫這水果免費宣傳一把的意思。可惜在海哥的瞪視下，這個想法終於還是沒能付諸於行動就夭折了。

主編大人的動作很快。時報時報，講的就是一個即時報導，追求的就是新聞的效率性。遊戲可不跟現實似的，每天還固定時間發行出刊，頭一天跳樓死了人，第二天人民群眾才能知道可以去哪個地方圍觀現場。等收到風聲之後，黃花菜都涼了，別說是看熱鬧，估計連街面都已經打掃得乾乾淨淨了。

創世紀裡的時報一天出刊個五、六次都是常有的事情。只要新聞夠多，創世時報的人當然也不會介意一天之內多賺個幾筆。

切斷通訊之後，主編那邊很快就召集起了人手，把從雲千千這裡傳去的截圖和消息整理編輯，撰寫文稿，加班加點的趕印下一期時報，剛好前一期的海天一色之不得不說的故事也已售罄，正好一編寫完後就可以立刻接著發行熱騰騰的新時報，好趁著熱勁繼續穩定客戶源。

雲千千撈出從酒樓出來時順手打包的菜品，很大方的邀請四個來幫忙的苦力一起分享，要想馬兒跑，還得給馬兒餵點草，必要時的籠絡還是很需要的：「幾位大哥再等等啊，估計一會兒就有人來這裡幫我們了，等他們攪渾了水，咱們就衝！」

海哥帶來的那三個人也不客氣，各自挑了一碟菜抱在懷裡就上手抓，邊吃邊好奇：「這副本裡到底有啥啊!?如果不是啥好東西的話就別費那勁了，缺啥裝備讓海哥去弄唄！」

海哥紅了紅臉，乾咳兩聲沒敢接話。

雲千千齜牙：「拿人手短，我可做不來占朋友便宜的事！再說裡面那可是套裝，外面的散貨能比嗎！」

後面一個原因才是關鍵。海哥默了默，沒好意思把對方和自己一打照面就能厚著臉皮敲自己一碗肉末麵的事情給說出來。

「妳確定那是套裝?別費了半天力氣，結果最後拿出來是別的就鬱悶了！」另外一人有點兒小擔心。

「絕對是套裝，還挺厲害的！哥兒幾個如果後面得空了也可以組隊來刷幾次，一人拿一套，用到35級不成問題！」

「喲！真的啊!?那打出來之後可得看看了，不過那套裝也得限制職業的吧!?」

「不限制，加物攻也加法攻，物防法防是看著人物原本的屬性按比例加的，還挺科學……」

「這敢情好……」

一番交談下來，海哥帶來的三人是越放越開了，本來這幾個能來多少還是因為海哥面子的關係，但到了這會兒，幾人卻是真的心甘情願了。

主要是這麼聊下來之後，大家都覺得和這水果挺談得來的，雖然人家是個姑娘，但他們還是覺得對方不像一般姑娘似的靦腆小氣，聊不了幾句就嬌羞臉紅的那種小女人拿來談戀愛不錯，平常交往著就費勁了，沒事還得照顧一下人家的小脾氣。

雲千千則不同，和她說什麼都不會生氣，知道的東西倒是像比大家還多些似的。遊戲裡的專業術語一套一套的，對創世紀的各種職業和副本也清楚得不行，唬得他們差點以為對方是不是參與過遊戲開發了。總之這麼一聊下來，大家都覺得此娘兒們很對胃口，如果硬要說的話，就是他們都覺得人家是個挺爺兒們的娘兒們……

按照雲千千的估計，從報紙的內容編撰到排版到發行，再到玩家買到報紙後出發探路……這怎麼也得要三、四個小時才拿得下來。反正現在閒著也是閒著，幾人吃喝聊完了，乾脆就守著去副本的必經路口，在這附近的地圖刷起怪來。

剛剛好過了快三個小時的時候，雲千千升到25級了，而遠處，第一個勇者的身影也同時出現。

「有人！」隊伍裡很快有人發現了那勇者，連忙招呼了其他人一聲。

雲千千連忙瞇眼眺望了一下——靠！太遠看不清楚。

等人走近了一看之後，隊伍裡包括雲千千在內的人都愣住了。來人是個黑髮酷哥，身姿修長，容貌清俊絕美，五官深邃立體如西方神祇一般。薄唇抿得緊緊的，一看就是個不愛廢話的或者說薄情寡義的傢伙，眸子中帶著一絲冷漠，看人都是眼角朝下的，像是誰都欠了他百八十萬一樣。

總結，這是個很有魅力也很危險的美男子。

海哥幾人愣住，是因為他們不知道南明城附近什麼時候出現了個這麼危險的人物，照理來說，有這氣勢的極品美男應該是個絕頂高手，早就該第一時間在玩家口中傳遍了才是。難不成這人實際上很肉腳，所以大家根本不稀罕多費力氣關注他？

而雲千千愣住，則是因為另外的理由。

所以說猿糞這東西很奇妙不是？她拐彎抹角的折騰著想從七曜幾人那裡迂迴接近，好偷了九夜的隱藏職業暗殺者。結果七曜那邊還沒消息，自己就先在這荒郊野外遇見九夜本人了……這難道也是宿命!?

沒錯，正在向這邊走來的酷哥，正是前世PK雲千千順便害她被電流電死，後來又被雲千千盯上想要盜取其職業卻一直沒能得手的傳說中的九夜同學。

「這是個硬底子！」雲千千忍不住給海哥幾人小聲通知了一下。

海哥也正懷疑呢，聞言點了點頭：「我也覺得看起來不像是一般人……但怎麼沒聽說過這位人物!?」

「拜託，遊戲才開那麼幾天，雖然也有高手冒頭，但那些都是愛故作姿態的。你總得允許遊戲中也存在這麼幾個喜歡低調的高手吧！」翻了個白眼，雲千千很鬱悶的解釋道。

「既然低調，那妳又是怎麼知道的？」

「……我，自有我的門道！」雲千千在海哥幾人的疑惑目光中惆悵看向遠方，負手蕭瑟道，一副睥睨天下、歷經滄桑的隱世高人狀。

「……」靠之！

九夜慢慢的走近了，手中沒有拿著前世他的招牌武器，而是隨意的提著一把路邊攤的小綠階匕首，路過雲千千幾人時，這廝只冷冷的橫了一眼過來，開口曰：「現在打!?一會兒殺!?」

「……啥!?」面對九夜莫名其妙的問題，雲千千只回了十分簡潔概括的這麼一個字，充分的表達了她的疑惑及茫然及不解再及……

「如果要輪流進副本的話，就現在打一架來決定順序，輸的排後面！如果你們想偷襲撿田螺的話，那一會兒我就不得不殺了你們……你們自己決定吧！」九夜冷酷曰。

「……」一隊人都默了，繼而汗了。

哥兒們，您的意思不就是說大家按次序來，不要偷襲下陰招啥的嗎？一般這種情況下應該是兩方人先寒暄再套交情再再再……商量出結果後，大家自然就按規矩來了。誰像您似的一出口就是打啊殺啊的，這要是脾氣再壞點兒的，準得以為您這是挑釁呢！

雲千千也擦了一把汗，拉住剛想開口的海哥幾個，諂媚哈腰恭送這位大爺：「九哥，您先請吧，咱們一會兒再進。」

「嗯！」九夜酷酷的一頷首，抬腳剛要離開，突然又頓住，轉頭疑惑道：「妳認識我!?」

雲千千怔了下，接著一反應過來恨不得當場抽自己兩嘴巴子。怎麼嘴就那麼賤呢！大家都不知道這傢伙叫九夜，自己在這就喊上九哥了，生怕人家看不出來有問題是吧!?

「是這樣的，修羅族族長那有個任務，我做種族通關試煉時，族長叮囑我找個叫九夜的一起去做隱藏職業任務。所以您一接近，我地圖上就有顯示了！」憂鬱了一把之後，雲千千繼續拿出以前糊弄七曜幾人的這幌子來說事。反正叫都叫了，她總不能再重生一次回到自己開口前去封自己口吧！

「族長確實叫我去做隱藏職業，但是他沒說有其他人會和我一起去。」九夜依舊狐疑：「而且我的地圖上為什麼沒有妳的顯示!?」

「那是因為我在您後面過的試煉，所以當時族長自然是不可能認識我，您地圖上沒我的顯示估計也是因為這個，誰叫我是後來的呢！」雲千千糊弄，接著糊弄，同時在心裡忿然鬱悶——馬的！那族長果然是給九夜開後門了！不然自己才是第一個正式的修羅族人，憑毛隱藏職業不給自己要給九夜!?

這水果完全沒想到隱藏職業的試煉也是評估玩家反應能力和戰鬥意識的一項測試。一般成績過關的只有隱藏種族身分，第一個以優異評價過關的才會有隱藏任務。

本來不僅是隱藏職業，就連雷心這個屬性也該是屬於九夜的，只不過這一世提前冒出個雲千千，所以這才橫插一刀搶了本該屬於九夜的福利。結果雲千千倒好，居然還貪心不足的想連人家的隱藏職業也拿到手。

九夜倒是沒有多想，聽了點點頭也就算了，他從進遊戲後就沒和人組隊暴露過名字。除了雲千千口中的解釋外，他還真是想不到對方會認識自己的其他理由了……尤其是她還知道修羅族和隱藏職業。

「好吧！任務完後，我帶妳去找引路族人。」九夜淡定冷漠道。

「謝謝九哥！」雲千千興奮歡快應聲。

海哥幾人面面相覷了一下，突然莫名的為眼前的男人感到悲傷起來。他們也不知道為什麼，反正就有種這傢伙似乎是被某水果給糊弄了的感覺……

九夜離開後，海哥招呼人就打算繼續練級。結果雲千千一聽還要練，居然很詫異的看他：「練什麼啊!?準備進副本了!?」

海哥愣了愣：「可是剛不是說好了咱們分批進嗎!?」

「是分批啊，他先進，咱們過半分鐘再進，這不就分批了嗎!?……咱們又不是說要跟他同一時間擠大門。」

「……」海哥噎了噎。自己說的分批，意思是按副本裡的 BOSS 刷新時間分，為的是兩撥人不因為同一個戰利品或 BOSS 產生爭執。可聽這水果話裡的意思，似乎她只是想拿人家探個路順便吸引 NPC 注意力，或者再說白一點兒，她就是剛才那九夜口中那種偷摸尾隨撿田螺的……

「這樣不大好吧!?」海哥噎了半天後終於回神，試圖委婉的和這姑娘講道理：「是這樣的，我們和他進去的時間相隔太短的話，這會造成 BOSS 和戰利品什麼的不好分配，萬一到時候起了什麼爭執怎麼辦?……妳可千萬別說妳只是想進去純參觀的，這樣我會鄙視妳的口是心非！」

「那九夜進副本要找的東西未必和我們一樣啊。如果說他只拿了他的東西之後，卻把其他有價值的東西留下了，這不是浪費了副本刷新一次的資源嗎!?」雲千千耐心的和海哥解釋：「你看，我保證什麼都不做，就跟在九夜後面。他殺BOSS拿東西我都不會插手的，可等他走過那片地圖之後，我再從地圖裡找出什麼就是我的事了吧!?」

這話說得也很有道理。比如說你種莊稼，收割完後就屁股拍拍回家了，可留點麥粒什麼的在田裡，總不能不許其他人家的孩子撿吧？

海哥默了默：「……聽妳這意思，似乎副本裡還有其他值錢卻隱蔽不好找的東西？」

「除了套裝以外，那副本根本沒其他值錢的貨了！」雲千千鄙夷道。這是副本，不是百寶窟，如果要覺得下一次副本就能什麼都給撈齊的話，那絕對是網遊小說看多了。

於是海哥再默：「……那妳憑什麼認為九夜進副本不是想刷套裝？我個人認為他那種性格的玩家是不會有閒得沒事幹跑去副本逛街散個步的腦殘行為的。」

「可是他身上都沒有任務，怎麼可能有機會拿得到套裝!?」雲千千道：「所以我們現在就要去裡面撿田……呃！把他沒辦法拿到的裝備收回來自己用。」

「……我們可不可以這麼理解，妳給報紙提供消息，就是為了特意糊弄一撥人來這裡刷副本做苦力……然後妳憑著任務拿到通關憑證了，別人卻毛都看不到一根，只能回家咬被子哭哭順便納悶這副本到底為毛木有收成!?」隊伍中有哥兒們倒吸一口涼氣，做出總結。

雲千千黑線：「你的心理怎麼這麼陰暗!?我只是提供報紙一個情報，沒保證說這裡一定有東西啊！而現在來的人，就是為了探究這個秘密才來的……玩家們在遊戲中最大的樂趣，就是積極的探索遊戲中的各種奧妙，如果一切早就知道了的話，那還有什麼意義!?而我，只不過是在他們樂趣之餘順便回收下他們沒發現的東西而已……你得這麼想，我們這是為了充分利用系統每一次刷新提供的資源，是積極回收，減少浪費的儉苦樸素行為啊！……我說人家都快走到洞口了，你們到底跟不跟我去!?」

幾哥兒們狂擦汗，拉過海哥去嘀嘀咕咕：「海哥啊，您光明磊落，兄弟們都是佩服您的為人，這才跟著您一起來新遊戲組建傭兵團的……現在能不能跟哥兒幾個交代一下，這妞和您到底啥關係!?」

海哥也擦汗，無力的一再解釋：「朋友！真的純粹只是普通朋友……今天才認識的！」

為朋友，海哥這幫人向來是可以兩肋插刀的，儘管那朋友是有如雲千千這般的存在也一樣。

於是，雲千千帶著身後四個滿面羞愧卻又無可奈何的大老爺兒們，就這麼偷摸著遠遠的尾隨在九夜的身後，隨時準備趁著任何一個可趁之機偷闖副本。

只見遠處洞口關卡位置，九夜已經和守洞將領開始進行正面接觸，一人一NPC不知道在那邊說了些什麼，將領的臉上滿是堅定，一再搖頭，看似是不允許對方進副本。而九夜則面色陰沉狂躁，完全沒有退讓掉頭的意思，顯然是不喜歡服從家長師長安排的那一類叛逆小孩兒。

「動手啊九哥！」雲千千隱蔽在暗處，捍緊了拳頭，自言自語的小小聲給遠方的九夜加油打氣。

海哥幾個偷瞄了雲千千一眼，再看向遠處的九夜，目光深遠，眼神淒涼——哥兒們！雖然咱們素不相識，但摸摸良心，咱還是衷心的希望您能別那麼衝動，起碼別中了這水果的算計……

正在這時，另外一邊的路口遠處又浩浩蕩蕩的來了一大票人，都是衝著副本的方向來的。這票群眾大概有數百人，很多人手裡還各捏著一份創世時報，一看就知道又是來積極探索遊戲樂趣的。

「這群人裡面估計有兩個傭兵團夾雜在其中，一個叫落盡繁華，老大是一葉知秋。一個叫皇朝，老大是唯我獨尊，這兩個團都是其他遊戲裡出了名的公會。以前有個遊戲論壇就放過他們的照片和公會駐地介紹。」海哥一看這撥人，連忙小聲跟雲千千介紹：「和我們海天一色一樣，這兩個團裡的成員也都是他們團長以前手下就有的班底，直接把一公會的精英都轉進了創世紀發展，所以論起配合和默契來都是很不錯的。」

「海天一色沒聽說過，這兩團倒是如雷貫耳！」雲千千咋舌，沒想到還引出這麼兩條大魚。

海哥的臉頓時通紅，嘴巴張了張想說些什麼，想想又閉上了，接著又張又合，往復幾次，終於是委屈的什麼都沒能說出來。

其實雲千千倒不是故意貶低海天一色，主要是前世的海天一色裡海哥根本沒能拿回傭兵團，在天下的執掌之下，海天一色的老人們很不適應，沒多久就走的走散的散，流失掉了大半，很快淪落成一個三流勢力，到最後也是沒能闖出什麼大的名頭來。

而落盡繁華和皇朝就不同了，人家這兩傭兵團憑藉著比其他玩家更高的起點，中途又沒經歷過什麼領導層動盪，自然是一路順風順水的發展了起來，最後還成為了勢力不小的公會。雖說不能算是號令天下，但怎麼也算一方梟雄了。也正因為如此，雲千千當然是在前世聽過他們的名字。

一想到這麼兩個以後的龐然大物現在都被自己糊弄來了，雲千千頓時感覺很自豪：「再往裡縮縮，千萬別讓人發現了。既然有這麼好的兩個助力，不好好利用一下可是會被天打雷劈的！」

海哥和身後的三個哥兒們都很不舒服，同樣都是在其他遊戲中曾經打出過大名氣的風雲勢力，為毛人家在創世紀裡可以拉著大票兄弟集體活動，享受眾人的矚目和仰視，自己卻只能隱蔽起來餵蚊子!?

除了海哥認出來的這兩個大傭兵團，其他的零散玩家也不少，只不過這些玩家沒人家氣場那麼強，所以直接被無視了。

根據雲千千的猜測，這一大票聯合軍可能也是早就來了的，不然也不可能一下到那麼多人。可是人家大勢力的人刷副本都有個毛病，那就是特愛圈地包場，估計這兩團派出去包場把守的人圈著圈著就發現對方的人了，於是兩巨頭連忙碰頭開會，協商副本該怎麼分。

這中途又有其他小勢力及零散玩家，雖然兩大傭兵團都很強勢，把先前到的玩家們客氣而不容分說的攔在了外面，但當群眾們越到越多之後，還是很難應付的。畢竟犯眾怒的事情太蠢了，遇到小股的遊散玩家欺負一下還行，敢面對數百人怒火的傻子基本上不可能存在。

最後協商無果之後，大家只好一起過來看看情況先。

而九夜，估計就是用了不知道什麼樣的隱蔽方法趁人友好協商的時候偷偷摸進來的，或者人家乾脆就是不小心走到了另外一條路上，根本沒遇到守在大道上正開會的這撥人也說不一定。畢竟雲千千曾經在前世聽說過九夜有一毛病……這傢伙愛迷路！一不小心就迷陷到什麼隱密地圖，發現什麼避世村落去了，聽說人家身上大半的好東西都是迷路後在這種地圖裡尋摸出來的……

九夜顯然也很快的發現了隨之趕到的這大片人潮，瞥了一眼之後，只不屑的冷哼了一聲就又轉回頭去，繼續和守副本的將領糾纏，要不是現在打不過這些NPC，估計他直接就能上手把人給砍了。

「這傢伙的囂張性子還是一如既往啊！」雲千千遠處觀摩九夜的反應後咬牙切齒，又想起自己被對方PK的傷心往事了。

「妳以前就認識這個九夜!?」海哥驚奇：「看人家那反應，你們這該是第一次見面吧？而且妳還是通過任務才知道人家身分的。」

「唔……有點淵源！我認識他，他不認識我！」殺身之仇的淵源。

「嘶——」海哥和另外三哥兒們當場齊齊倒吸一口涼氣：「妳暗戀這個男的!?」

「……哥兒幾個，本蜜桃暫時還沒有自虐傾向，未來的很長一段時間內相信也不會有！……你們這是嚴重侮辱我智商的評論。」雲千千滿頭黑線，嚴肅的斷然否定了這幾人的猜測。

「那麼到底是怎麼回事!?」八卦之魂是在每個人心底都隱藏著的一種執著。

「這麼說吧，某一天，一個純潔的少女非常無害的躲在一塊岩石後，避開不遠處的漫天戰火，並從內心深處衷心的祈禱著和平的降臨。可就在這時，一個男人突然從天而降，他將自己手中罪惡的匕首刺向了這個無辜而又善良的少女……」

「等等！」海哥連忙叫停，擦把汗道：「這戲碼似乎有點言情了，能換個簡單點、概括點再客觀點的解釋嗎？」

「……算了，以你們的智商估計是無法了解的！」

「……」

另外一邊，後面到的那些人一看已經有人捷足先登了，頓時大驚，一葉知秋和唯我獨尊互視了一眼之後，不約而同的快走幾步，一起上前到了九夜的面前，一葉知秋一拱手，客氣的笑道：「這位兄弟，不知道你到這裡來是？」

「……」九夜默然回頭鄙視了一葉知秋一眼，猶如看一智障：「你覺得呢!?」

一葉知秋噎了下，尷尬道：「看來你也是來副本想做任務的？」

「……」這回九夜看智障兒童的眼神更加明顯了，他不是來做任務的，難道是來和這NPC敘舊套交情的!?

唯我獨尊就顯得沒那麼好的耐心了，眼看九夜的態度不大好，這位老大也懶得和他曲里拐彎的，直接拉開一葉知秋就接過了談判的位置：「咱們就明說了吧，剛才我們在外面商量的，這裡就一個副本，大家都沒經驗，也不可能一次進去那麼多人，所以咱們輪流進。我們皇朝打頭陣，接下來是知秋兄弟的落盡繁華……這位兄弟看起來不像是和朋友一起組隊來的，既然如此，那你就等其他組隊的人進了再說吧！」

一葉知秋先是愣了愣，接著淡定一笑就退開了一步。他看出來這九夜是個不好對付的人，估計唯我獨尊這話得直接把人惹炸毛。不過自己剛才也算給了對方面子，如果對方真要敢在這裡和他們兩大傭兵團叫陣的話，直接殺了他也沒人能說自己半句不是。

九夜倒也直白，不耐煩的轉過身來，沒好氣的問道：「你就直接說你想仗著人多耍橫不就得了！如果我要是不幹呢!?」

你不幹!?你不幹也得幹啊！

雖說遊戲裡現在大家級別都不高，但咱是有家底的人，大把兄弟在後面跟著，一起衝上來一人吐口唾沫都能把你小子給淹得連泡都吐不起來一個，你還想不幹!?

唯我獨尊的性格就跟他這名字一樣，很有種褒義了說霸氣、貶義了說是霸道的流氓土匪氣質，當下聽了就炸毛了：「你什麼意思!?」

「字面上的意思！」九夜嗤笑，說完以迅雷不及掩耳之勢不知從哪裡抓出一顆黑色的小泥丸子，猛的往地上一摔。

兩位老大還沒想明白過來對方這一下子是怎麼個講究呢，天空中突然撕裂出一道口子，一道水桶粗細的紫色閃電如蛇般迅速蜿蜒而下，直劈到這二人面前，而旁邊還有無數規模稍小一些的閃電跟著劈下，無規則的擊打在地面上，濺起碎石無數。這些閃電密密麻麻的像是下雨一樣，更像是天地之間牽引出的霹靂，聲勢賣相看上去就不是一般的便宜貨。

「天雷地網！」雲千千咬牙切齒，說不清是讚嘆還是鬱悶。

這天雷地網就是九夜前世出了名的絕學之一，範圍大，殺傷強，在有大批人分散逃跑的情況下，九夜一般就會甩出這麼個玩意來……一看連這招都被祭出來了，估計人家早就已經把隱藏職業給轉了。

雲千千傷心悲憤恨啊，算計了那麼幾天，原來人家已經先一步把好處給拿到手了，怪不得說到帶她去找接引人的時候會半點不猶豫呢，合著淨是裝大尾巴狼了！

傷心之餘，雲千千忍不住也手癢的放了道雷咒出來，偽裝成天雷地網中的無數閃電的一分子，照準唯我獨尊的腦門劈了下去……

在創世紀裡被攻擊和攻擊的時候是沒有系統提示的，這就好比說在現實中兩夥流氓打架，誰挨誰一下都是鬧不清楚的，根本不可能說這邊一堆人幹架幹得熱火朝天，胳膊腿兒滿天亂飛，那邊場外還站一人拿著全國人民的人口檔案給你們查資料報告：「XX剛才跟你玩猴子摘桃的那人叫YY……」

既然是追求高擬真，想當然這些超現實主義的系統提示音什麼的也就不存在了。除非是公告消息或任務提示之類的時候，系統美眉才會捨得哼唧幾聲給人聽。

於是雲千千這麼一躲，大家根本不可能知道這雷咒是另外一個人放的，只以為是九夜技能中的手筆。而這水果的小雷咒一放，本來是不可能把人給秒殺了的，畢竟她等級擺在那。可事情壞就壞在旁邊還不僅是她的一道雷咒，九夜放出的是範圍技，要秒玩家有點困難，但造成些傷害還是沒問題的。剛巧雲千千的雷咒也是這麼個情況……於是，負負得正或者說傷害疊加之下，唯我獨尊就這麼杯具了。

眼看著一道有些變異的閃電突然出現在自己面前，並且還把唯我獨尊給劈成了白光，九夜一時還真是愣了下，繼而迅速反應過來，二話不說的趁著一葉知秋也在愣著的空檔，「刺溜」一聲鑽進了副本的入口，整個兒一畏罪潛逃的殺人犯。

在剛才看到一葉知秋和唯我獨尊領頭帶來的那大批群眾之後，副本門口的NPC們立刻就警惕了起來，生怕這撥暴民暴動，於是大部分都把注意力放到了那邊，嚴陣以待的看管了起來，用網遊的說法來說，就是他們的仇恨值都被組隊的人群吸引了過去……而門口的位置實際上只站了高級指揮官和副手兩名。

結果沒想到的是，後面的亂子越鬧越大，這些NPC們冷不丁的一恍神，就發現頭上打雷了，再一恍神，一人被雷劈死了，再再一恍神，副本失守了……

整個隊伍的NPC們頓時那叫一恍惚啊，都不知道該不該回神了。

一葉知秋見唯我獨尊死了，又見凶手流竄逃跑，頓時著急的也想跟著裡面衝，結果第一時間就被回神的NPC們給攔了下來。

將領同學很嚴肅的一正神色：「對不起！國王有令，該路口不允許人進入！」

一葉知秋現在才懶得管他有令沒令，直接一揮手：「兄弟們，衝啊！」現在副本裡有什麼好處已經是其次，關鍵是殺了唯我獨尊和駁了自己面子那人正在裡面。

一個勢力的老大，如果說在外面被人駁了面子還沒法拿回來，那以後要怎麼面對自己的弟兄們!?更別說自己還得對唯我獨尊有個交代，人家和自己一起去和人談判，結果人家死了，自己活著，還對他的死沒有半點表示……唯我獨尊不炸毛才怪了！

出了多少力和有什麼結果不重要，關鍵的是自己表示出了一個什麼樣的態度！

「蜜桃，妳這人真是壞透了！」海哥幾人從頭到尾的看到了一切，自然知道殺死唯我獨尊的真正凶手是誰。眼看現場一片混亂，這幾人忍不住滿頭黑線的對造成混亂根源的雲千千表示了鄙視。

「一般一般……」雲千千很謙虛。接著順手抓了海哥的領子，二話不說的埋頭衝進了混亂人群裡，偽裝成暴動群眾甲、乙，順著人潮一起向副本入口處發起了進攻。

NPC們也不敢真對玩家們出手，他們站在這裡就只是起個威懾作用的，主要目的是阻止欺騙了國王與公主感情的雲千千入內。可是沒想到這會兒玩家會來這麼多，還根本沒被他們嚇唬住。

於是，在NPC士兵們根本沒注意到的情況下，雲千千幾人就這麼順利的混了進來。而士兵們還在外面的人潮人海中沉浮掙扎，聲嘶力竭的維護秩序：「國王有令，因……本區域已被戒嚴，請大家……如有違抗，必……擅入者抓……」

沒人理他們，大家都埋著腦袋衝。

這就像是沒文化的暴民一樣，想跟這種人說道理絕對是沒有用的，他們是玩家，就知道自己是來玩的，你要是抓著一、兩個人當場殺了，沒準兒人家還會顧忌一下，可你要跟人家講法律法規、國王命令啥的，根本就沒人把你當回事……

拜託啊大哥！這是遊戲耶！你說的國王能給咱漲薪資嗎!?能給咱買房嗎!?能給咱升職嗎!?能……哪涼快哪待著去吧！

雲千千帶著海哥剛一進這公共副本，立刻找了個牆邊扒著，等隊伍裡的另外三個兄弟也跟著灰頭土臉的混進來之後，五人一合流，這才開始繼續往前走。

本來這副本還是挺強悍的，有不少小怪盤桓遊走。可是再強悍的小怪也抗不住這麼強大的人海戰術啊。九夜和一葉知秋早沒影了，不知道是先進來之後被小怪殺了還是找了什麼角落藏起來。

無組織無紀律的群眾們亢奮的一路打殺，重現了雲千千當初在新手村時曾看到過的十幾人共砍一怪的熱鬧景象。雲千千連武器都不用拿，閒庭信步的跟著人堆後面往裡擠就成了。反正她心裡有數，前面的人殺了什麼都拿不走她的裝備，全遊戲範圍內不敢說，但目前在南明城這一片地圖裡，拿到了套裝任務的絕對只有自己一個。

「還是兄弟多了好啊，大家一起殺，再大的地圖也不怕！」海哥感慨著，都快不知道自己是來幹嘛的了：「其實照妳這法子，一開始不用找我們也可以完成任務來著。」

「人家開車還知道帶個備胎呢，萬一有個什麼突發狀況也不至於乾瞪眼啊。」雲千千不急不緩的說道。

「合著咱哥兒幾個就是備胎!?」海哥苦笑了。

「有些人想當備胎還當不了呢，想開點，總有一天組織會交給你重要任務的。」雲千千安慰海哥，順手一指前方：「再快走幾步，沒想到這幫孫子這麼快就把BOSS都推倒了，再不把東西挖出來的話，回頭屍體就該刷新了。」

玩家們果然很積極，不僅把小怪給清得砍瓜切菜似的順溜，對上BOSS也半點不含糊。嚴格說起來，這套裝任務本來就是前期給玩家們增長實力和送裝備的普通任務，所以BOSS們根本不會太強，如果硬要說難度的話，就是這每個BOSS刷新一次之後只能提供一個套裝部件，而那麼多接了任務的玩家該怎麼搶才能把這戰利品搶到？

比如說前世雲千千就接著任務來這副本裡晃了足足兩、三天，每個BOSS一刷新出來都是數人一起瘋狂搶攻，一分鐘不到就倒了，雲千千就跟蹲坑似的守著刷新點，旁邊還一大幫子和她一起蹲的，每個BOSS平均都要守著刷新個幾十次才能運氣好的終於搶到一個部件，其中運氣最好的一次是爆護手那BOSS，雲千千才守了七次就守到了，心情大暢，還為此邀朋友們一起去高怪區刷怪慶祝，結果剛到沒兩分鐘就被怪給刷掉，護手爆出，只好灰頭土臉的回來再守……

一邊唏噓感慨著回憶往事，一邊從地上的BOSS屍體裡熟練的摸出了一套靴子，雲千千當場換上，滿意的試走了幾步，接著這才得意的一揮手，帶著海哥幾人，從目瞪口呆的路過群眾中間走過，準備接著去摸下一具屍體。

而在她的身後，則留下了一地的議論聲：「你小子，不是說這BOSS身上已經沒東西了嗎？是不是故意想把咱們騙走，然後你好自己一個人回來偷偷拿啊!?」

「是沒了啊！剛才又不止我一個人摸了，不信你問問其他人嘛！」

「是真的是真的，剛才我也搜過了，確實沒東西了。」

「那麼那姑娘是怎麼回事!?高人!?」

「不是，看起來應該是職業慣犯……」

「兄弟你指的是……咳！那種職業!?怎麼看出來的!?就因為她能搜出人家搜不到的東西!?」

「廢話，這不明擺著嗎！你瞧人家那輕盈的身形，你瞧人家那靈動的身手，你瞧……你摔跟頭能摔得人家那麼飄逸!?」

雲千千灰頭土臉的從地上爬起來，一臉的晦氣。看來是第二個BOSS的大招了，她本來以為第二個BOSS也是早早被殺了的，所以根本沒防備，結果沒想到人家現在還在戰鬥著。

這第二個BOSS有一特點，臨死前特愛連續放大招，也沒啥特別的，就是個類似地動術的技能。平常頂多也就是翻騰一下，只能起個打斷技能的作用，即使站不穩也不會引起什麼大的交通事故。可如今這裡堆著的人多了點，大家被動了動，都是東晃西晃的，你撞我一下，我再磕他一把，沒幾下就把本來能站穩的人都給碰倒了，直接成一連環車禍現場。

這就像是坐公車，司機先生風騷的打著方向盤一串急拐彎，你本來拉著吊手就是搖搖欲墜、勉強穩住身形的了，結果旁邊一個胖大嬸突然以迅雷不及掩耳之勢朝你撲來……

「蜜桃，沒事吧妳!?」海哥關心的扶了雲千千一把，另外一隻手摳著身邊牆壁上的一塊突起岩石。

「死不了！」雲千千鬱悶的也靠邊找了個倚仗物，隨時準備迎接下一撥地動。

「這個BOSS挺厲害啊！」海哥看著雲千千沒什麼問題了，就把注意力轉移到戰鬥現場，感慨了一下。

「還行吧！」雲千千漫不經心的敷衍：「這BOSS爆護手的，加力量和施法速度。剛好BOSS自己又會個挺厲害的拳法技能，力量一加成之後就顯得驚人了那麼一些。」

「妳了解得挺詳細!?」海哥詫異的看了雲千千一眼。

「看攻略的！」前世的攻略。

「哦！」

不一會兒，第二個BOSS也撲街了，雲千千等前面一圈興奮的人群們先把BOSS給扒了個精光之後，這才施施然的走上前去，掏摸出一對護手來，再度換上，離開。

BOSS旁邊站著的一圈人眼珠子都快掉了，這些人群當中有些是剛才就看到過雲千千摸鞋子的。這回大夥特意把BOSS裡裡外外扒了個乾淨，就差沒把人家小內褲也給翻上一遍了，等確認實在是一根毛都沒有了之後，這才等著雲千千來摸。

結果人家小手一伸，呼啦一下摸出一對藍光閃閃的小護手來，看著還挺極品。這讓大家怎能不吃驚！

「……金手指啊！」沉默許久後，有哥兒們終於忍不住感慨長嘆，眾皆以為然。

一路行行走走，雲千千順利收繳了全套裝備。

當從最後一個BOSS屍體身上搜摸出頭盔來之後，雲千千已經徹底的從一個布衣平民，成功轉型成為年輕有為的新一代高手……起碼從裝備上來看是這樣的。

「行啊蜜桃！」海哥圍著雲千千轉了一圈，嘖嘖有聲的讚嘆著，看樣子挺羨慕：「穿上衣服還真認不出妳來了。」

「……」這哥兒們會不會說話啊！

周圍人群本來在看到雲千千從BOSS身上一路摸出的行頭後是震驚，聽完海哥這句話後則是巨震驚，眼神中還帶點曖昧，一種大家都懂的爺兒們式的默契在人群中蔓延開來……

雲千千望天，不知道該不該糾正對方這個說法，這會不會顯得自己想太多了啊!?還是裝作沒聽懂的樣子，這樣似乎會顯得純潔些，於是索性選擇無視，直接帶過話題：「多的不說了，謝謝兄弟們幫忙，回頭我請大家喝水！」

「那哪行啊，就幫點小忙還讓妳破費，實在太見外……呃，喝水!?」海哥下意識的客氣了一半才反應過來，隨即苦笑，看來這水果還真是沒跟他客氣。

一葉知秋身後還是跟著一大批的狗腿子，這就是人家當老大的派頭。眼看著都已經打到終點了，整個副本都被清光，結果所有人毛好處都沒有，還白搭了一個唯我獨尊進去，最後只有眼前的這個姑娘摸出了一套套裝……先不說一葉知秋還是個挺睿智的領導人，這單是來個傻子也能看出其中有問題了。

收拾一下失落的情緒，一葉知秋客氣的笑了笑：「這位美眉，想必妳身上是有副本裡的什麼任務吧？」

「還行吧！這裡是魔族的小營地之一，在國王那裡可以領到任務來圍剿。」雲千千也沒有藏私的打算，直接大大剌剌的向一葉知秋交代了其中的玄機：「任務的獎勵就是這套裝，不限職業，20級就可以穿，能一直用到35級左右，每個BOSS死亡後可以從身上搜出一個裝備部件，打通關後正好湊齊一整套！」

「呃……」一葉知秋倒是沒想到對方會這麼痛快，讓他原本準備好的一些臺詞都用不上了。更關鍵的是，這姑娘怎麼能當著大夥的面毫無顧忌的就這麼說出來啊？這不是慫恿著大家一起來搶裝備嗎！

雲千千特純潔特無辜的看著一葉知秋，心裡偷著樂：你能當眾問，老娘為毛就不敢當眾答了!?想偷摸吃獨食也得看消不消化得了……反正自己的裝備已經到手了，以後這副本誰愛搶就誰搶去。再說國王那一關是好過的嗎!?吃了這次虧後，下次人家把守這副本怕就不僅僅是派一支小隊來了。再再說了，這任務還得組個魔族使者在隊伍裡，自己有海哥這天生魔族，你們有嗎!?

正對瞪眼間，一條好友申請飛了過來，雲千千隨意看了下，發現居然還是九夜那小子，於是沒說的，連忙通過，這人可是未來創世紀的頭號大神來著，自己的隱藏職業還得指著人家呢。

「幫我做完套裝任務，我帶妳去找接引人。」通過申請後，九夜那邊當下就飛了一條訊息過來。

雲千千一愣，下意識的抬頭四下張望了一下，沒找到雞群裡立著的那隻風騷的鶴，只好再低頭，秒回訊息：「你在哪呢？剛聽到我說話了!?」

「這位美眉，妳的任務還有什麼後續？」雲千千剛才張望的動作引起了大家的注意，一葉知秋又開口問了一聲。

「沒，頸椎有點痠痛，隨便扭扭。」

「……那妳怎麼還轉眼珠子？」

「眼睛也有點痠痛，隨便扭扭。」

「……」

正胡言亂語間，九夜的信息又殺到：「妳看不到我。任務做不做!?」

做是要做的，可這南明城不好混了耶！雲千千小心的安撫一下對方，大概介紹了一下這邊的國王和公主目前的情況，表示想接任務實在是有點困難。但是如果九夜不介意的話，可以先帶她去找接引人，之後等她藝成歸來，自然赴湯蹈火、在所不辭云云。

其實如果真想做套裝任務的話，另外三座已知主城附近也同樣有這類似的副本和任務。可問題就在於，這任務是屬於國籍限制的任務，想做任務就有個前置條件，那就是必須完成本國的20級副本並得到通關憑證，也就是騎士之勳章。

每個皇宮拿到的勳章都是一樣的屬性，唯一不同的就是勳章同時還代表了國籍的區別。合著總不能為了拿一套20級的裝備就叛國一次吧!?要知道，雖然已知四國暫時是和平友好共處，但叛國者卻是人人唾棄的，會直接影響玩家在NPC那裡時的受歡迎程度來著。

把這個利害關係詳細的向九夜講解了一下之後，九夜那邊沉默半天，疑惑的發來一條消息：「什麼是騎士的動章？」

「就是20級副本那個啊，你……」雲千千不厭其煩的打算把剛才的話倒帶一遍再次複述，說到一半卻突然卡住，猶豫了一下，遲疑的開口：「九哥，你進遊戲以來一直沒去刷20級副本!?」不可能吧!?現在遊戲裡還有沒去20級副本逛過的神人!?

「……我出了新手村後就一直在深山裡修煉！今天不小心死了，才回到城裡的。」九夜那邊的聲音過了好一會兒才傳來，語氣中居然還帶了幾分扭捏。

「……」修煉!?是不是還要吸收日月精華啊大俠!?

雲千千望天，歸納了一下，大概明白了……那傢伙肯定是出新手村當天就不小心晃到了城外，接著義無反顧的迷路，從此黃鶴一去不復還，直到今天才終於死回城，順便無巧不巧的剛好碰上創世時報發售，知道剛發現個似乎挺有挑戰的副本，於是馬不停蹄的就趕了過來……

真是奇蹟啊！這等神人在找來這個副本的時候居然沒有二度迷路!?真是老天瞎眼了！

雲千千淚流滿面，因為她突然神經質的聯想到了前世——也許大概說不定……在前世的那次戰鬥中，九夜並不是真衝著自己這邊過來的!?她就說嘛！她待的那山頭那麼偏僻，又淨是堆廢柴，哪勞動得了這麼個大神的大駕，估計人家也是在趕去某主帳支援的時候不小心迷路了吧!?然後自己就莫名其妙的剛好撞到了人槍眼上!?

「九哥，我現在就帶你去做任務，你直接傳送回城，千萬別用跑的，以後沒事也別瞎轉了……尤其是在被人僱傭去打架的時候！」冤死的雲千千終於忍不住哽咽了，抹了把淚，悲憤道。

「……哦！」

告別了一葉知秋和還想套些情報的其他群眾們，順便再告別了海哥，剛剛揣測出自己前世死因的雲千千帶著一顆千瘡百孔的心，落寞的回到了南明城中。

重新振作精神後，某水果解散與海哥等人的隊伍，重組了新隊，然後第一時間就給九夜發去了組隊申請，看了看隊伍地圖裡代表隊友的小綠點，發現對方也傳送回來了，所在位置就跟自己隔了三條街道，於是道：「來我這裡，我們直接傳送去西華。」

「嗯！」九夜簡潔明瞭的應了一聲，又恢復了酷酷的語氣。

一分鐘後、兩分鐘後、三分鐘後……半小時過去了。無聊的雲千千有氣無力的蹲在傳送陣裡數螞蟻，卻始終沒有等到九夜，於是終於忍不住再發了一條訊息，試探的問道：「九哥，你逛街去了!?」

「……我在找妳，可是隊伍面板看不到妳的位置。」九夜那邊沉默一會兒後才傳出回答。

「……你現在在哪!?」

這回沉默得更久：「我也不知道，不過面前有個兵器鋪，叫老澤林矮人鐵匠鋪。」

西城區的鐵匠鋪，可是自己這裡明明是東城……雲千千深深的無語，終於再一次更深的領悟到了九哥的強悍：「九哥，是我錯了，還是我去接您吧！」

「……哦！」

在出發認領迷失兒童的途中，雲千千不小心想到了又一個更重要的問題——這樣的神人要帶她去找修羅族的接引人!?自己會不會被直接帶穿越到伺服器以外的世界去啊!?

聽說某水果要到西華城，七曜幾人的心情是十分之複雜的。如果可能的話，他們很想直接裝掉線。可是當聽說九夜也在那水果的隊伍裡之後，七曜幾個也就只能認命了，他們實在是無法棄兄弟於不顧來著，哪怕面前再有多大的艱鉅考驗，他們也不能坐視自己的九夜兄弟被那水果挾持啊！

於是來吧，讓暴風雨來得更猛烈些吧！有赴死覺悟的七曜幾人抱著壯士斷腕的決心，齊齊放下了手裡的事情，一起聚集在了西華城的傳送點，等待恭迎水果大駕。

不到一會兒，雲千千就帶著找回的九夜出現在了傳送點中，一看七曜三人居然早就等在這裡了，這姑娘頓時為自己的好人緣沾沾自喜了一把，笑嘻嘻的跟這幾人客氣：「七哥，無常，不滅……這多不好意思啊，還讓你們專門抽出時間來接我。」

「我們是來接小夜的。」七曜嘴角抽了抽，特別強調糾正了一下。

「都是朋友，分那麼清楚幹嘛啊。接九哥不就等於接我嗎！」

「倒是妳，來西華城做什麼？」無常推了推眼鏡，淡淡的平靜開口，根本懶得和雲千千在這裡攪和。

雲千千一指九夜：「我帶九哥來過20級副本和套裝任務的。」

無常瞇著眼睛把穿著一身新裝正得意的雲千千給上下看了一圈，微微頷首：「還不錯，這套裝一穿上，倒真有幾分像高手的樣子了。」

「什麼叫像啊，咱本來就是高手！」雲千千嚴肅糾正對方的錯誤說法：「哥兒幾個別忘了，你們在新手村的時候還是蹭著我打BOSS的經驗才練起來的。」

「……」

「你們和她認識!?」九夜只要是在不尷尬的時候，很快就恢復了平常霸氣酷哥的感覺。

「雖然不想承認，但我們確實認識！」七曜傷心的嘆息著，沉重的點了點頭。

無常唇角一勾，劃出一抹神秘莫測的笑意，狀似不經心的說道：「小夜，蜜桃多多說領到個隱藏職業的任務，必須要和你一起去做，你以前聽說過有個和自己一起做任務的人嗎？」

「沒有！」九夜皺了皺眉，隨即搖頭：「不過她剛才也和我說過這事，說任務是在族長那裡領的。」

「哦!?你也沒聽說過啊！」無常淡定的點頭，一副煞有其事的恍然大悟狀。

老狐狸！雲千千在心裡恨得磨牙，偏偏面上還一點兒都不能表露出來：「所以我之前不是就說過了嗎？我是在九哥之後才進入遊戲的，所以修羅族族長發任務給九哥的時候根本就不知道有我嘛！」

「你也是在修羅族族長那裡領的？」無常回頭問九夜。

「是啊！」九夜隨意的點了點頭，表示確有其事。

任務發放人沒錯，任務內容沒錯，難道蜜桃沒撒謊!?無常皺眉，雖然覺得仍然有些不大對勁的地方，卻怎麼也找不出線索來證明。想了想後，他只好作罷了：「算了，反正妳已經就職了，不管真假都沒有影響。」說到底，他還是覺得雲千千有鬼。

雲千千笑了：「對嘛！天下本是一家，互幫互助、友好共處才能共創美好明天，今天你幫我一把，明天我念著報答人情再拉你一下，大後天你又……有句話怎麼說來著!?對了，出來混，總是要還的！就是這麼個意思！」

「……」原來這句江湖黑話竟然還有互幫互助這麼和諧友好的隱藏含意在裡面嗎!?

七曜幾人皆恍惚，紛紛明白了信口雌黃或者說顛倒黑白究竟是個什麼境界了。

只有九夜很淡定，或者說人家從頭到尾就沒對大家的討論上過心。一見沒人說話了，這廝不耐煩的冷哼了一聲，終於開口酷酷的發話了：「我說，到底什麼時候去做任務啊!?」

繼雲千千揭秘南明城之20級副本奧妙之後，其他玩家們深受刺激，參考著南明城副本的過關秘訣，代入思維，積極嘗試，不放過副本中任何一個角落。終於，集合群眾的智慧，沒用多少時間就把其他的20級副本也都打通關了。

緊接著是西華城的套裝副本。因為這個國家的皇室對拯救自己的冒險者沒有什麼怨念，所以任務自然也不會有什麼拖滯。九夜本是就職暗殺者之後的高手，再加上七曜幾個和雲千千的雷咒，清起小怪和BOSS來基本上比砍瓜切菜困難不了多少。

任務很快完成，九夜得到的套裝和雲千千的差不多，就是男款女款的區別而已。但關鍵是穿著的人不同，雲千千穿上套裝之後，那就只是個小有所成的高手；而九夜一穿上套裝，直接就能被人誤會成是終極BOSS。

「果然是不比不知道，世界真奇妙……」無常淡淡的看了九夜一眼，再看雲千千一眼，平靜的推了推眼鏡片：「人的氣質果然決定了定位。同樣的衣服，也能穿出不同的品味！」

自從知道自己幾人因為是在南明城完成的副本，所以在南明城公主消火之前都無法接到套裝任務之後，無常就經常找機會對雲千千冷嘲熱諷之，這倒不完全是因為他稀罕區區一套裝備，而是此人想不通為毛自己人生的杯具和障礙都來自於和這水果有關的事情!?

往小了說，這叫心理不平衡。往比較崇高的境界來說的話，這是他們對自己命運的一種抗爭，他們不想屈服，更不願意從此就這麼生活在某姑娘的陰影之下，所以才用諷刺的方式來表達自己的不滿和掙扎，這是來自靈魂的吶喊，這是來自命運的嘶吼，這是……

「七哥，九哥去哪裡了!?」雲千千根本沒管無常的諷刺，跟沒聽到似的抓了七曜來問話，華麗麗的無視了無常。她一檢查完空間袋，抬頭卻發現剛還在身邊的九夜神秘失蹤了，於是這姑娘忍不住要懷疑那小子是不是放了自己的鴿子。

七曜想了想，一指街道另一頭百米開外的藥鋪：「剛他說是要去補充點兒藥，一會兒帶妳去找接引人。」

「還是九哥仗義守信！」雲千千一聽放心了，喜孜孜的樂道：「那我就先過去找他了，你們玩去吧！」說完就往藥鋪走去。

「……」無常閉嘴，沉默的推了推眼鏡，平靜而深沉，嘴角帶出一抹淺淺的諷刺笑意。

三分鐘後，抓狂的雲千千又從百米來外的藥鋪裡衝了出來，在街上一通暴走。經過七曜身邊時，七曜奇怪的抓住這水果：「怎麼了!? 小夜呢!?」

「他又迷路了！」雲千千怒氣沖沖甩開七曜，從幾人身邊呼嘯而過，再一次踏上尋找走失人口的漫漫征途。

七曜和不滅一起沉默，想起了自己兄弟的神奇屬性，忍不住為雲千千默哀了一把。無常倒是終於心理平衡了，滿足的微微頷首，薄唇輕啟，吐出玄機深遠的兩個字來：「報應！」

西華城也是個大城，更是系統的四方主城之一。

在遊戲初期，因為玩家們還沒來得及探索到其他更多的大都市，所以在四方的主城裡一直聚集了大批的人潮。

四座主城又各有特色和專攻，西華城隸屬西方，以建築恢弘而聞名，聚集了全遊戲最多的交易店鋪和最大的交易市場，是以商業之都的形象出現的。所以，西華城較之另外三座主城，可以說要更繁華一些。人潮人海中，一不小心就有可能迷失了方向。

雲千千發現九夜消失後，第一時間就發消息去嚴肅制止了對方隨意活動的行為，要求他不管現在在哪個位置，一定要站在原地不能動彈，等待自己去接。接著，按照隊伍面板上提示的小綠點，雲千千火速的抄近路趕到了現場，企圖在第一時間抓回目標。

但等到了現場一看，雲千千差點當場就淚流滿面了，九夜果然站在原地一動不動的等著她，這很好。可是在九夜的對面還站在一夥怒氣騰騰的一看就不怎麼友善的玩家，這就很讓人鬱悶了。

「嘿小子，說你呢，讓路啊！」

「這位兄弟，你這樣是不是過分了點兒!?」

「踏馬的站在門口不進不出的你裝門童呢!?要小費就張口，好歹說句話啊！」

「你……」

沒錯，九夜杵著的地方剛好是一藥店的門口，先不說他是怎樣在迷路中巧合的碰到這麼一家藥店的，單說雲千千發完訊息之後，剛好是九夜正要出門的當下。而雲千千交代他的又是站在原地絕對不能動彈，於是九夜就真的很聽話的站在原地一動不動，剛好把藥店大門堵了個扎實……

再於是，被攔在藥店裡的那夥人會鬱悶的嗆聲也是可以理解的了。

「住手！」眼看九夜就是一副雲淡風輕樣，而藥店裡那些人氣得都快拔刀了，雲千千連忙吆喝一聲迎了上去，鬱悶的跟那幾人解釋一番：「對不起啊幾位，我朋友剛和我走散了，是我讓他原地站著的，沒想到卡位卡得這麼好。」

「哼！」九夜不屑的冷哼了一聲，好像是不大滿意雲千千的這個說法。

藥店裡的幾個人愣了愣，面面相覷了一下，雖然不大能接受這理由，但看對方態度挺誠懇的，於是大部分人也就悻悻的揮揮手，就此作罷了。而其他人離開之後，卻有一個刺頭硬強著不配合，囂張的不肯放雲千千和九夜走，大喊大嚷道：「說對不起就完了!?」

「說對不起不行嗎!?」雲千千回頭，愣了愣。

「廢話！道歉有用了還要警察做啥！」那強頭翻了個白眼，看似鄙視雲千千。

雲千千沉默著仔細打量了此人三秒，突然抬手，二話不說的一道雷咒放了出來，「劈啪」一聲把人炸成灰灰，甩頭鄙視：「沒用就算了，才15級就敢跟姐姐叫陣!?」合著她剛才打量人家是甩鑑定術去了。

「……」九夜淡定漠視某水果當眾行凶。

周圍人群譁然，紛紛竊竊私語，沒想到這姑娘居然能囂張到這一步上。

「走了九哥！」雲千千一拉九夜，扒開人群又連忙往城門口的方向跑去。跑來跑去的都耽誤多少時間了，再這麼拖拉下去，她的隱藏職業、她的高手之路要等到什麼時候才能實現!?

拐了一圈衝出西華城，雲千千還沒來得及問九夜該往哪個方向走，七曜的短信就忽忽悠悠飄了進來：

「這麼短的時間妳怎麼就惹上仇家了!?」

「什麼仇家!?」雲千千辨認了一下地圖，拍拍九夜，示意對方指認下方向。

「龍騰九霄傭兵團的人剛才滿城的亂跑，說要找一對穿著同款套裝的男女。現在全城除了你們，還有誰穿上了套裝的啊！」

「龍騰九霄!?這幫雜碎又找我做啥!?」

「又!?不知道是怎麼回事，不過聽說是幫主的女朋友的弟弟的朋友的表哥被穿著套裝的女人用雷劈死了……是妳吧!?」

「……」雲千千鬱悶。

要說龍騰九霄，這個傭兵團和雲千千的淵源還真是不淺，前世她就莫名其妙的得罪了人家老大的一個不知道什麼關係的朋友，從此開啟了杯具之路，被人掄到許久之後才恢復元氣。今世她特意不選擇西華城作為出村後的國家，也是基於不願再遇到這些人的考慮。沒想到她只不過是回來這麼一趟而已，結果就莫名其妙的又惹回了這個老仇家。

「我帶路，妳跟著！」九夜突然冷冷的開口，簡潔明瞭的做出指示。

「你帶路!?」雲千千顧不上鬱悶了，直接掐斷了和七曜的通訊，連忙拉住剛要開步的九夜：「九哥，還是你告訴我該怎麼走，然後我來找路就成了！」

「妳找不到！」九夜篤定的說道，同時還淡淡的掃了雲千千一眼。

被一個路痴說找不到路，這是多麼讓人傷心的侮辱啊。雲千千咬牙，鬱悶得都快抓狂了：「難道你就找得到!?」

「我有它！」九夜從空間袋裡抓出一隻小蜜蜂來。

剛一被放開，蜜蜂嗡嗡的搧動著翅膀飛了起來，在空中繞了一個八字痕跡，選好一個方向，接著就帶著兩人，不緊不慢的以每小時大約十公里的速度向前飛去。

「引路蜂!?」雲千千凜然，終於知道身邊這路痴的自信是從哪裡來的了。合著人家有GPS自動導航系統來著。

剛一驚嘆完，突然旁邊一陣小風吹來，嬌小輕盈的引路蜂被吹得直打旋，拼命的嗡嗡著掙扎了幾下，終於還是掙扎不過，忽忽悠悠的就被吹跑了。

「……」雲千千沉默，九夜也沉默。

許久之後，雲千千終於忍不住小心翼翼的開口：「九哥……」

「嗯？」

「這種情況經常發生嗎？」

「……看天氣情況。」

剛說完，風停了，引路蜂嗡嗡著不知道又從哪裡飛了回來，繞著孤傲站立於野外的九夜身邊飛了一圈之後，接著再次選好方向，引路向前，小風適時的又吹過……

這真是一隻革命意志堅定的蜜蜂啊！雲千千手搭涼棚望著微風中再次掙扎著被吹遠的蜜蜂，感慨了一下，忍無可忍的回頭對九夜道：「九哥，你等我會兒成嗎!?就站這，一步別動！」

「現在時間緊迫！其他事晚點說！」九夜皺了皺眉，酷酷的批評雲千千。

「我就是想著時間緊迫，所以才必須要請這個假的！」雲千千淚眼哽咽。你大爺的，照這個小蜜蜂的進度，一小時能挪出十米都是神話了。

「……妳要去做什麼？」九夜沉默了一下，終於鬆口。

「回來你就知道了！」雲千千二話不說，揮了揮手，迅速跑遠。

九夜目送這水果消失在遠處之後，這才轉回頭來，繼續冷靜的看著蜜蜂在風中掙扎，被吹遠，飛回來，再掙扎，再被吹遠……一言不發。

十多分鐘後，雲千千抓著一個鑲了根木棍把手的玻璃瓶子終於回來了。笑嘻嘻的和九夜打招呼示意，而此時，九夜還一步未動，引路蜂依舊在風中沉浮飄蕩。

「九哥，把蜜蜂放瓶子裡！」雲千千把瓶子遞給九夜。

這玻璃瓶子就是個魚缸樣的造型，瓶頸很長，還直立著鑲了根挺長的木棍，看上去就跟人打醬油用的那種量斤勺子似的。

九夜狐疑的看了一眼雲千千，依言伸出手去，讓蜜蜂停在自己手背上，往瓶口中一塞，就把這蜜蜂給放了進去。

雲千千接過瓶子，平行著把木棍伸平，玻璃瓶子就底朝前方這麼橫了起來。引路蜂似乎有些不習慣，嗡嗡著飛了一圈之後才找準方向，繼續向前引路飛行。她小心的保持著用玻璃瓶子套住蜜蜂卻又不碰到它，瓶口朝著自己二人的方向，掌著木棍跟著瓶子裡的蜜蜂一起前進。它進她進，它停她也停，瓶頂始終和蜜蜂保持著兩指長的距離。任憑雨打風吹，小蜜蜂再也沒有受到外界的干擾。

至此，九夜終於明白這玻璃瓶是幹嘛用的了，合著就是個防風罩。讚許的微微頷首，九夜不吝讚賞的淡淡表揚雲千千：「還不錯！」

「過獎過獎！」雲千千擦了把汗，鬱悶的接受了這麼個表揚。

有了這麼個寶貝，二人終於得以在引路蜂的帶領下穩定前進。一路跋山涉水，穿林地過草原，雲千千硬是不敢讓手晃上那麼一下，生怕把玻璃瓶裡的小蜜蜂給撞暈了。

「這裡過去就是接引人的所在了。」在一個斷崖前，九夜突然停了下來，平靜的目視遠方道：「如果不是修羅族人的話，從這裡過去就會碰上禁制，不及時出來就只有死路一條。」

雲千千把蜜蜂收回來還給九夜，瓶子就當是附贈品，感謝對方引路。然後，她抬頭仔細的打量起這個斷崖來。

按九夜的說法，過了斷崖之後，對面就是修羅族部分族人在人間界的隱居地。

為什麼說是部分呢？因為修羅族大部分還是在另外一個空間裡、也就是是他們自己的世界住著，名曰修羅界。這就像是魔界和神界的概念一樣。只不過人家沒有神魔那麼給勁，動不動就能派出個萬八千的軍團來罷了。

也就是說，斷崖隔壁那兒的地方，嚴格說起來只是修羅族留在人間界的事務所，專門負責教導修羅族人技能和知識，可以理解為類似職業導師的性質。用仙俠的意義來理解也可以叫門派……

雲千千眺望斷崖，發現斷崖的另外一邊有一片密林，而這中間的距離大概能有個十來丈，來個超人沒準能飛過去，可是憑她這麼正常的純人類品種，想用自身的力量過去是萬萬不可能的。

「這裡是失落裂谷，谷下遍布了100級以上的小怪，如果跌落下去，就算不摔死也會被小怪給踩死。修羅族就是憑藉這道天塹阻止了其他人的窺探。」九夜淡淡的為雲千千介紹道：「而斷崖兩邊的上空則有一條索道連接兩邊，是生長了百年的藤蔓，堅韌無比……」

「我明白了！」雲千千恍然大悟，打了個響指：「我們是要從那條藤蔓滑過去吧？就像纜車似的？」

九夜面上微微浮出震驚的神色。雲千千看了得意非常，只覺得對方是被自己一點即通的聰慧給震撼住了，於是謙虛的低頭羞澀道：「九哥不要那麼看我，其實這很容易想到的。一般多看點電視都能知道這些機關了，所以你不用那麼震驚……」

「……」九夜沉默不語，震驚的表情慢慢隱退後，平靜的搖頭：「不，我只是驚訝妳為什麼要費這麼大的勁。那邊有個傳送陣難道妳沒看到!?」

順著九夜胳膊指著的方向看去，果然，在斷崖邊上的一側，一個傳送陣靜靜的躺在雜草叢中，熒熒的流光閃爍滑動在陣中，像是嘲笑某水果的自作聰明。

「……」這回沉默的人變成了雲千千，瞪著那個傳送陣良久之後，雲千千終於緩緩的轉著僵硬的脖子看回九夜，傷心的哽咽道：「既然有傳送陣這麼方便直接的東西，那你為什麼還要特意給我介紹上空有條藤蔓!?」這人是故意要誤導她嗎!?是吧!?

九夜平靜看向遠方：「這裡就這麼一個特色景點，怎麼說妳也是修羅族人，我只是想和妳分享一下……」那臉上，淨是遍尋知音而不得的落寞蕭瑟。

「……」雲千千終於忍不住淚流滿面了。他大爺的，以後再也不跟思維有問題的人一起玩了，尤其是還有路痴毛病的那種……

踏上傳送陣，一道白光劃過後，兩人就已經到達了斷崖的另外一邊。九夜再次出動引路蜂，用雲千千示範過的方法，把它裝進了瓶子裡。

這回小蜜蜂走的可就不是直線了，它帶著身後兩人一頭闖進密林，嗡嗡嗡的在林間不時變換一下前進的方向，像是帶人走八卦陣似的，左三圈右三圈脖子扭扭屁股扭扭，牽著九夜和雲千千足足繞了有半個多鐘頭之後，這才終於繞出了密林。

等到雲千千眼前豁然開朗的時候，就發現自己已經站在一座小鎮的面前，外面包圍著的密林就像是一道天然的屏障那樣把這小鎮保護了起來，一派隱世部落的感覺。雲千千知道，自己肯定是到了修羅族了。問為什麼？屁話，沒看鎮口上的牌子那兒寫著「修羅族」三個大字嗎……

「九夜，帶了新族人來嗎!?」一個壯碩俊美的NPC男子走來，和九夜自顧自的說話。

「你好你好！我是新來的，想來轉職！」雲千千一聽有人問到自己了，連忙上爪抓著人家的手手熱情的搖晃，左右看看，似乎沒太多人注意到自己這邊，忍不住失落：「你們對新族人的到來都不表示一下歡迎嗎!?」

九夜冷哼：「又不是看猴兒，有什麼稀奇的!?如果妳是敵人的話，我們就會熱情了！」

雲千千咬牙，努力無視九夜不客氣的言辭。

壯碩男子爽朗的笑了起來，一拍九夜：「我們在人間界的族人不多，每一個都是難得的夥伴，你還是對這姑娘客氣些吧。」

「就是就是！」雲千千連忙點頭附和，嚴肅批評九夜：「對我客氣點兒！」

「……」九夜沉默，全身上下殺氣亂飆。

「對了，妳說是來轉職的？」壯碩男子轉身看雲千千，在得到對方的肯定答覆之後點頭，一招手道：「那好吧！我帶妳去找接引人。」

雲千千樂顛顛的連忙應聲，和壯碩男子一起離開。九夜站在原地遲疑了一會兒，終於還是慢騰騰的跟了上來。

左拐右拐了一會兒之後，兩人跟著壯碩男子一起來到一座小屋前。壯碩男子上前推門並向雲千千道：「這是我們的接引人，他會根據妳的資質測試出最適合妳的職業。族人要想學戰鬥技能的話，都是在他這裡接受指導的。」

「咦!?不是自己選擇的嗎!?我想就職暗殺者耶！」雲千千詫異。

壯碩男子大笑：「暗殺者是全族最頂尖的職業，可是卻也是最難轉的。別說是妳，就連九夜這樣難得一見的人才都沒能轉成暗殺者，只能轉成稍次一等的暗殺者分支——暗屠者。目前整個修羅族裡，只有我們的族長能修習暗殺者的全部技能。」

雲千千大驚，這不可能啊！前世九夜明明就是暗殺者來著，難道說她蝴蝶翅膀搧得太厲害了，所以才會造成這一世的異變!?

九夜顯然也因為沒能轉成暗殺者而鬱悶著，聽到壯碩男子對雲千千這麼一說，他的臉色頓時又不好了，陰沉沉的像是誰偷了他五百萬一樣。

「暗殺者和暗屠者有什麼區別？」猶豫了一下，雲千千還是忍不住問道。

「妳想知道的話，那我就為妳解釋一下吧！」進了屋子以後，見裡面並沒有人在，壯碩男子轉過一圈後，讓九夜和雲千千都在屋裡找地方坐下，索性趁著這段時間為這二人講解了起來。

暗殺者，相當於是魔武雙修的職業，可以學習修羅族的所有武系技能和法系技能。其下，還有暗屠者和暗法者，分別只能學習武系全部技能以及法系全部技能。再往下的話，還有修羅刺客、修羅武士、修羅法師等等，這些職業分別能學習武系或法系中的一部分技能，類似於遊戲中的一般職業劃分，只是技能比一般職業加強了那麼一些。

也就是說，暗屠者是刺客、武士、弓箭手等等所有物理系職業的綜合體，還是修羅族加強版的。而暗法者則是法師、牧師、詛咒術士等等所有法術系職業的綜合體，也是修羅族加強版的。

暗殺者等於暗屠、暗法這兩者的總和，相當於技能加強版的全職業者，是整個修羅族中最厲害的存在。而若是修羅刺客、修羅武士之類的修羅ＸＸ職業，就只是外面的普通職業強化版……

「為什麼九夜不能轉成暗殺者呢？」雲千千聽完之後又問道，她想知道是哪裡出了問題。

九夜狐疑的瞥了雲千千一眼，雖然不知道這姑娘為什麼對他的職業這麼上心，但終於還是沒說什麼，靜靜的在一旁沉默著。

「按資質來說，九夜其實已經足夠優異，完全可以轉成暗殺者了，但是，他卻偏偏缺少了修習暗法者技能的一個最重要的前提條件……」壯碩男子似乎也覺得很遺憾，邊說邊搖頭嘆息道。

「什麼條件？」雲千千又問。

「九夜缺少的，是修羅族天賦屬性之雷心！」壯碩男子咬牙道：「族長只能傳授出一份雷心，據說那被另外一個通過我修羅族測試的人拿走了，真是白瞎了九夜那麼好的資質，如果有了雷心，他就能一併修習修羅族的法系技能，成為毫無爭議的暗殺者……就是不知道另外那個族人資質如何了。」

「呃……」雲千千噎了，繼而汗了。

「……」九夜看似平靜的轉頭，盯著雲千千一瞬不瞬。

「對了，你們兩個在外界還聽說過其他的修羅族嗎？」壯碩男子突然想起這一事，連忙向兩人打聽情報。

「還沒聽說過。」雲千千默了默之後，擦了一把冷汗怯怯道。

壯碩男子大驚失色：「那麼雷心難道是……」他終於反應過來不對勁了。

雲千千一狠心，一咬牙，哭喪著臉舉白旗自首：「對！拿到雷心的就是我！」

「……」

等到接引人終於回來之後，很快的給雲千千做了一下測試，最後得出結論，此水果天資平平，用遊戲的說法來說就是創建人物時身體掃描下來的初始屬性一般……別說是暗殺者了，就連轉職修羅族的普通職業如修羅法師什麼的都很勉強，建議最好就是去外面的大地圖隨便找個普通職業就職，要嘛就人道毀滅，免得丟了修羅族驍勇善戰的名頭……

接引人十分不解，這樣的人當初是怎麼通過種族測試的，更別說還要第一個通過修羅族族長親自主持的測試才能獲得雷心……

不過話雖是這麼說沒錯，修羅族畢竟還是捨不得讓唯一一個雷心的繼承者就這麼沒落下去。反正擁有雷心的人雷系技能有50%初始加成，再加上修羅族技能本身就有的加成，再再加上雲千千在40級就可以比別人多出3點分配屬性……綜合以上考慮，大家認為即使再蠢的人也應該能成為高手了。於是在經過和其他人的一番研究討論之後，接引人終於還是勉強讓這水果轉成了暗法者。

只是每當想起這雷心如果在九夜身上就能成就一個暗殺者的時候，修羅族人還是忍不住要傷心黯然一把。

九夜對此倒是很淡定，雖然也鬱悶了一下，但是他畢竟不知道前世的事情，更不知道實際上這水果是拿了屬於他的東西，厚道的九夜把這些都歸結在了自己運氣不好的因素上面，於是黯淡了一把之後倒是很快就接受了現實。

轉職完後，雲千千也領到了屬於自己的引路蜂，沒有這小東西的話，外面那片密林是無法自己走過來的，那片林子就是修羅族的禁制，裡面有鬼打牆，還有百來匹BOSS夾雜在無數小怪群中悠閒散步，沒走到正確路上的話，一不小心就能碰到BOSS組隊來刷玩家……

再接下來，雲千千就和九夜一起去鎮子裡接任務升級去了。

修羅族的人下了死規定，不到30級堅決不放這姑娘出去，也不准和人聯繫，免得丟了修羅族的臉。30級之後雲千千就能學會最初的一部分技能了，到時候她要是靠著這些技能還能被人虐的話，那修羅族也只有認了。

發布修羅族任務的人就是最初領雲千千去找接引人的那個壯碩男子，他親眼見證了一個神話的隕落（九夜轉職暗殺者失敗），也親眼見證了修羅族的墮落（雲千千轉職暗法者成功），在傷心之餘，這個樸實的NPC給雲千千發布的任務也就刁鑽了些，如天天幫著族裡的人幹雜活，而且是幹很多很多的雜活……

於是，繼新手村村長老婆發布的雜活任務之後，雲千千又一次開始了自己的雜役生涯。

「我去幫族裡的人剝皮，今天打下的獵物都歸我剝！」雲千千咬牙，轉頭問九夜：「九哥，你接的任務是去做啥？」

九夜掃了一眼自己的任務面板，平靜道：「我跟著族裡的狩獵隊伍去打獵物，每打一頭獵物兌換100點經驗。」

「……九哥，想必你是不會在乎這『區區』一頭100點經驗的，能少打點兒嗎!?」雲千千沉默之後，義無反顧的哽咽了。

九夜淡淡的看了雲千千一眼，遺憾道：「抱歉，任務規定至少要打一百頭，多了不嫌，少了不行。」

「……」他大爺的，你狠！

其實九夜完全可以不在修羅族裡繼續滯留的，修羅族的人很相信這個資質優異的族人，並不怕他到外面去會給族裡丟臉。可關鍵是九夜自己心裡也十分明白，反正自己走到外面以後也是隨波逐流的迷路到哪打到哪，既然如此，還不如在族裡多做點任務，反正40級以前在這裡做任務的升級速度和外面是一樣的，還不用顧慮會不會不小心逛到一個補給不能的荒郊野外。於是，九夜就這麼留了下來。

而雲千千最初還挺感激九夜的這一決定，覺得對方留下來了以後自己還能找個人說話，不至於太孤單。可是當雲千千發現到自己幹的雜活都是為九夜做任務升級而服務的時候，她就一點兒感動的心情都沒有了。

九夜打獵練箭，她負責剝獵物皮毛；九夜演武，她負責打樁；九夜在族裡吃飯，她負責做飯……還好遊戲裡沒有洗澡的概念，不然雲千千完全有理由相信自己還得去密林外另外一邊的水源處挑水……

跩什麼跩!?恨什麼恨!?不就是搶了你一顆雷心嗎!?反正你上輩子都是用匕首的，偶爾放雷那都是別人跑得看不到了才遠距離大範圍的追擊一下……與其讓你像前世那樣埋沒了雷心法系的優勢，還不如老娘把它發揚光大……

雲千千忿忿然，覺得自己就像是一個被世人誤會了的杯具英雄。普族之下，竟然沒有一個能了解她忍辱負重發揚修羅法系文化的知音啊……雲千千負手遠目，深沉落寞的看向遠方。

「蜜桃多多，妳的下個任務是打掃九夜住的客房！」遠遠的，壯碩男子又喊了起來，並向這邊招手。

「來了來了！」遠目的雲千千慌忙回神，屁顛屁顛的跑了過去。

雜役!?屁！天將降大任於斯人，必先苦其心志，勞其筋骨，餓其那啥啥啥……姐姐這麼隱忍的金子，總有一天會大放異彩的！

「蜜桃，一起去後山！」九夜一身披掛，裝備精良的從族中走過，被浩浩蕩蕩的一眾NPC簇擁著，頂著修羅族人們期待的目光，就像電視中常見到的那種世家大族的新生代高手。

一般經典的武俠電視劇裡都得有這麼一個高手，他必須得是從小到大一帆風順，隨便來個享譽武林的泰山北斗都要誇他一句天縱奇才，頂著無數光輝一路打遍天下無敵手，直到遇上一個飽受欺負或者是生活在社會最底層打滾的小蝦米後，此人就會突然萎靡，莫名其妙的大小腦一起癱瘓，不僅智力下降，不顧自己一直以來的好名聲，去做一件明眼人一看就知道是他不對的錯事去挑釁主角，還得在和人對打的時候被人一通毫無章法的花拳繡腿給打到鼻青臉腫。於是接下來大家就會恍然大悟，啊！原來那傢伙（指代主角）竟然是這麼一個品行高潔的潛力股啊……

雲千千兩眼發直的看著意氣風發、一身光鮮的九夜，再愣愣的對比了一眼自己目前的造型，手拿掃帚，身穿早已經好久沒換過的20級套裝，為了方便勞動，上裝的下襬還打了個結繫在腰上，怎麼看怎麼像村姑，還是幹重活的那種……於是雲千千淚流滿面的得出一個結論——姐姐果然是主角……

「還不走!?」享譽修羅族的新生代高手九夜斜睨了雲千千一眼，淡淡的冷聲道。就好像他喊的只不過是自家養的來福一樣自然。

「去哪!?」來福恨恨的應了一聲，很不爽對方這頤指氣使的態度。

「修羅族每月有一次狩獵活動，就是今天。妳不知道!?」一直在族內負責發任務的壯碩美男驚訝的看著雲千千，代替九夜給出了回答。

「……」都沒人說過這事，姐姐知道個屁！

修羅族每月一次的狩獵，說白了就是系統的週期活動。在狩獵的時候，參與活動的玩家需要做的事情就是在後山盡可能多的捕殺獵物，然後再按照殺死獵物的等級換取相應積分。

除了上交獵物戰績時本身可以獲得經驗值外，積分還可以在修羅族內換取裝備、武器、道具以及技能等級等等。除了技能等級以外，其他的積分獎勵說白了就是雞肋，裝備道具什麼的在哪買不到啊？更別說大家現在等級都不高，就算拿了一身極品穿著，沒幾天升個幾級就又得換了。相對比之下，只有技能等級的提升才顯得要實惠那麼一些啊！

雲千千默默看九夜，面無表情：「我地還沒掃完！」

「……」九夜沉默半晌，平靜無波。

就在雲千千以為對方即將要良心發現，會來幫自己一把，一起掃完大街再去打獵的時候，誰知人家很帥的一個轉身，直接無視了雲千千，對身邊的壯碩美男淡定道：「走吧！」

「好！」壯碩美男點頭。於是一行人像來時那樣又浩浩蕩蕩的離開了，只留雲千千站在原地繼續無語，默默的在離開的一行人身後比了根中指——靠之！

半個小時後，雲千千終於是掃完了大街，風風火火的去族中的長老那交完任務，問了一下打獵的地點和規則，帶上一些藥品，抓上法杖就衝出了修羅族。

修羅族打獵所在的後山，其實還是在密林的範圍內，平常這片範圍的小怪和BOSS都很少，即使出來活動也很有規律，嚴格遵守系統擬定的路線，從來不違章行走。比起現實裡那些動不動就橫穿馬路還翻欄杆的人來說，這些NPC簡直就可以得個文明守法公民榮譽了。

而在每月修羅族打獵的這一大，則是這些小怪和BOSS們唯一可以不顧規矩到處亂竄的放風時段。在這一天裡，它們想溜達到哪裡都是憑心情而定，甚至半夜翻去民宅偷看美女洗澡也沒問題，絕對沒人跟它們講規矩。當然了，亂竄被發現後的結果肯定是要引得群起而攻之的，這一點也是絕對沒的商量。

剛走進後山沒多久，雲千千很快就發現了一大幫的修羅族人和漫山遍野的小怪們。山上的動物們四處亂竄著，而那些修羅族的NPC們手裡則拿著各種武器，興奮歡快的奔走於密裡中的每一個角落，跟人來瘋似的見獵物就上。

「九哥，在哪裡!?」雲千千深知個人的力量是比不上集體的，於是一進密林就聯繫了九夜，企圖和人會合，好合作撈點積分。

「……」

「九哥!?」沒得到回音，雲千千忍不住再問。

九夜那邊沉默許久後，清冷的聲音這才終於淡淡的傳來：「我在考慮怎麼和妳描述我現在的位置……」

「行了，不用描述。是我的問題太尖銳了，抱歉！」雲千千立刻反應回神，謙遜的認錯。跟個路痴問路!?她這不是吃飽了撐著嗎！

「……」

和九夜一道是指望不上了，雲千千只能自食其力。

在修羅族裡混了那麼段日子，雲千千就光練雷心了，現在手頭上有的就是一單一法兩個雷系初級技能。其他的倒不是不能學，關鍵是嚼不爛。一精勝百會，這道理很淺顯，卻未必是所有人都能做得到的。

雲千千剛好能做到，倒不是她毅力堅定，主要是這姑娘懶，更重要的一點是，學習技能是要交學費的……

「雷咒！」瞄了戰場半天，雲千千終於是躲在一棵樹後出手了，她將手中的法杖一舉，一道兒臂粗細的雷電撕裂天空劈下，頓時打在了一個修羅族 NPC 剛砍掉大半血條的小怪身上，直接把怪劈成灰灰，經驗和積分順利到手。

「天雷地網！」初戰告捷後，雲千千半點不停歇，一轉身，又放出一片雷網，天空中剎時烏雲滾滾，無數道落雷降下，目標為另外一批修羅族人追趕聚集起來的怪群，攔截走數條經驗和積分。

兩個技能一放完，雲千千脖子一縮，也不去撿戰利品，貓著腰直接從樹後刺溜一聲溜掉了，只剩下還沒反應過來的修羅族 NPC 們舉著形形色色的武器面面相覷，想不明白為毛自己剛才還在趕殺的獵物會突然集體暴斃……

NPC 殺怪是沒有經驗值的，雲千千認為，與其讓這些 NPC 們把殺怪的經驗值和積分浪費掉，還不如自己接手，這也是一種資源的有效回收。所以總結就是，她認為自己搶怪的行為是完全合理合法且理所當然的……

於是，某卑劣的水果就這樣在林中穿梭著，四處撿漏，專找修羅族人們殺到了一半的將死小怪下手，一路順風順水，斬獲經驗積分無數。正玩得開心時，九夜的消息飛了過來：「我剛問了，我現在的位置是在南峰峰頂，妳要不要過來？」

真是個好人啊，這種時候居然還能記著讓自己過去。大發神威的雲千千感動淚流，一邊繼續搶著剛看中的一隻怪，一邊欣慰的回消息道：「不用了，我現在打得挺好。」

「那就好。」九夜的聲音淡定依舊，一會兒後突然像想到什麼似的又加了一句：「帶隊狩獵的長老剛才說有人在修羅族的狩獵場搗亂，故意破壞其他族人的狩獵，搶奪獵物。他給我發布了個任務，要去找出那個搗亂者。妳要接嗎？」

「……」

修羅族要抓搗亂的人，雲千千當然不可能繼續留在那裡讓人守株待兔，尤其她扮演的還是兔子這一杯具英雄的角色。犧牲自己成全別人，從來不是雲千千會幹的事情。

於是趁著九夜剛剛說過座標，暫時應該還不會二次迷失在密林裡的這段時間，雲千千火速的趕了過去與其會合，一起刷怪。

雖然說修羅族的人對雲千千左嫌棄右鄙視，怎麼看都看不順眼，但是這也只是因為遺憾雷心沒有被九夜繼承而已。真要說起來，雲千千的操作其實還是很不錯的。比其他玩家多兩年的遊戲經驗並不是說笑，雖然她前世的職業並不是法師，但對法師的了解也絕對不下於其他玩家了。

九夜手攥匕首，四處斬殺驅趕小怪，將之聚攏在一堆之後，再由人型轟炸機雲千千放群法技能清場。因為雷系技能有諸多加成的關係，一般一招下去之後，同級小怪就得全部被轟成灰灰。接下來殘留一些只剩血皮的高級點的小怪，也就是九夜再補上一兩刀的事情。唯一遺憾的是，因為九夜經常性拖著小怪跑錯方向，所以雲千千也只能累死累活的拼命跟上，打著打著的，回頭就半個族人NPC的影子都看不到了。還好獵物是有增無減，並不影響二人練級刷分。

修羅族最強的戰法雙系配合，清起獵物來的速度比起高級的NPC只快不慢。終於，就在兩人默契的合作下，雲千千總算是熬到了30級！

30級，這是一個值得全創世紀人民永遠銘記的等級，這是一個普天同悲的特殊等級。因為過了30級這個分界線後，就代表著一個跨時空的偉大人物終於可以出關了！她的出現，給創世紀的杯具命運指明了方向，也為遊戲玩家的水深火熱帶來了保證……

「YES！」雲千千抓拳，盯著自己的等級欣賞了好一會兒，怎麼看怎麼覺得舒坦。等回去換完了積分，再把幾個技能學一學，她就可以告別這個鬼地方了，Byebye，破掃帚；Byebye，鍋碗瓢盆和洗潔精；Byebye，血糊糊的獸皮獸肉；Byebye，該死的讓她當了好幾天雜役的修羅族！

就在雲千千正陶醉著的時候，林間突然一陣騷動。一個人影快如閃電般的劃出，直接穿過了密密麻麻的新刷出的小怪，停在雲千千和九夜二人的面前。

此人疑惑的左右看了看，撓撓頭，對著雲千千和九夜行了個NPC間常用的禮節，右手握拳置於胸前欠身道：「失落一族燃燒尾狐向二位致敬，請問你們是從哪裡來的？」

「NPC？」九夜問，因為對方行禮的姿勢太標準了，只有NPC才喜歡這樣跟人打招呼。

「失落一族!?」雲千千也同時驚疑道。因為她突然聽到這麼個名詞，已經發現有些不對勁了。

「我是玩家。」燃燒尾狐不好意思的臉紅了一下，尷尬道：「我們那個隱藏種族只有我一個玩家，待的時間一長，不小心就被同化了！」回答完九夜的問題，他這才轉頭繼續回答雲千千：「失落一族是以預言見長的，屬於輔助類的加強職業。說白了就是算等級算任務算座標算失物……咳！總之你們把我當是算命的就行了。這一片是我們族的狩獵場，外面拉了分隔線，還有路牌，寫明了禁止擅闖……你們是怎麼進來的!?」

雲千千一聽，當場就鬱悶了：「難怪從十分鐘前開始，我們殺怪就只有經驗而沒積分了。本來我還以為是活動結束了來著。」九哥，您的方向感真是無比強大，傳說中那失落一族和修羅族之間，就算全速奔跑也隔了至少有三個小時左右的路程來著。

「分隔線!?」九夜皺了皺眉，突然從空間袋裡抓出一捆拴了鐵刺球的鐵絲來問道：「你說的是這個!?我以為是小怪布置的陷阱，就順手拆了。」

「……」雲千千和燃燒尾狐一起默然。

擦了擦汗，失落一族那位燃燒尾狐哭笑不得道：「兩位，我們族剛才發布了擊殺擅入者的任務，既然你們是玩家，那咱也不說啥了，二位還是趕快撤出去吧。一會兒族裡的大部隊就該到了。」

「都是算命的!?」雲千千還真挺好奇，前世她聽說過有個失落一族，但那人和九夜一樣，都屬於自己族中獨一份的玩家，因為其很少出誹聞的關係，流傳出來的失落一族的訊息也是少得可憐。雲千千還真是沒聽過也沒見過一幫算命的會怎麼打架來著。

燃燒尾狐憂鬱了下：「……對，都是算命的！不過他們還是很強的。」

「怎麼個強法!?」九夜也來了興趣。

「比如說我們有個預言術。」燃燒尾狐一招手，指間不知何時拈起了兩枚古金幣，對著九夜一亮金幣之後，一點白光在金幣上爆開，又瞬間消失，緊接著九夜左肩上頓時多了一團白色的亮點附著。

「變魔術嗎!?」雲千千不解的在九夜肩膀上那團亮點處拍了拍，沒看明白這是做什麼用的。

「這是預言術的標記位置。」燃燒尾狐解釋道，同時攤開手把金幣的屬性展示了出來。這兩枚錢錢可不是遊戲中的交易貨幣，它們是失落一族的標準武器，可增強預言的準確性和威力。

燃燒尾狐口中的預言術，實際上也可以看作是詛咒。他用技能預言了目標身上哪一處有缺憾之後，那個目標身上就會在對應位置出現一個亮點，而該亮點的部位，目標的防禦力將大打折扣。攻擊在亮點上時，傷害按攻擊部位和預言術等級加成。根據燃燒尾狐的說法，他現在只能預言肩膀處，預言成功率10%，傷害加成10%。而他族中最厲害的那個NPC已經可以預言心臟、脖頸、額頭等要害了，成功率百分百，傷害加成也直接翻倍。

「原來是傳說中的神仙姐姐！」雲千千聽完，頓時肅然起敬。

燃燒尾狐差點噴了，黑著臉鬱悶：「我不是神仙姐姐，我是個爺兒們……」

再一交談後才知道，其實今天也是失落一族狩獵的日子來著。燃燒尾狐挑了些軟柿子捏，居然也刷了一些積分出來，兌換完技能境界，剛把預言術給整了出來，就接到了擊殺擅闖者的任務。

友好協商之後，燃燒尾狐帶著兩人回到了兩族的分界線處，順便讓九夜把那團鐵絲綁了回去。

一踏出分界線，失落一族的擊殺任務自然取消了。燃燒尾狐索性和兩人一起組隊，他和九夜負責在各自的地盤裡引怪，攏成一堆之後，雲千千再上手一起轟炸掉，頓時經驗值和積分刷得跟抽風了似的。

比起九夜引怪的辛苦奔波，燃燒九尾就很讓雲千千羨慕，人家種族在活動期間有個臨時技能，只要隨便選個開闊地站著，再隨便畫個圈指著圈裡喊：「這裡必將在不久後遭受怪物的侵襲！」接著等九夜拉著怪差不多快要回來的時候，他畫的圈裡也零零散散、呼啦啦的擠進了一幫小怪……

於是雲千千對失落一族又有了一個全新的定義——這是一個偉大的馴獸師……

「你們打算什麼時候出去？」燃燒尾狐邊畫圈邊道。

「刷完積分就出去。」雲千千鬱悶的灌了一瓶藍：「我是因為修羅族的人不放人，非得讓我 30 級了才准走。要不誰愛在這窮山惡水的地方待著啊！」

「那妳走的時候密我一下，我跟你們一起！」燃燒尾狐聽完高興道。

「你也是被限制了到 30 級才能出關？」雲千千同情了燃燒尾狐一把。

「不是。」燃燒尾狐羞澀了一下：「主要是我們族沒有傳送陣……」

「那就用走的啊！」

燃燒尾狐更羞澀了，扭捏半天才開口：「……更主要的是我打不過你們族密林範圍裡的那些小怪！」

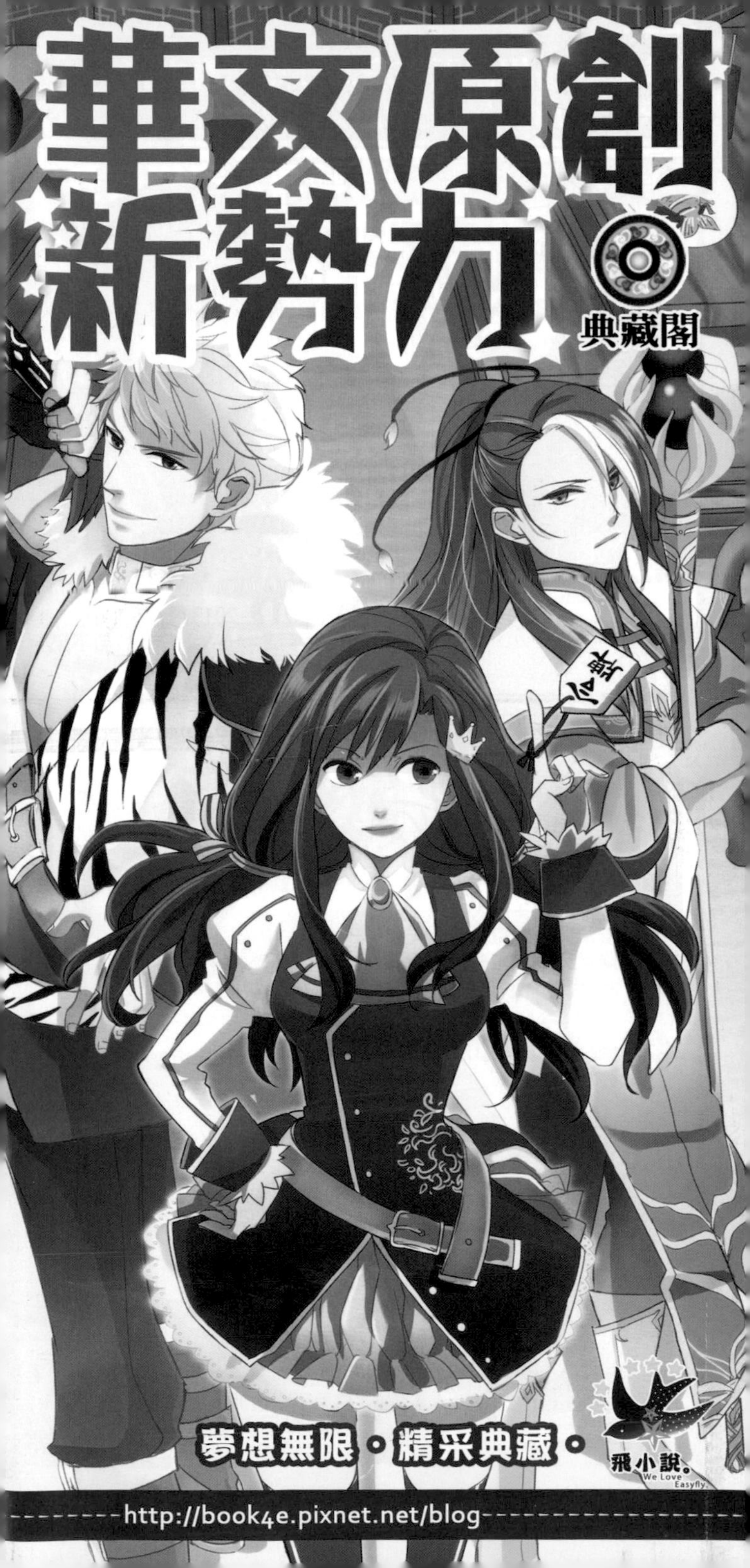
華文原創
新勢力
典藏閣
夢想無限・精采典藏・
飛小說。
We Love Easyfly.
http://book4e.pixnet.net/blog

他倒是想走，可惜沒有修羅族的引路蜂，而沒有引路蜂，也就代表著他這一路上得遇到無數小怪。換句話說，他是有那心沒那膽，有那膽沒那力。沒到能足夠壓制密林小怪的等級之前，這人根本沒法活著走出密林。

想通關節後，雲千千樂了，拍了拍燃燒尾狐的肩膀安慰他：「沒關係，等走的時候我來接你。咱們一起吧！」

有了這麼一個約定之後，雲千千和燃燒尾狐的交情頓時大漲。本來剛進遊戲的玩家就正是擴展交際面的時候，要成為朋友不過就是一兩句話、一兩場戰鬥的事情，更何況是燃燒尾狐這樣在族裡與世隔絕了那麼久的「宅」男！

終於，等到這一整天的狩獵活動結束之後，密林中的小怪漸漸的少了起來。又刷過零零散散的一、兩撥之後，三人的面前就再也看不到一隻獵物了。各自放出通向自己族裡的引路蜂，雲千千和九夜二人一起向燃燒尾狐告別，回自己族裡換積分去了。

39．找奸細

又一次從密林裡出來的時候，雲千千和九夜的身邊已經多了一個燃燒尾狐。

剛一傳送回另外一邊的斷崖，雲千千身上被禁制已久的通訊器立刻呼啦啦的湧進來一大堆訊息。打開一聽，大部分是七曜等人發來的，不外乎是告訴雲千千，龍騰九霄又派了多少人揚言要找她了，城裡現在如何的混亂了，對方又說了什麼難聽的話等等等等……

雲千千直接無視，跳過這些訊息再翻了翻，發現海哥和晃點創世也分別發了慰問短信，詢問某失蹤的水果久久沒露面是不是因為運氣敗壞而被智腦抓去關小黑屋了。對於後兩者的關切，雲千千編輯消息真誠的鄙視了一下，回覆之後便關機。她轉頭問另外兩個男人：「你們現在去哪？」

九夜此時也正好才把通訊器掛回腰間，抬頭問：「妳不準備去找龍騰九霄的人說個明白？」他同樣接到了來自七曜的訊息，知道目前城裡是個什麼情況。

「好鞋還不踩臭狗屎呢！那種人，管他們做啥！」雲千千不屑了個。

「龍騰九霄是哪些人？要不要我幫你預言他們出門就被車撞!?」燃燒尾狐很夠義氣的問了聲。

「不要，太缺德了，你預言他們生兒子沒ＸＸ就好！」雲千千嚴肅批評燃燒尾狐。

「呃……我隨便說說的，遊戲裡沒這麼風騷的詛咒……」

「我知道，所以我也是隨便說說的，早看出來你做不到了！」

「……」

不甚熱烈的討論完畢之後，兩人一回頭，驚悚的發現剛才還在身邊的九夜居然不見了。燃燒尾狐當場倒吸一口冷氣：「那哥兒們怎麼沒影了!?還消失得一點動靜都沒有，難道是傳說中的高手!?」

雲千千驚訝完畢後，很快恢復正常，憑藉這幾天與九夜相處下來的豐富經驗，她先看了一眼隊伍面板，接著才無力的擺了擺手：「沒有事的，這是天生的本事，他又不小心跑去深山『修煉』了，估計十天半月的就能死回城去。咱先走咱的吧！」她對於尋找迷失兒童的事已經無力了，失蹤就失蹤吧！好歹人也是前世的第一高手，不會那麼簡單就被小怪給刷掉的。

要知道，咱蜜桃可是重生回來的人士，堂堂修羅一族的雷心繼承者，強大風騷的暗法者職業，以後那可是要在創世紀風雲的人物，哪有空天天跟管委會大嬸似的到處幫人找孩子!?……雲千千很悲憤。

於是，對於九夜的又一次走失事件，雲千千只是淡定的發了個訊息去，叮囑對方「玩過癮了就早點回啊！」，再透過對方回過來的一串刪節號的無語訊息，欣慰的判斷此大神沒有生命危險，接著就滿意的切斷了通訊，帶著燃燒尾狐回城去鳥。

一回西華城，雲千千即感覺到了氣氛似乎有些不同。首先，街上的玩家們大部分行色匆匆；其次，大家的臉上都隱隱有些興奮的神色……這明顯就是有什麼大事發生的前兆啊。

龍騰九霄的人在抓她，她知道，從前世那些雜碎能追殺掄白她將近一個多月就看得出來了，這些人就是渣滓中的渣滓，對於欺負人的事情向來是很投入的。成天做出一副江湖老大的樣子，沒事就找碴去滅人家，就差沒配上句「順我者昌，逆我者亡」的經典臺詞了。

可是現在街上行走的這麼多人，明顯就不是龍騰九霄這種三流勢力能出動的人手。到底是城裡發生了什麼事情!?雲千千隨手抓了一個路過自己身邊的玩家：「哥兒們，打聽下，街上這麼些人到處亂跑，是出什麼事了?」

「有活動！」該玩家匆忙回了一句，接著甩手就走。

「誒！什麼活動啊!?你還沒說完呢！」雲千千對著那人的背影揮手，很是不滿對方這態度。

要說重生回來的人能事無巨細的記得一切曾經發生過的事情，那純屬是扯淡，尤其這還是事隔了兩年之後，現在讓雲千千回憶一週前自己吃過什麼菜都夠嗆，哪有那麼好的記憶再回憶兩年前的雞毛蒜皮!?

要是告訴她一些關鍵字，比如說名人ID，活動名稱啥的提示一下，雲千千倒是能很快給出反應，但要是讓雲千千按順序默背出遊戲兩年來所有大小活動及重要事件的發生順序，那就有點找碴的性質了……要真有這麼好的記性，那IQ起碼也得是破了180的，這麼風騷的天才還用得著浪費重生名額!?你當是寫小白小說呢!?

燃燒尾狐疑惑的也抓了一人，同樣抓在手裡盤問著：「有什麼活動呢?」

「殺奸細！」被抓的那人也是說完就走，根本不顧燃燒尾狐的挽留。

「殺奸細!?」燃燒尾狐依舊茫然，雲千千卻已經想起這活動是什麼了。

簡單來說，就是西華城中混進了一些外城的NPC，這些奸細們不僅混跡在城中各個角落，更有一部分膽大包天的潛伏進了皇宮，企圖竊取重要情報。國王因此大驚，感覺自己的個人隱私受到了極大威脅，同時也感到很氣憤，怎麼說他也是堂堂一國最高領導人，雖然直轄範圍只相當於現實市長，但也不興這麼被人作踐的啊！這些奸細真是太不把人當菜了！

於是，為了出這一口鳥氣，為了保證自己的私生活不被曝光，也順便為了捍衛一下國家的安全，國王憤而發布懸賞，玩家可以在這段時間內任意出入皇宮，領取任務後找出並殺掉奸細。每個奸細殺掉後獲得的經驗值都等同於同等級小怪的五倍。有些奸細殺死後還能爆出西華城情報，每份情報可在國王處兌換一個小禮盒，四份情報兌換一個中禮盒，十份情報兌換大的。禮盒可隨機開出道具獎勵，據說獎勵中還包括那目前大家尚未能從BOSS身上打爆出來的幫派令……

幫派令耶！一想到這個東西在現在所擁有的價值，雲千千的眼睛當場就放光了。這是多好的發財機會啊！

可是雲千千知道是怎麼回事了，燃燒尾狐卻還是不明白，於是又抓人：「殺奸細活動是什麼啊？」這回被拉住的人反應可大多了，一臉囂張跋扈的做高手狀，還跟人二五八萬的說道：「這位朋友，我有要事在身，沒工夫在這裡瞎耗，奉勸你還是放手的好。不然我們龍騰九霄的人……」

「雷咒！」劈啪一道閃電落下，直接把這人劈成了灰灰。

龍騰九霄的人還敢到她面前閒晃!?真是活得不耐煩了!今時不同往日的雲千千把食指舉在唇邊，做出吹槍管的動作「呼」了下，瀟灑甩頭，拉著還不明狀況的燃燒尾狐就往皇宮的方向跑：「跟我來！」

「去哪啊!?我可是清清白白的良家男子，賣藝不賣身！」燃燒尾狐被一路拖得很驚恐，鬼吼鬼叫的拼命掙扎。

「屁！你倒貼我都不要！」雲千千啐他一口：「跟姐姐混任務去！」

殺奸細的任務一出來之後，本就熱鬧的皇宮頓時更成了菜市場，形形色色的玩家都聚集在了這裡，興奮的接任務、換禮盒，想拼拼自己的運氣，看能不能開出個逆天神器之類的東東，從此鹹魚翻身，一人之下、萬人之上……

雲千千一路上拉著燃燒尾狐，趁這段時間把自己知道的任務內容向對方講解了一下，頓時後者跑得比她還快，畢竟是在密林子裡宅久了的人，一出來就碰上這麼個大熱鬧，難免激動了一些。

「這任務很陰險！」從國王那裡接了任務出來，兩人正在一起尋覓奸細的時候，雲千千突然冒出了這麼一句話來。

「何解？」燃燒尾狐不解道。

「嘿嘿，你看街上！」

燃燒尾狐依言在街上仔細看了一圈，除了人還是人，區別只在於是玩家還是NPC罷了，除此之外真沒發現什麼玄機。

看著燃燒尾狐那一頭霧水的樣子，雲千千恨鐵不成鋼的敲敲他腦袋：「難道你就沒注意到街上的巡邏士兵多了不少嗎!?」

「我一直在族裡，主城的街上該有多少巡邏士兵還真不知道。」燃燒尾狐黯然低頭。

雲千千頓時恍然大悟，是她問錯對象了，這要換個人來肯定能發現城裡的不同尋常。可是眼下這燃燒尾狐根本連「尋常」的狀態該是怎樣都不知道，他還知道個屁啊！

「系統這是給咱們下陷阱呢！」無奈了一下，雲千千開始耐心的諄諄教誨此人：「國王的懸賞裡只說要找出奸細殺掉，然後就能得到獎勵。可是這裡還有個情況，假若玩家找錯了人呢!?比如說某個NPC本來就是良民，好好的過著自己的小日子，結果只不過出門打個醬油，卻被人錯認成奸細以致慘死街頭……對了，殺死無辜NPC會有什麼懲罰你總該知道吧？」

燃燒尾狐瞪圓雙眼，驚駭的倒吸了一口冷氣：「知道，無故主動殺死NPC要坐牢，被抓到還要掉級！」他大爺的！這水果說得沒錯，系統果然很陰險。街上多出來這些巡邏士兵肯定是卯足了勁等著抓人了，就是不知道系統給他們定的業績指標是多少……

「答對！」雲千千打了個響指：「情況就是這麼個情況！所以這任務最關鍵的不是在殺，而是在認！奸細比小怪強不了多少，主要問題是難找……」

「我們現在討論這個有意義嗎!?難道妳想放棄任務？」燃燒尾狐現在倒是知道雲千千為什麼說系統陰險了，但他卻想不明白對方跟自己說這個有什麼用。

雲千千翻了個白眼，有點受不了這人的遲鈍了：「大哥！這找人不就是你的本行嗎!?還非得我說得那麼明白才行嗎!?」

「對哈！」燃燒尾狐眼前一亮，終於恍然大悟。

計畫是制定好了，但是等到要執行的時候，燃燒尾狐卻又頭疼了起來，算奸細的位置？這該怎麼算？輸入「奸細」，系統回答說詞條目錯誤，請給出目標的詳細準確名稱。輸入「任務奸細」，系統還是回答說詞條目錯誤，請給出目標的詳細準確名稱。再輸入「任務要找的奸細」，系統終於沉默了，燃燒尾狐大喜過望，以為已經在運算中，誰知三秒後卻收到了系統無情的警告，智腦曰：若是他再敢重複以相似問題騷擾自己的話，自己將以灌水刷屏的罪名將其關進小黑屋，並且保留訴訟權利……

於是燃燒尾狐萎靡：「算不出來，沒有目標名稱。」

「要名稱!?」雲千千沉吟三秒，隨手抓了一個剛兌換完禮盒走出的玩家：「大哥，你殺的奸細叫什麼名字啊？」

那人狐疑的看了雲千千一眼：「妳問這幹嘛!?」

「是這樣的，我剛才找了半天，一個奸細都沒找到，於是特別佩服你們這些能夠慧眼識奸的人……崇拜景仰好奇之下，雖然知道有些唐突，但還是想聽聽大哥們殺奸細的英勇過程。」雲千千隨口胡扯，馬屁拍得山響。

被拍的那人甚感欣慰，感慨道：「說起殺奸細的過程，那真是一部血淚史，要知道，不小心殺到平民可是會沾上罪惡值的，所以我們必須要特別謹慎的分辨，奸細一般都是狡猾的，我歸納了一下，他們的特點大概如下，第一……第二……第三……第十五……」滔滔不絕又滔滔不絕。

燃燒尾狐早被嚇到一邊去了，雲千千咬牙硬撐著聽了十多分鐘，瞅準一個對方換氣的機會趕緊打斷：

「大哥，那麼你抓的那些奸細都叫什麼名字啊？」

「唔……NPC都是不把名字頂在頭上的，但是在兌換禮盒的時候軍官倒是會宣讀一下功績再發東西，我也是因為這樣才知道他們的名字。說起來，中國文化源遠流長，取的名字也比其他國家的要有內涵得多，就說百家姓吧！趙錢孫李……」大哥換了個話題又開始滔滔不絕，又是十多分鐘後，在雲千千吐血暈倒前，他才終於意猶未盡的說到正題：「……所以說，中國人的名字真的是多種多樣！對了，我抓的那些奸細名字就不怎麼好聽了，什麼趙阿狗、李鐵蛋、王二麻子……如果妳還有其他疑問的話以後再說吧，我還得趕去多抓幾個奸細。對不起啊妹妹，哥哥實在是沒空陪妳在這裡說話了！瞧這時間浪費的……」

「雷咒！」屎可忍尿不可忍！大哥，你的使命已經完成了，安心的去吧！

殺人行凶之後，雲千千終於感覺胸口憋著的一口鳥氣發洩了出來，揪了蹲在一邊早就無聊得不行的燃燒尾狐，雲千千帶著人直接離開了。

「有線索!?」換了個地方，燃燒尾狐開口問道。

「隨便猜吧！奸細的名字大概可以總結出規律來了，土！非常之土！你就把自己知道的那些土名字都輸入進去計算，十個裡面總有五、六個中的！」雲千千肯定道。

「可是……我根本不知道什麼名字才夠土啊。」燃燒尾狐為難道。

「……」

不一會兒，兩人確定好了分工，雲千千專門負責提案並構思奸細的名字，而燃燒尾狐要做的則是把這些名字全部都算上一遍，看看其中有沒有能查到座標的，如果系統提示查有此人，那就必是奸細無疑。

於是，這二人的對話基本上是這樣的——

「王狗剩，李狗剩，孫狗剩，趙狗剩……啊！趙狗剩有了！」

「哪裡!?」

「座標XXX，XXX！」

「嗯！我們現在就過去，接下來你在路上用X鐵柱繼續搜索！」

「哦！王鐵柱，李鐵柱，孫鐵柱，趙……」

憑藉著燃燒尾狐這一臺超級GPS尋人導航雷達，雲千千刷禮盒的速度只能用強悍來形容。不誇張的這麼說一句，但凡是還在西華城裡的奸細，幾乎有大半都是被這兩人給合力拿下的。

只有少部分名字比較新穎的奸細們僥倖從這兩個窮凶極惡的歹徒手裡逃出生天。基本上，只要燃燒尾狐沒算出來的名字，哪怕奸細就是大搖大擺從雲千千二人的面前走過也沒關係……這兩人都被慣壞了，有了百發百中的雷達搜索之後，兩人頓時摒棄了肉眼判斷，堅決不冒任何可能沾染上罪惡值的危險。

足足刷了大半天的時間，雲千千二人都在西華城裡橫衝直撞了。每湊夠十份情報，兩人就毫不猶豫的去兌換一個大禮盒，情報和禮盒都是不能疊加的，一份就占一格空間。直到雲千千二人的身上和倉庫裡都放滿了兌換來的大禮盒之後，兩人才不得不暫時中止了刷奸細的活動。至此時，雲千千的戰績早已突破1000滿值，獲得西華城國王口頭表揚一次……

「你開還是我開？」把所有的禮盒都取出來之後，雲千千財大氣粗的包了一間酒樓的小包廂，先將禮盒都倒到了桌子上面，接著抬頭問燃燒尾狐。

「妳開吧！我對賭運氣這樣的事情很沒信心。」燃燒尾狐吞了吞口水，表示自己壓力很大。

「嗯！那我來吧！希望我今天運氣好點兒。」雲千千突然擔負起了重任，也有點緊張了。

賭博的事情大家都說不準，有的一夜暴富，有的傾家蕩產，這就跟玩老虎機差不多，誰也不知道下一秒鐘的命運是會對自己微笑還是亮出獠牙。

雲千千現在也不想能開到幫派令的事情了，她就希望自己別開出來一滿桌的大紅瓶或大藍瓶。每個遊戲的程式設計師都愛在活動裡加上一些類似這樣的缺德獎勵，玩家們累得跟狗一樣拼命了半天，結果得的獎勵還不夠自己吃藥的消耗也是常有的事。

在雲千千戰戰兢兢打開禮盒的一串提示聲中，答案很快揭曉——她今天運氣中等，暴富看起來有些難度，但就光按前面已經打開的那些禮盒中的獎勵價值來看，保住藥錢是沒有問題了。

就在雲千千終於放鬆心態，以享受的心情繼續開著禮盒的時候，七曜的訊息突然殺到：「妳兌換到大禮盒了沒？」

「兌換到了！」雲千千秒回訊息，同時疑惑了下：「有什麼問題!?」

「我們隊伍剛才去兌換禮盒，國王居然說大禮盒已經發放完畢了！」

「……真缺德！」雲千千深切鄙視了一把，其他遊戲可從來沒有什麼獎勵會兌換完的事情發生，也就創世紀店大欺客敢弄這樣的名堂了。在這遊戲裡不僅任務難做，而且做還要做得快。

比如說遊戲裡可能在某天發布一任務，宣布做完任務可得積分點，其中XX點獎勵可換綠裝，XXX點換藍裝，XXXX點換紫裝……而等到有毅力堅定的玩家好不容易辛苦的終於積攢完XXXX點的時候，去NPC那一問，人家卻告訴你紫裝已經發完了，不僅如此，連藍裝也剛剛發完了，如果您不介意，要不換個百來件綠裝回去穿穿？

創世紀對此項設定的官方解釋是貼近現實，讓玩家們在遊戲中也有資源競爭的意識。別以為系統隨便改改資料庫就能刷出個無數件逆天神器等你們拿，咱們也要控制物品流通量來著！

七曜聽了雲千千的回答，頓時感到對方這一句怨罵深得他心，忍不住的贊同了個，同時嘆息：「聽國王說大禮盒只有300個，照正常速度應該是能頂上一天的，結果這邊活動還沒結束呢，那邊就不知道哪來那麼多神人把盒子領完了……

「嗯嗯！就是就是！」雲千千擦了一把汗，粗粗計算了一下，她和燃燒尾狐都是初級空間袋和初級倉庫，空間格位置是空間袋60格加倉庫50格再乘以兩個人，而她又是把兩人身上都兌換滿了才來開盒子的……

「對了，妳領到了多少個大禮盒？」切斷通訊前，七曜隨口八卦了下。

「……兩百二十個。」雲千千再擦把汗，還是選擇了實話實說。

「……我草！」

伴隨著七曜忿然的罵聲，雲千千耳邊突然響起「叮」的一聲，她條件反射的一低頭，正好看到自己手上剛打開的那個盒子裡居然掉出了一個幫派令。

這是怎麼一個說法!?難道是因為聽到有人罵自己了，所以系統特意給個安慰獎!?

雲千千愕然，拿起幫派令無語了。

終於開到個大獎勵，雲千千頓時顧不上七曜那邊的小怨忿了，直接切斷通訊，抓起剩下的禮盒就是一番狂開，想趁著手氣正旺的時候多翻它幾個幫派令出來。

燃燒尾狐坐在一邊欲言又止，情不自禁的把屁股下面的凳子往後挪了挪，再挪了挪……某水果現在臉上的狂熱表情太駭人了，讓他不得不緊張來著！只聽說練功有走火入魔的，沒聽說開個盒子也能開出走火入魔的，這水果沒事吧？善良的燃燒尾狐憂心忡忡的看著雲千千，一臉的關切。

兩百二十個盒子都被開完之後，最後盤點戰利品，最值錢的幫派令被開出了兩塊，另外有紫裝一件、藍裝四件、綠裝若干，外加一堆大紅大藍和不怎麼值錢的生活材料。

徵求了燃燒尾狐的意見之後，裝備被雲千千全部丟進了交易所掛上，等賣出後兩人再分錢。大紅大藍和其他材料隨便分分，仨瓜兩棗的也沒人在乎這點零頭。

而這次收穫中的重頭戲，理所當然就是被開出來的那兩塊幫派令。

現在遊戲裡暫時還沒聽到有賣幫派令的，也許是沒有其他人開出來，也或許是人家開出來後內部間就交易掉了。不過無論如何，系統公告暫時沒宣布說有人建立了幫派，單就這一點上來說，把雲千千手上的這兩塊牌子算作頭一份也不為過。

頭一份，也就意味著雲千千能盡力爭取多多的油水。興奮了一下之後，雲千千二話不說的當場發消息聯繫創世時報主編，把幫派令的截圖和自己有意公開售賣此令牌的消息告訴了對方。

主編喜，大喜，火速加印報紙。不到一小時的時間，雲千千很快就聽到了酒樓外面街上的報紙叫賣聲：「特別專刊加版！驚天新聞，建幫令首現江湖，王者降臨，誰是創世第一公會!?……」

雲千千笑咪咪的捧茶，對著旁邊還沒反應過來是怎麼回事的燃燒尾狐得意道：「狐狸，咱們倆馬上要發財了！」

在創世紀中，除了系統以外，沒有人能囂張到讓全世界都聽到自己的聲音。傳統網遊中的世界頻道等設定在這裡不存在。遊戲公司的考慮是，這也是為了擬真的需要。

畢竟這遊戲是不分伺服器的，全國有大半人都泡在遊戲裡，用句文藝點兒的話來說，就是大家都生活在同一片天空下。要真來個世界頻道什麼的，打著架逛著街的時候還能聽到一幫子人在自己耳邊嘰歪，這誰受得了!?

更何況擬真遊戲的頻道都改用語音聯繫了，樂意費那力氣把虛擬鍵盤拖出來編輯文字消息的人基本上不存在。一頻道裡一堆人蹲著，想說什麼有用的也說不了啊！這邊問個問題，那邊幾十幾百個人一起咋呼著跟你搶頻道搗亂，別人還聽得到個屁啊！

於是，基於這樣的理由，雲千千想要高價拍賣出幫派令，並且還想讓更多的人知道自己手裡有這稀罕貨，就只能透過文字媒體的力量，而創世時報，正好在此時擔任起了這個重任。

不到一天的時間裡，很快整個遊戲中就都知道了幫派令問世的消息，西華城殺奸細的運動開始時，還沒人知道這項活動居然首次把幫派令拿了出來作為獎勵的一部分，而等到有人知道時，所有大禮盒已經全部被人開完了，雲千千壟斷市場成功，國王手裡已經毛都沒剩一根了。

另外三座系統主城的城池活動還要分別在一週後、兩週後、三週後才順次開放，也就是說，最起碼在這一週裡，遊戲中是不會再出現第三塊令牌的。

定好了三天後在拍賣所公開拍賣幫派令，雲千千那叫一個志得意滿啊，看人都是用趾高氣昂的四十五度仰角，走路還帶著風，整個一小人得志或者說爆發戶的氣質。

「我們要不要準備一下，三天後也到拍賣現場去威風一把，好讓人瞧瞧賣幫派令的強者是誰！」燃燒尾狐在聽到雲千千為自己解釋了幫派令的價值之後，頓時也得意的不行，覺得自己就像小說中雖然隱居世外多年，但得高人指點，一出山就能引動風雲變幻的那一款高手類型。

要是沒有他精準的揪出奸細座標的話，兩人哪能像砍瓜切菜似的連續殺出那麼多份情報!?自己絕對是主力功臣啊！燃燒尾狐很風騷的一甩頭，心情那叫一飛揚。

誰知雲千千並沒一起飛揚的意思，她以看白痴的眼神鄙視了燃燒尾狐一眼，一盆冷水當頭就給人澆了下來：「你傻了吧!?」

「怎麼了!?」燃燒尾狐茫然中。

「比如說你去銀行取了千八百萬的揣身上，然後你還會跑到門口去嚷嚷，讓所有人都知道有肥羊在此!?」雲千千嘆息搖頭：「之所以要三天後才拍賣幫派令。就是為了讓其他人有時間準備錢錢的，三天後把幫派令一賣，咱們倆立馬都是富豪了，這得引起多少人眼紅啊，你生怕人家不知道該記恨誰，還特意跑出去讓人認認臉!?」說到這裡頓了頓，雲千千惆悵的摸了一把自己的臉：「尤其是姐姐這樣風姿綽約的人，無論走到哪裡都會發光的，這真是太危險了……」

「……」燃燒尾狐萎靡，不敢再與這水果叫陣爭鋒了，他也覺得這真是太危險了，和這姑娘對話實在是很刺激，你得隨時提防著，時刻小心對方的下一句話會不會讓自己抓狂吐血……

三天後，拍賣會終於如期舉行。不出雲千千所料，拍賣會現場一片人山人海，這裡只有少部分是代表各勢力來競標的，而絕大部分人都是順路來看熱鬧的，第一是看看哪家勢力能有那麼雄厚的財力標得幫派令，如果感覺不錯的話，沒準當場就有不少人要申請加入公會。第二嘛，自然是來看看賣東西的人是誰，創世時報上沒提這事，但是大家都很好奇——幫派令耶！到底是誰踩中這巨大狗屎了!?

作為幫派令的寄售者，拍賣行的主辦方贈送了一個包廂給雲千千。但是謙虛低調的雲千千認為，在這種時候，還是坐在拍賣大廳裡看現場來得更有氣氛些，何況就自己和燃燒尾狐兩個人坐包廂，這也實在是太浪費了啊！基於不浪費資源的考慮，雲千千堅定的以半價將該包廂的使用權限轉手賣給了一家沒搶到拍賣位的小勢力，入帳20金……

隨手領了個拍賣號牌，雲千千和燃燒尾狐這兩位本場拍賣最風騷的賣家就這麼隨便選了個地方站著，像是普通玩家民眾一樣，抬頭隨意的看起拍賣臺上的大螢幕來，旁邊還有其他擁擠的人群，聊天的有之，吃東西的有之，趁機兜售小東西的有之，整個就是一候車室現場。

「藍階40級裝備，基礎防禦ＸＸＸ，附加體質ＸＸ，被動技能……」

「超級無敵宇宙霹靂十全人補丹，一組99枚，玩家自煉新配方藥品，可提供ＸＸ點防禦，持續時間……冷卻時間……」

「火鬚根，一組99個，生活材料。可煉製……」

現在還在散標時間。拍賣會中有自由場和拍賣場，一般經拍賣會主辦方鑒定後確認值錢的東西都會放在拍賣場裡進行拍賣，就是那種小檯子上站一人，身邊兩個美女搔首弄姿的捧上來一個盤子，上置拍賣物品繞場一周給大家觀看，最後把拍賣品放到小檯子前。然後檯子後那人一邊狂敲小錘一邊用直銷的蠱惑口氣糊弄人掏錢，下面的冤大頭們則一邊手抱美女一邊加價擺闊……

拍賣場時間都是富人們玩的，如果這是在現實的話，光是要進拍賣會都得先交一大筆押金，再來個資格審核啥的，所以拍賣會也就等於是身分和家世的象徵，閒雜人等、阿貓阿狗之類一律無法入內。

可是這裡是遊戲，遊戲中雖然也有不少富人，遊戲公司卻不敢這麼把人分個三六九等的，因為玩遊戲的大部分還是普通人，就單是為了照顧大客戶群體的情緒，遊戲公司也不敢制定這麼風騷的拍賣會規定啊。

於是，新的拍賣會規則就此應運而生。拍賣場是留給那些有財力的高端人士的，而在拍賣場之前，還有自由場，也就相當於是炒熱拍賣氣氛的熱身場。

在自由場中，玩家們可以自由把物品提交給拍賣會主辦方，報出自己的底價。而這些物品會直接流動循環式的播放出來屬性及其價格，所有人一起競拍，只要是有拍賣號牌的人都可以按下號牌上的「＋」字符號並輸入金額加價。空間袋中現金不夠的時候，「＋」字符號會暗下去無法使用。十分鐘內無人出價則流標，最高出價二十秒內無變化則競拍成功。

現在就是自由場的時間，雲千千也被氣氛感染了一把，順手把這一段時間在修羅族和活動中打到的零碎東西都丟給了系統，結果系統嚴肅通知這水果，說這裡不是垃圾站，請不要隨意丟上不值錢的物品，愛護環境，人人有責。

原來不值錢的東西在遊戲初期就已經不值錢了啊！雲千千一邊感慨著一邊回收了部分包括素麵攤打折券之類的東西，精挑細選了一部分還能換錢的，重新再提交，於是又接到系統通知了，您的物品排在775位，大約三個多小時後就能滾動出來了，請耐心等待……

雲千千吐血。

「雷心殘魂，未知道具，底價1金，拍賣編號XXX000XX00，請有意競拍的人出價，每次加價不得少於10銀。」

一片嘈雜的會場中，雲千千突然注意到了大螢幕上正滾動的這麼一條訊息。訊息在大螢幕上停留了十五秒，雲千千就足足愣了十秒。

雷心殘魂!?木有聽說過的新鮮玩意耶！這會不會和自己的雷心天賦有關!?……最後五秒，雲千千恍然回神，快速在自己的號牌裡選中了這件物品，毫不猶豫的按下出價鍵。

未知的道具是創世紀中最缺德的東西，這種道具無法鑒定，只有使用後才可查看屬性。所以玩家們也就無從得知其具體用處，有可能是一件稀世珍寶，也有可能是一個根本不值錢的玩意。

比如前世雲千千就親眼看到一個大公會會長拍得過一個流光異彩的透明寶珠。透過激烈的競爭，在花了1000金的代價將其弄到手之後，估計是想炫耀，該會長得意的當場使用，結果寶珠一開出來，此人義無反顧的就石化了，包括雲千千在內的現場八卦眾們紛紛往寶珠上拍鑒定術，得屬性曰：東街大嬸家的孩子最喜歡的玻璃珠，已經夭失一年，好心人能把珠子給他送回去嗎？

接下來聽說那會長還是抱著最後一線希望把珠子給送回去了，收穫300點經驗值和10個銅子，該會長得到獎勵後當場凶性大發，差點血洗東街大嬸一家……

出價後，雲千千期待的看著雷心殘魂的價位，心裡默數著二十秒倒數計時。這麼個未知道具，應該沒人會跟自己搶吧!?雲千千想得挺美好，但是沒想到是，就在第十八秒的時候，號牌上雷心殘魂的價位跳動了一下……有人加價了，而且剛好只加了10銀。

草泥馬！雲千千吐血！

雲千千最不愛的就是和人競爭，她一般喜歡以絕對的優勢和絕對的卑鄙直接定下勝局。動不動就磨蹭兩下的行為對雲千千來說，簡直就是閒得不得了的損人不利己行為……有這工夫掰扯，咱去幹點別的什麼不好啊，非得在這較勁!?

而拍賣，正是一種磨磨蹭蹭較勁的最典型行為，而且合法。這一點讓雲千千很憂鬱，更憂鬱的是，眼下她正拍著的這東西，光憑裡面的「雷心」兩字，就已經讓雲千千怎麼都不會放手的了，所以她還真不能痛快的抽身閃人。要是換作平常的時候，這水果乾脆早就抱著陰人的心態使勁抬價，然後直接鬆手，讓人高價才能買進，狠狠的噁心人一把了。

但風水輪流這麼一轉，現在被噁心的卻變成了自己……

雲千千淚流滿面，悲憤了幾秒後，終於顫抖著手指，在雷心殘魂幾乎就要被神秘對手競標成功前再次按下了號牌上的「+」字，再加價10銀。

姐姐看你還加不加!

雲千千惡狠狠的瞪著手上的號牌，像是要把隱藏在另外一個號牌後的神秘競爭對手給生吞了一樣，怨念的氣場十分之強大。可是任憑她的氣場如何強大，杯具依舊再次降臨，不到三秒鐘的時間，號牌上的標價又一次跳動，最高價刷新，依舊是只加了 10 銀。

「我草！」雲千千憤怒，怒吼一聲後揪過身邊的燃燒尾狐：「能算出編號 XXX000XX00 的競標人有誰嗎!?」香蕉的！這人真是給臉不要臉，明明是姐姐的東西，非得和姐姐搶，真是膽兒肥啊他！

「編號 XXX000XX00 !?什麼東西啊這是!?」燃燒尾狐正翻著拍賣商品目錄，對著最後一頁自己二人放上去的幫派令口水滴答，幻想著一會兒能收入的金額，這下冷不丁的被雲千千給拉過來，他頓時很迷茫，根本不知道剛才那會兒工夫裡這水果又看上什麼了。

「你管它什麼，快給老娘算算！」雲千千邊說邊隨手又加了一次價，接著就抓狂的看到對方也緊跟著出價了——馬的還沒完沒了了!?

眼看自己身邊這姑娘已經快暴走了，燃燒尾狐不敢再耽擱，連忙依言拿出銅板來摩挲著，一邊輸入線索測算、一邊事先給雲千千打了個預防針：「先說好啊，我只能算出大概座標和對方的大概特徵，可是這拍賣場裡的人那麼多，妳就算知道了線索也沒辦法百分百確定那人是誰啊……嗯，有了，座標ＸＸＸ，ＸＸＸ，紅衣，黑髮，擅長暗器的高手……」

紅衣!?暗器!?東方不敗啊那人!?雲千千忿忿然的找準座標，發現整個會場裡穿紅衣的人還真挺不少，定位目標的過程中，雷心殘魂的價格又被刷新了幾次，眼看著再這麼下去，這東西很快就要突破 5 金大關了，雲千千頓時那叫一心急如焚。

拍賣場另外一邊，在被燃燒尾狐測算出來的那個座標位置當中，一個玩家正專心的低頭看著自己手中的號牌，時不時的還打開通訊器，和另外那邊的人交談兩句：「九夜，你要買這雷心殘魂做啥？」

「有個朋友用得著。」通訊器另外一邊的九夜淡定道。

這玩家一聽樂了：「男朋友女朋友啊!?」

「女。」

「那你怎麼不自己回來買!?親手送出去更能代表心意來著！」

「……無常說了，就是因為太能代表心意，所以才不能親手送。」說到這裡九夜頓了頓，過了好一會兒之後，淡淡的帶點兒鬱悶的聲音才接著從通訊器中傳出：「和那女人牽扯上的話，絕對會被她把皮都給扒掉，然後拆巴拆巴論斤賣掉的！」

「那你幹嘛還幫她買東西!?」競標的玩家迷茫了。聽起來這得是多大的仇才能做到這麼殘忍的事情啊!?九夜怎麼會這麼沒腦子!?

「……」

「九夜!?」

「……」

「算了，不問你這個了……你要的東西又有人抬價了，還繼續跟嗎？」

「跟！跟到死！」

「……」

切斷通訊，玩家開始專心拍雷心殘魂，只要手中的號碼牌一刷新，立刻毫不猶豫的拍上10銀繼續跟著，反正最後有人買單，他就過道手而已，所以根本不在乎什麼價錢。

可是他是不在乎了，雲千千那邊卻不樂意了。現在雷心殘魂已經突破10金，初期的遊戲裡金幣多值錢啊，眼睛這麼一眨，10金就木有了，再要接著磨下去，這得多少錢才能把雷心殘魂拿下!?

雲千千大怒，隨手從身邊抓來一路人甲，埋下頭，壓低聲音，神秘兮兮的抓了1金出來在那人眼前晃了晃：「哥兒們，幫我吼一嗓子，就問編號XXX000XX00的東西是誰在拍，喊完這一金就歸你了！」

那路人甲本來被人抓一下還挺不樂意的，結果這麼一聽，頓時高興了。這買賣不錯，喊一嗓子就有」金的收入，比賣唱還來得快啊！於是路人甲同學當場就揚起嗓子吼了起來：「這踏馬的哪個孫子在跟老子搶編號 XXXOOOXXOO 的東西呢!?」

他還挺專業，這語氣、這感情、這臺詞……無不自然流暢，充分表達了一個人正在競拍物品卻又搶不贏別人時那種鬱鬱不得志的心情，而且關鍵是音量還夠大。

頓時半個拍賣場的人都聽到這聲怒吼了，有人幸災樂禍嬉笑之，有人起鬨湊熱鬧調侃之。而這些人中，只有受九夜所託正在拍雷心殘魂的那位玩家臉色一凜，慎重的看向喊話的那個漢子。

雲千千讓人喊的是拍賣品編號，如果不是正在競標的人，根本就不可能知道這個編號後面代表的東西是什麼，而會知道並且會在意的，當然就只有正在競標的人無疑。雲千千就是想透過這個來判斷到底是誰在和自己競爭。很顯然，這個辦法果然是奏效的，現在競標的那個人就十分在意，果然如雲千千所預料的那樣仔細的盯住了喊話的路人甲。

喊話那位怒吼完後，根本沒去理會其他人的反應，笑嘻嘻的回頭：「姑娘，我喊完了，錢……靠！人呢!?」此時他的身後哪還有雲千千的影子，人家早在他一揚脖的時候就已經貓下腰，偷偷從人群裡擠走了，拍賣會現場一片人山人海，喊話的路人甲要從這其中找出剛跟他說話的那姑娘，那還找得到個屁啊！尤其人家說話那會還是低著頭又變了音的……

鬱悶良久之後，路人甲只好悻悻的放棄，以為是誰拿自己逗著玩了。

競拍雷心殘魂的那位小心的打量了喊話的路人甲好一會兒，等到確定對方只是隨口喊了一聲，並沒有在現場找麻煩的意思之後，這才鬆了一口氣，重新低下頭來競標。

「好小子，就是你了！」雲千千藏在人群中，透過剛才對眾人臉上神色的判斷，很快就找到了這個異常注意路人甲的玩家，確定了對方就是在和自己搶東西的人，雲千千當然不會客氣，隨手拉過和自己一起擠來的燃燒尾狐，指著目標道：「給那人下個預言，然後我先劈個雷咒，如果他挨了一下還不死的話你就趕緊接著打一下！」

「為什麼啊!?」燃燒尾狐聽得眼睛都發直了，在拍賣場裡當場行凶，也只有這水果才做得出來了吧！

「因為他欠虐！」雲千千咬牙切齒，瞪著不遠處那目標玩家的眼神猶如在瞪自己的殺父仇人。

燃燒尾狐被這水果的凜人氣勢給駭得吞了口口水，左右思量一番後，終於還是屈服在惡勢力的淫威之下，含淚拿出銅板，和雲千千一起墮落了：「預言術！」

燃燒尾狐現在的預言術已經有了不小的長進，成功率提升了不少，而且也要說雲千千的運氣是真不錯，這個技能居然一次就成功了。在燃燒尾狐話音落下的下一秒，目標玩家的肩膀上同時多了一個小小的白點。

肩膀位置可以說是人的視角半盲點，一般情況下是沒人會注意到自己肩膀上多了什麼小東西的，何況這麼個白點標記又不痛不癢的。

「雷咒！」

一道雷電突然從天而降，直劈在正在競標的那人肩上。那個玩家愣了一愣，只覺得全身一陣麻痺，卻怎麼也想不到會是有人敢在拍賣場裡開了PK。

一擊不死，燃燒尾狐在雲千千的瞪視下慌忙照那人肩膀上補了一下暗器，說白了其實也就是兩枚銅板，這廝的職業和銅板算是分不開了。

又挨第二下後，競標玩家終於反應過來了，反應迅速的從空間袋裡摸出一顆藥來，剛要吞下，又一道雷光從天而降……

直到被劈回了復活點之後，這個倒楣的杯具都沒看清殺自己的人是誰，愣愣的在復活點裡站了好一會兒後，他突然想起了之前在拍賣場裡忿然大吼的那個路人甲，立時悲憤，怒氣沖沖的打開通訊：「九夜，我沒辦法幫你了，剛才我在拍賣場被人殺出來了，沒看到凶手，不過之前有個男的和我搶競標，我記住他樣子了，你……」

「YES！」清理完競爭對手之後，雲千千最後一次加價，等待二十秒，果然再沒有人和自己搶了，雷心殘魂順利收入手中，掉進了雲千千的空間袋中，雲千千眼含淚花，感動的將此物拿出，放在手心中靜靜的欣賞著。

雷心殘魂，實際上就是一個如玻璃彈珠大小的微型雷球，將這個東西取出的時候，它是靜靜懸浮在玩家手心當中的，雷電凝聚成的球體外，時不時的還有一道電弧劃過，間或還有細碎得像是被縮小了數倍的霹靂的聲音，劈劈啪啪的很是動聽。

雲千千正欣賞著雷心殘魂，準備要馬上就使用看看的時候，燃燒尾狐也好奇的湊過來，想看看雲千千費了半天勁搶到手的是個什麼東西，結果一看到雷心殘魂，他頓時震驚了一下，驚疑的「咦」了一聲，搔搔腦袋茫然道：「這東西妳也有啊!?難道是族落旁邊密林裡的特產!?我以前就在密林裡的小怪身上打出來過，剛剛進來的時候才把那個丟給拍賣會了，妳要不要也掛上去賣賣看？」

「……你，說啥!?」雲千千猛的僵住，一口腥甜在喉間翻湧，不吐不快。她震驚的回頭看燃燒尾狐，懷疑自己是不是聽錯了。

「我說我進拍賣場的時候也掛了一個雷心殘魂上去啊，怎麼了？」燃燒尾狐用他那純潔而迷茫的目光疑惑的看向雲千千。

「……」

「對了，妳拍到的到底是什麼?拿出來我看看啊！」

「……」

「蜜桃!?」

「雷咒……草泥馬！MP 不夠了！」

半個小時後，雲千千終於跟燃燒尾狐掰扯清楚了。知道了這水果費盡心力搶標、最後花費了 10 來金才到手的東西居然就是自己掛上拍賣的雷心殘魂之後，燃燒尾狐頓時是欲哭無淚啊！他抱著雲千千的手號啕大哭，真誠的悔過：「蜜桃大姐！俺錯了，俺真滴錯了，俺從一開始就不該來，俺如果不來，也不會淪落到這麼一個傷心的地方……」

「滾！」雲千千餘怒未消，踹了燃燒尾狐一腳，拔蘿蔔似的拼命往外抱自己的胳膊：「給我撒手！香蕉的！她是多麼清白純潔的黃花大閨女啊，被個男人當眾抱著哭成這樣，以後自己還要不要在江湖上混了!?

「不放！一放妳肯定放雷劈我了！」燃燒尾狐一邊哽咽一邊搖頭，語氣還挺堅定。

「不錯啊，還是個明白人！居然能猜出姐姐的想法！」雲千千被氣樂了，一看這人死皮賴臉的，還真是和他耗不起這個勁。轉念再一想，反正一會兒幫派令出手了，自己馬上就是富婆一個，10 來金丟了也就丟了吧，沒啥大不了的！

想通之後，雲千千終於也消氣了，又踹了燃燒尾狐一腳：「起來，我不打你就是！不過你得請客，我要吃酒樓的豪華招牌菜！」

「成！別說招牌菜，妳想把我吃了都行！」燃燒尾狐看見這水果沒生氣了，終於也破涕為笑，放開手，衝著雲千千笑的小模樣那叫一淫蕩，換來雲千千白眼一啐。

周圍人根本不知道這兩人間發生了啥事，聽了半天都是有聽沒懂，而且人家時不時還改用訊息或頻道交流幾句關鍵字句，整個跟地下黨似的神秘。就最後燃燒尾狐說的那句「吃他」倒是大家都明白了，頓時都恍然——馬的現在打情罵俏還有真動手的!? 這對小情侶夠生猛的啊！

又三小時後，自由場還在繼續，可是滾動散標貨物的大螢幕已經改到了拍賣場一側去了，拍賣場正中的大檯子上站上一人，手拿小錘敲打自己面前的桌子，清了清嗓子宣布：「拍賣會現在正式開始，請大家各自就位，擺地攤的玩家請把攤子收起來，吃零食的請別亂丟垃圾，在檯子上睡覺的麻煩站起來，別礙著人走路……現在重複一次，拍賣會正式開始……」

雲千千現在是辛辛苦苦幾十年，一朝回到解放前。因為標下雷心殘魂的關係，轉眼她就從小有積蓄回到了赤貧階級。唯一讓她有點兒安慰的就是，幸好一會兒還有拍賣幫派令的收入，完全能彌補回這次的損失。

就因為身上沒錢的關係，所以雲千千對拍賣會也是完全無愛的。反正她現在是連根毛都買不起的，有愛又有個屁用啊！

更何況剛才她已經翻過拍賣手冊了，還真是沒找到能讓她提起興趣的東西。這場拍賣會基本上就是為了宣傳幫派令才辦的，除幫派令外，其他參與拍賣的東西都沒有經過準備，完全是在寄售的散貨裡差中選優，隨便弄了點兒相對比較高檔的東西，湊夠拍賣件數便將就著攏巴攏巴送上臺了，根本沒看頭嘛！

於是，無所事事的雲千千索性就使用了剛到手的雷心殘魂。

雷心殘魂被使用後，直接化成一道電流，從雲千千的眉心中鑽了進去。除了小小的電流刺激感外，雲千千根本就沒感覺出其他什麼來。

木有天雷勾動地火，木有七彩祥雲聚頂，甚至連豁然開朗、頓悟天道的感覺都木有，好失望……失望的雲千千咂巴兩下嘴，不敢相信這麼個平平無奇的東西會是自己想像的雷心缺失的一部分。她該不會是買到假冒偽劣產品了吧!?

一想到最後那個可怕的可能性，雲千千頓時凜然，本著對出手的10餘金幣負責的心態，這水果迅速打開了自己的個人面板，觀察其中的天賦屬性那一欄。

本來在天賦屬性上，雲千千有個霹靂的標誌，後面注明了雷心，表示她有修羅族的雷系天賦。現在小霹靂還在，只不過由原來的純紫色變得顏色稍深了點兒，標注的「雷心」兩字後面也有變化，加了個括弧，裡面注明了二級。

「二級!?」雲千千摸了摸下巴，不解的自言自語：「看來確實是有變化了，但是這二級是個毛意思？到底有幾級啊!?」

「雷心共有九級，每一級代表著可以提升一個天賦境界，與此相應的，雷心衍生出的本命技能也會有變化……說得簡單點兒，就是妳的雷咒可以晉級了！」一個冷冷的聲音突然在雲千千耳邊回答道。

「哦，原來如此，謝謝……喝！您是啥時候來的!?」雲千千下意識的回答了一半才發現不對勁，自己身邊哪來這麼了解修羅族雷心的人!?等她一回頭，就發現修羅族族長不知道啥時候居然站她身邊了，那張酷似九夜的帥臉上還淨是一片不耐煩的嫌棄神色。

淡淡的鄙視了雲千千一眼，族長老大不屑道：「哼！警覺性竟然這麼差，我真是越來越後悔讓妳加入修羅族了！」

「反正我做啥您都嫌棄我！」雲千千無奈的聳肩，突然覺得有點不對，左右看了看，自己還是站在拍賣場裡，周圍依舊是人山人海，她頓時嚴肅起來：「老大，雖然不知道您是怎麼來的，但您不覺得這樣太高調了嗎？咱們似乎是隱世種族吧？這麼站在大眾人前是不是有點兒不大好？」

修羅族族長翻了個白眼：「妳以為我像妳!?我設了結界，現在我們的對話其他人是聽不到的，而且他們根本也不會注意到這裡多了一個人。」

「嘩……這就是修羅族族長!?」修羅族族長話音剛落，拆臺的馬上來了。燃燒尾狐眼睛一閃一閃的盯著修羅族族長，眼神中寫滿了崇拜景仰：「我老佩服你們種族了，雖然同是隱藏種族，但我們失落一族的那簡直就是肉腳啊！要不您把我收進修羅族去吧!?」

雲千千無語了一把，接著轉頭白了修羅族族長一眼——還說沒人能聽見我們對話，瞧瞧這不就來了一個!?

「他和妳組隊，當然聽得見！」修羅族族長面色不變的解釋了一下，再轉頭直接威脅燃燒尾狐：「天生種族是不允許逃叛的，等我回到修羅界後，會記得派個信使出去，把你這句話轉告給失落一族的族長！」

燃燒尾狐一聽這話頓時萎靡，眼淚汪汪的看著修羅族族長，再也不覺得崇拜對方了，他這會兒就覺得這NPC怎麼看怎麼不順眼，一點兒都不知道變通，還不講義氣，真是太沒勁了！

修羅族族長沒理會傷心的燃燒尾狐，又對雲千千說道：「我這次來，主要是因為妳找到了第一縷雷心殘魂，所以按照規定，我必須來親自指導妳如何啟動雷心。從此以後，妳就可以升級雷心的威力和雷心技能的境界了。」

「怎麼啟動!?」雲千千眼前一亮，再也不糾結修羅族族長的到來了，她現在就期待自己的雷心啟動後會是如何的拉風。

「妳先試著召喚雷心，默唸之後它就會出現。」

雲千千默唸一聲，一團雷球果然出現在她的面前，只是這團雷球看起來挺活潑的，屬於好動型，一出來就到處亂竄，忽左忽右忽上忽下，跟隻小蜜蜂似的勤勞，還跟小蜜蜂似的飛的是「8」字型路線。

還好根據修羅族族長的說法，別人是看不到這雷球的，因為這會兒只是練習控制，而周圍人又太多，所以也不能太引人注目。

就在雲千千盯著飛速上下盤旋的雷心，被晃得已經有點暈車前兆的時候，修羅族族長終於開口了：「還愣著做什麼!?妳要控制它才行！」

「……」香蕉的！你不早說!?雲千千默然三秒，咬牙問：「怎麼控制？」

「妳默唸『上』，它就往上了！」

雲千千默唸一聲「上」，雷球果然停住並緩緩上升，彷彿是在辨別指令，接著下一個瞬間後，它突然拔地而起，向著拍賣場的天花板衝了上去，直接轟開一個小洞，速度不減的衝向天空。

「你大爺的！這有去無回啊！怎麼拉回來!?」雲千千眼看雷球消失在遠處，終於急了，等了半天沒見修羅族族長給點兒反應，只好自己琢磨著再默唸了個「下」……一上一下，姐姐就不相信你回不來！除非這傢伙也跟九夜似的走直線都帶拐彎……

果然，不一會兒後，玩得高興了的雷球順利返回，眼看要砸地上了，雲千千連忙試著喊了聲「停」，雷球不理她，繼續往下衝。

在旁邊的修羅族族長悠然道：「妳得喊『定』。」

「……」我草！瞪著腳下被穿出一個深深窟窿的地面，雲千千終於淚流滿面。

重新把雷球召回來，讓它懸浮在自己面前之後，雲千千深呼吸了一下，認真的跟修羅族族長商量了起來：「族長，我知道您瞧我不順眼。但眼下這雷心已經到我身體裡了，合著您總不能摳出來再送給別人吧!?您能不能好好教!?早點教完您也好早點閃人，免得越看我越覺得不舒服……」

修羅族族長深深的看了雲千千一眼，不置可否道：「妳要建立和雷心的聯繫，這樣以後就不用拘泥於指令，可以隨心所欲的控制它了。這樣雷心自然也就被啟動，可以為妳帶來更大的力量。」

「怎麼建立聯繫？」

「用妳的心去感覺它！」修羅族族長語重心長道。

雲千千用心瞪視雷球十分鐘後，終於若有所悟的皺眉：「唔……」

「如何!?」修羅族族長面上露出一絲欣喜。

「我感覺肚子餓了！」雲千千轉頭嚴肅道。

「……」

修羅族族長終於無奈，嫌棄的丟出來一張小紙條，雲千千接過一看，險些吐血，只見紙條上曰：雷心啟動攻略密技——上左上右下下左上左……

按照紙條上的攻略指揮著雷球一通亂轉之後，系統悅耳的提示聲同時傳出，提示雲千千已經順利啟動雷心，從此雷心在手，天下我有，恭祝神功大成……

修羅族族長搖頭長嘆，準備傳送離開了，而把雷心收回體內的雲千千則真誠的開口對他告別：「族長，請代我向您媽，您妹兒，以及您全家女性十八代成員致以真誠的問候。」

「……謝謝，但是為什麼只有女性？」修羅族族長皺眉。

「沒啥沒啥，您不用介意！我是婦女保護協會的！」

修羅族族長離開後，雲千千狠狠的對地啐了一口，忿忿然的轉身，終於重新關注起了拍賣場。

而燃燒尾狐直到這時才敢湊過來，壞笑壞笑的：「蜜桃，妳真不厚道。人家千里迢迢從修羅界趕來教妳用雷心，你還罵人家！」

「他那是教嗎!?他那純粹是拿我逗樂子呢！」雲千千悲憤。

「不管怎麼說，反正妳沒虧嘛！」

「那倒是！」雲千千心情終於好了點兒，嘿嘿笑著，期待起雷心的升級來。

而此時，兩人身邊突然有人低呼了一聲，繼而低低的交談聲傳來：「誒！快看，拍賣場的天花板上破了個洞！」

「真的耶，難怪剛才就覺得突然光線亮了點兒！」

「嘖！原來遊戲裡也有豆腐渣工程啊！……」

嘰嘰喳喳嘰嘰喳喳，越來越多的人注意到了拍賣場天花板上那個不大不小的窟窿，雲千千尷尬的乾咳了一聲，不動聲色的伸腳踩住了地上那個窟窿，再若無其事的轉頭，專心的注視起拍賣臺來。

前面的拍賣品基本上沒有什麼意思，大部分都是藍裝、技能書以及一些特殊的小道具。要換作平常在交易所看到這麼些東西，玩家們非搶瘋了頭不可。但今天不一樣，大家都知道，最後一個壓軸的幫派令才是重頭戲，有錢的財主們都是為它來的。

所以，在前面熱場的這段時間裡，雖然也有交易達成，但氣氛卻不能說是熱烈。大廳裡競標的玩家們都很友愛，不爭不搶如紳士，一般有人喊價的東西，就算其他人再抬抬價，也不會超過五輪，基本上保持了拍賣成交價不超過拍賣底價 5 金以上的優良默契。讓各個本以為自己的商品能賣出個高價的玩家們都傷心惆悵不已。

而二樓的那些包廂裡則更是從頭到尾都沒有過動靜，不聲不響的穩如泰山。大家都猜得出來，樓上那些大財主們肯定都是等著幫派令拍售的時候才會爆發了。前面這些拍賣品人家根本瞧不上眼，有瞧得上眼的也得憋著不動，萬一前腳自己買了個啥 1 金、2 金的小東西，後腳拍幫派令剛好就差個 1 金啥的，那冤死了都是沒處講理去的。

就這樣，在不鹹不淡的友好氣氛中，拍賣會終於進行到了尾聲：「接下來將要拍賣的，是本次拍賣會的最後一件商品，也是我們期待已久的壓軸……更是……同時還是……」

雲千千急得眼睛都紅了，差點忍不住想衝上去把那拍賣師抓下來，自己上去親自主錘——你大爺的！需不需要講這麼多廢話來鋪墊啊!?

「……現在，我們正式公開拍賣創世紀中的這第一塊幫派令！底價500金……有沒有人出價？這可是目前已知的唯一一塊可以申請建造公會的令牌，沒有人出價嗎？……十秒後再沒有出價的話，該商品宣布流標……九、八、七……」

「草！」雲千千想罵人，她知道這些大財主們前世在拍賣的時候就有個習慣，喜歡最後一秒才開始起價，據說這樣可以顯得自己對商品並不是那麼太在意，麻痺對手的注意力，免得人往死裡抬價。

可是現在的情況不同啊，但凡長了眼睛的都知道您幾位到這裡是衝著幫派令來的，還裝個屁的矜持啊！真踏馬的當X子還要牌子！

知道自己的商品不會流標是一回事，但等待時忍不住心焦卻又是另外一回事，萬一這些人還沒有掌握好拍賣節奏，一不小心喊價晚了呢!?萬一拍賣師倒數最後一下的時候錘子敲快了點兒呢!?萬一……

「501金！現在一號包廂有人出價501金，還有更高的嗎!?……600金……602……630……1000金……」

就在雲千千快要按捺不住時，終於有人出價了，其他叫價的人也開始紛紛跟上，眨眼的工夫就把拍賣價推上了四位數。

眼看這開場以來從未有過的盛況，拍賣師興奮的把手中的小錘子砸得山響，激情四溢、口水也四溢的大叫著，活像是賣狗皮膏藥的。

雲千千終於放心了，長舒一口氣，忍不住就想罵人：「一幫禽獸！」

「蜜桃罵誰呢!?」燃燒尾狐湊了個臉過來。

「罵那幫裝模作樣的！剛才真把我嚇壞了！」雲千千倒也老實，不遮不掩的就說了實話。

「呵呵，妳怕幫派令賣不出去!?」燃燒尾狐狸嘲笑雲千千：「怕個屁啊！這次拍不了咱就下次嘛，還可以拿到門口賣，再還可以……反正妳怕個毛啊！」

雲千千踹了燃燒尾狐一腳，破口大罵：「你踏馬的不緊張就把爪子從老娘身上拿開！我這小胳膊可禁不起你這麼捏！」

「……」

又過了不一會兒的工夫，幫派令的拍賣價已經突破了 3000 金大關，雲千千和燃燒尾狐也不激動了，現在兩人改害怕，小手拉小手的挨一塊兒顫抖著。

燃燒尾狐吞口口水，聲音都哆嗦了：「蜜、蜜桃，現在外面的玩家都這麼瘋狂!?」

「嗯！」雲千千也始料未及，震撼得不行：「還好這是賣出去了，還好咱們沒坐包廂，這也太顯眼了……狐狸啊，咱們明天起可以改吃包子！」

3000 金，按現在遊戲幣和現實幣的兌換價算，這已經是將近 10 萬塊了，這叫什麼事啊，就為個遊戲裡的公會，至於下這麼大的血本嗎!?無公會人士雲千千對 RMB 戰士（註：有錢人）的霸主心態表示無法理解。

「3500……4000……5000 金……第一公會的榮耀，站在顛峰睥睨天下的尊榮，這一切現在僅僅需要幾千金就能得到！你們還在等什麼!?拿起手中的電話……呃，抱歉，拿起手中的號牌！讓我們熱情的加價吧！」

當幫派令的價格終於挺過 10000 金大關的時候，雲千千的心態也突破了臨界點，改為鎮定或者說麻木。錢多了以後就不再是錢，只是一串數字而已，它的代表價值已經超越了實用價值，不再能給人帶來多麼大的震撼了。浮雲，一切都是浮雲……在這一個瞬間，雲千千突然大徹大悟，差點沒當場看破紅塵。

「四號包廂的 10000 金第一次……」

四號包廂!?似乎剛才自己在 4 號包廂門口瞄到張熟臉，是落盡繁華的一葉知秋。他也是特意為幫派令才趕來西華城的!?

雲千千正沉思著，拍賣師又一次興奮的大喊了起來：「一號包廂出到了11000金！還有沒有更高的!?11000金第一次……11000金第二次……第三次，成交！」

一記錘聲，為這次拍賣會劃下了終結符。雖說已經是到達了相當的一個境界，但在聽到最後的交易價時，雲千千還是忍不住的瞠目結舌了一把——30多萬，就這麼到手了!?

想到這裡，她忍不住將感動的目光投向了1號包廂的方向，多好的冤大頭啊，犧牲自己的錢錢來成就她的夢想，這是多麼崇高的損己利人精神，這是……靠！怎麼是這傻子！

「靠！怎麼被龍騰九霄那種三流傭兵團拍下了!?」

同一時間，四號包廂的一葉知秋也在咆哮，現在已經顧不得形象不形象的問題了，一葉知秋只覺得自己很委屈。

龍騰九霄那是一個什麼樣的勢力!?那就是一幫子小混混，說白了就是一個屁都不會的小開，拿了筆錢到遊戲裡招了點兒人來過老大癮來了！龍騰九霄成天除了拉幫結夥的仗勢欺人以外，一點兒真本事都沒有。他們的團長龍騰更是成天拉了一票團員跟在自己身後逛街泡妞，看那排場，他還真把自己當成什麼大人物了。

一葉知秋煩得不行，他覺得那塊幫派令就算是被皇朝的唯我獨尊搶拍去了也好啊！自己情願多個值得尊敬的棘手對頭，也不願意看龍騰那種渣渣耀武揚威的噁心人來著！

「沒辦法，人家家裡有錢，別說11000，我估計讓他再拿出110000人家都不眨眼的！他就是花錢來買過癮的！」

一葉知秋帶來的人也很委屈，不過大家都有點理智，雖說不甘，卻也知道自己拼不過人家。

一文錢難死英雄漢，這話有時候也挺悲壯的，再是多麼受人尊崇的勢力，到頭來卻硬是輸在了錢上面。第一公會這麼響亮的名頭，結果居然是龍騰那種人拿了去，這種事任誰想都會覺得想不通來著，這簡直就是明珠暗投啊！

一葉知秋及其帶來的人唏噓感慨，失落了一會兒之後，就走出了包廂，迎面正好遇上另外一個包廂出來的唯我獨尊等人，兩方遊戲界的風雲大頭一碰面，相視苦笑，心裡都充滿了英雄末路的同病相憐之情。

互相點了點頭，一葉知秋和唯我獨尊也就先後嘆息著從樓上走了下來。

走下樓後，一葉知秋回頭複雜的看了一眼二樓正大肆喧鬧慶祝的龍騰九霄等人，心裡滿不是滋味。正當他狠狠回頭，就要離開拍賣會場的時候，一個人影突然竄出來拉住了一葉知秋，壓低聲音道：「一葉會長，談個生意如何？」

攔下一葉知秋的人當然正是雲千千。本來她對於是誰拍走了幫派令倒是不會在乎的，不管最後是誰拿到了令牌，那都是給她送錢來的，有錢不接著，那才是傻子呢。

可是如果這個人變成了龍騰之後，雲千千心裡就不快活了起來。先不說前世她被人派手下掄了一個月的血海深仇，就光說這一世，人家龍騰九霄和她也是屬於敵對狀態來著，不噁心噁心那幫人，雲千千說什麼也是嚥不下這口氣的。

一葉知秋愣愣的看了雲千千足有十多秒後才回神，第一是苦笑：「我哪是什麼會長啊！」第二則是嘆息：「現在我對什麼生意都沒興趣，不好意思，我要過去了！」他得找個風景優美的地方傷感一會兒去。

雲千千也不著急，更沒應對方所說的那樣放手，而是笑咪咪的抬起頭來，認真的看著一葉知秋：「一葉會長不認識我了？」

一葉知秋帶來的人都被雲千千這一手弄得有點兒鬱悶，他們都覺得現在遊戲裡的女孩子真是太大膽了，追男人就敢追到公眾場合來，目標還直指自己團長這樣的大人物……先不說其他的，人家這勇氣可真是可嘉來著！

一葉知秋再愣了愣，仔細打量了雲千千一會兒後，終於恍然大悟：「妳是那個金姑娘！」

「金姑娘!?」雲千千也愣了。

「咳！不是，我的意思是，妳就是那個在希望之光副本裡大開金手指的姑娘！」一葉知秋尷尬的乾咳了一聲，總算來了點興趣：「金……呃！這位美眉，正好我最近也想找妳問點兒事，能告訴我妳那副本究竟是怎麼過的嗎？我們在南明城找到國王問過，他倒是承認有希望之光這個副本，但就是死活不發放……請問妳當初是怎麼接到的？」

「這個問題不重要！我就想問下，剛才你開的 10000 金還作數不？我這還有塊幫派令！」

一葉知秋滯了滯，繼而恍悟：「拍賣會上的那塊幫派令也是妳的!?」

「沒錯！」

「而且妳說妳還有一塊幫派令!?」一葉知秋是真傻了，不僅是他，旁邊一夥人也都傻了。還好一行人現在站的位置不是會場正中，根本沒人注意到這邊的說話內容，不然的話，這個消息肯定要引來不小的騷動。

眼看著雲千千又點頭，一葉知秋恍惚了下，接著突然扶頭，一臉痛苦的糾結道：「等等等等！我一時理解不了妳那麼陰暗的想法……可不可以這麼解釋，妳的意思是妳還有塊幫派令，就按我剛拍賣出的 10000 金賣給我，然後讓我和剛競標成功的龍騰九霄去搶建第一公會!?」

雲千千黑線：「……這不是理解得挺不錯的嗎！」

一葉知秋無語了：「妳為啥這麼做啊？」

「第一，龍騰九霄和我有仇，我不樂意看他們得意！第二，剛才除龍騰外，就你出的價最高，所以當然要找你。第三，反正拍賣會沒公布賣家訊息，所以就算我陰了龍騰，他們也不知道該找誰算帳去！」雲千千比出三個指頭在一葉知秋面前晃了晃：「現在明白我為啥這麼做了!?」

「……明白了！」第一說明她睚眥必報，第二說明她唯利是圖，第三說明龍騰最後只能找到他算帳……一葉知秋再次深深的無語，覺得自己今天真是長了大見識了。不過好說他也是個當老大的人，這種斤斤計較的細節向來不會太過在意，所以一葉知秋只不過考慮了一秒鐘，接著就毫不猶豫的答應了下來：「10000 金，現在交易，一手錢一手令牌！」

「好！」

從一葉知秋那弄到 10000 金，再從拍賣會取出了抽掉手續費後的拍賣金 10500，雲千千和燃燒尾狐終於心滿意足的走出了拍賣場。

剛出了大門口，創世紀第一條公會創建的廣播就出現了：「創世紀第一公會建立成功，在一葉知秋的帶領下，『落盡繁華』公會正式成立，歡迎創世紀的各路英雄們踴躍加入，共闖創世世界！」

「一葉知秋的敏捷還真不是吹的，龍騰的人估計根本想不到還有第二塊幫派令，錯過了先機！」雲千千感嘆道：「真是可惜啊！白花了 11000 金卻沒搶到第一條廣播。」

燃燒尾狐鄙視此人：「妳要真為人家惋惜的話，那就別把幫派令賣出去啊！」

「那可不行！第二公會肯定沒第一公會值錢，要過個幾天再賣令牌的話，肯定就不是這個價了。再說了，誰叫龍騰九霄的人那麼囂張？他們要不是到處結仇得罪人，我現在哪會欺負他們!?」雲千千氣憤填膺道。

燃燒尾狐「切」了一聲，不想再跟這無恥的水果理論。雲千千笑咪咪的拿出一張金卡在對方面前晃了晃：「看閣下那麼正義凜然，估計也是不會稀罕第二塊幫派令賣出的這筆錢了，那我們就只分那

10500……」

「懲惡揚善、劫富濟貧、宣揚正義……正是我等有覺悟的新一代青年應盡的義務，我堅決支持妳反訛龍騰九霄一把的行為，那幫壞蛋就是活該沒有好下場！」燃燒尾狐眼明手快的抓住了雲千千正要收回的手……上的那張金卡，大義凜然道。

「嘿嘿！看你那樣……給你！記得你還欠我次酒席啊！」

燃燒尾狐眉花眼笑的小心收起金卡，口袋裡有錢，底氣頓時足了，拍著胸脯豪氣道：「別說一次，一百次大爺我也請得起！」

「嗯！那先請完這次，記得還欠我九十九次啊！」

「……」妳妹兒的！

龍騰九霄花了11000金，結果只在拍賣會上短暫的風光了一把，第一公會的名頭和廣播卻都被一葉知秋的落盡繁華搶走了，這份鬱悶可想而知。

龍騰因此而震怒，誓要出了這一口惡氣，找回場子，把落盡繁華的風頭狠狠的壓下去。

灰溜溜的建立完公會之後，龍騰立即組織起了公會裡的弟兄，氣憤填膺的發表了一通演講，大義就是譴責落盡繁華的不厚道，順便唾棄了那個賣幫派令給一葉知秋的神秘人士，最後得出結論，此仇不報誓不甘休！第一公會是沒指望了，咱拿第一駐地去！

龍騰九霄裡的人大部分都是因為龍騰的錢才來的，你別管人家有多不是東西，錢可真是個好東西來著。

有錢就有好裝備，有錢就過得比別人滋潤，有錢才能和兄弟大碗喝酒、大口吃肉，有錢……總而言之一句話，跟龍騰，有肉吃！

於是在龍騰承諾包裝備包藥包傳送石……的情況下，所有龍騰九霄的人無不轟然回應龍騰要拿駐地的這一決定，士氣高漲，出戰氣氛十分熱烈。

而有要拿駐地打算的人當然不止龍騰一個。一個沒有駐地的公會不能算是一個好公會，第一公會的爭奪戰勝利後，一葉知秋趁熱打鐵，同樣也打起了駐地的主意。

在遊戲裡，地盤是要自己打的，除了四方代表主城暫時不發布攻占任務外，其他地方玩家們看上哪裡都可以去攻打試試。城池、野地、水鄉、荒山……任君挑選！世界大著呢，總有咱的一片天空。

一葉知秋是個富有戰略眼光的領導人，在仔細比較了各個地盤的優劣之後，他最後將目光放在了南明城郊，準備一氣拿下南明城四個城門外的四片地盤，從地圖上看來，此戰略非常的好，就是一典型的地方包圍中央，可以預見，若是駐地攻打順利的話，到了將來主城占領被開放的時候，南明城也必將成為一葉知秋的囊中之物。

這四片地盤要攻打下來都各有任務，說白了就是要殺一連串的BOSS。

這裡的BOSS可不比平常大家在野外打的那些任務肉腳。平常大家組隊推BOSS，頂多帶個滿組小隊去，有配合良好的普通五人編制就可以拿下了。可是要拿下駐地BOSS的話，一般都沒那麼輕鬆。

為了應付接下來的難關，一葉知秋主動聯繫了皇朝的唯我獨尊，想請對方跨刀幫忙，一起共襄盛舉。

唯我獨尊的心情也很糾結，本來在拍賣場的時候，龍騰拍下幫派令就夠讓他難受了，唯一的安慰就是一葉知秋也跟著落馬，於是這位團長就在心裡安慰自己，第一公會不過是個虛名，咱和落盡繁華這樣的大勢力都落馬了，這純粹只是財力上的不足而已，沒什麼好難過的。

可他心裡剛平衡了一點兒，還沒等完全緩過勁來呢，一葉知秋不聲不響的居然不知道從哪弄到了個建幫令，搶在龍騰的前面建立了第一公會。這下唯我獨尊可不好受了，有難同當的意思就是，咱難受的時候你也難受，這樣咱就沒那麼難受；而若是咱難受的時候你超脫了，這麼一對比下來，咱肯定就更難受了。

於是唯我獨尊不爽，很不爽。只是礙於面子，他才沒有公開發難表示自己的不滿。

聽說一葉知秋想要找自己一起去打駐地了，唯我獨尊頓時那叫一惆悵，這就好比小時候都是一起流鼻涕玩泥巴的同班同學，你別笑我邋遢，我也不笑你噁心。結果等長大了之後，人家開寶馬抱美人兒，小費一次出手一次闊綽，自己卻蹬自行車，車架後面坐個黃臉婆，別說小費，連泊車都要選個隱蔽點兒的地方，免得人把自己的二輪給沒收了……這落差真不是一般的大！

按唯我獨尊自己的話來說就是——一葉知秋真踏馬的實在太不厚道了！

一葉知秋和龍騰同時在折騰準備攻打駐地的事情時，雲千千卻已經帶著燃燒尾狐刷任務去了。

幫派令出手，其他事情和她就木有關係了，除非有錢的話那還差不多……可惜一葉知秋現在哪有錢？為了拍個幫派令，落盡繁華舉幫上下集體大募捐，幫眾們能掏的都掏出來了，一葉知秋本人更是差點把系統內褲都拿出去當掉，就這都還沒拼過人家，要不是雲千千後來玩了手陰的去噁心龍騰九霄的話，一葉知秋根本連幫派令的影子都還見不到。

落盡繁華一夜之間真的繁華落盡，現在隨便從公會裡拉個玩家出來，個個都跟進城拾荒的差不多，裝備武器都是任務裡獎勵的，打個怪連藥都不敢吃，群完一波就休息，休息恢復完了再群……其度日之艱難，讓看到的人都忍不住要為其抹一把辛酸淚。

可惜這景象雲千千是沒看到，要是她看到了的話，不知道會不會有種自己身上的錢是搜刮民脂民膏的罪惡感……

西華城不管是在雲千千的前世還是今生，一直都是創世紀中最熱鬧最繁華的主城。而這當然也是有理由的。由遊戲友情提供的背景故事看來，在很久以前，創世紀實際上並沒有那麼多國家，而是在同一塊廣袤的大陸上，由同一個君主領導統治著的，西華城就正是這塊大陸上有名的商業盛都，南來北往的商人都喜歡聚集在這裡，交流並兌換自己需要的商品。久而久之，西華城漸漸成為了這片大陸中最富庶的一個城市。

這麼說有點客觀，那換個簡單點兒的說法吧！就是其他地方買不到的道具，西華城都買得到。這裡有全創世紀種類最全的店鋪，也有全創世紀最大的交易市場……而玩家嘛，平常當然也願意圖個方便，總不能要做點兒什麼東西的時候，買個針頭跑到大陸地圖的南邊，收個線腦再回到大陸地圖的北邊……除非是腦子有病，要嘛就是閒得發瘋，不然沒有人會這麼折騰的！

雲千千現在正在收集針頭線腦什麼的，不過她收集的可不是那種在交易市場裡 10 銅一大把的普通貨色，而是指定的特殊道具，比如說王婆的針、李嬸的線、二丫頭的布、三妞的釦子……

簡而言之，這就是一個無聊的 NPC 要做一件挺折騰人的嫁衣，偏偏此 NPC 家中還窮得一窮二白，連耗子都餓得不敢在她家待著了，於是，想要做嫁衣，就只能依靠群眾們的力量，關鍵是依靠玩家們去群眾那裡死皮賴臉磨材料回來給她。

這個任務在後世屬於普及了的，幾乎每個人都要做上一道，這倒不是因為別的，主要是任務獎勵實用。完成此任務的玩家可以得到一個擴展空間袋的機會，也就是將初級空間袋升級到中級，空間格拓展為 90 格。發任務的這個 NPC 別的不行，就是裁縫手藝好，完成了她的囑託之後，等她做完嫁衣了，就會用剩下了邊角廢料給人加空間袋。

雲千千現在最痛恨的就是自己空間袋當初沒來得及拓展到中級，當然，這主要也是因為她一直沒敢來西華城，後來更是直接被關到了修羅族裡面，根本沒機會出來禍害人的關係。

這水果一直堅信著，如果當初她能有 90 格空間袋的話，一定有機會再多換幾十個大禮盒，而這些大禮盒中也一定能再開出個幫派令，這樣的話，她就能順帶手再賣一塊給唯我獨尊，把皇朝的人也一起搜刮了。當然，這樣的信心有點毫無理由，不過也沒人糾正她。於是，懊悔不已的雲千千在忽然許久之後，終於想起了這個擴展空間袋的NPC，帶著燃燒尾狐屁顛屁顛的就來接任務了。

「你去王婆和李嬸家，我去二丫頭和三妞那兒！」接好任務出來之後，雲千千給燃燒尾狐分配了一下指標，接著轉身就要走。

燃燒尾狐眼明腦快身體棒，趕忙一把將人抓住：「蜜桃大姐，這任務物品還有代領的!?我們兩個都有任務，我即便去要也只能要來一份啊！」

「你不會順手趁人家沒注意的時候多拿一份!?那些東西都是放她們櫃子裡的，隨便掰個理由把人騙開一下就好了啊！」雲千千愕然。

「怎麼順手!?妳的意思該不會是偷吧!?」燃燒尾狐更愕然，怎麼想都想不到這人居然敢明目張膽的偷到NPC頭上去。

「說得多難聽！你要是順手的時候被發現才叫偷，沒被發現只能叫拿！懂否!?」雲千千認真的批評燃燒尾狐。

燃燒尾狐羞愧掩面無語。

眼看對方沒問題了，雲千千一揮手，剛要跑掉開工，突然又被人揪住。

「你還有完沒完了!?」又被抓一下，雲千千終於怒了，回頭怒斥燃燒尾狐。結果等她一回頭，才發現燃燒尾狐正滿臉無辜的站在一邊，兩隻手都垂在身側，根本沒工夫來逮她。

而等雲千千順著揪住自己領子的那隻手往上一瞅，才發現抓她的人居然不是別人，正是失蹤已久的九夜同學。

「九夜!?」這回雲千千是真愣然了，倒吸一口涼氣，驚嚇得像是看到了哥吉拉站在自己面前跳肚皮舞：「你怎麼走回來的!?居然還能找到我!?」

九夜淡定遠目，沉吟了好一會兒之後才回答了她這個問題：「我也不知道是怎麼走回來的，也沒想找妳……本來我只是想去皇宮送一個野外 NPC 交託的腰牌……」

「呃……」皇宮在城中心，而且中心宮殿還很高，整個一鶴立雞群，您就算盯著那個方位走，照理來說也不該迷路到這靠近城郊的小巷好不好!? 雲千千噎了一下，好半天都沒想起來該做個什麼樣的反應才算正常。

鬱悶了一會兒，她抹把汗，拍拍九夜的肩膀安慰他：「沒關係，總算你還能從野外走回城，已經是一大進步了！」感人啊！這孩子總算知道怎麼回城了。

九夜再遠目，又過了好一會兒後才鄙視的看雲千千，認真糾正對方：「我不用走……這世界上有個道具叫回城石！」

「……」你大爺的！

其實如果沒有意外的話，九夜這樣的人一啟動了遊蕩狀態，通常都會在外面混個十天半個月才會考慮回城的問題。或者再豪放一點兒的話，他甚至可以堅持一、兩個月，等到不小心誤入了哪個剽悍區域，被某隻BOSS或小怪群圍毆致死之後才會「不小心」回歸。

而關於九夜這麼早就會出現在這裡的原因，認真說起來也挺簡單的。人家是強者啊，即便是遊戲初期這樣的階段，強者的風采還是無法掩蓋的。

一葉知秋帶著人考察待攻打駐地的時候，本來抓了一隊人想去先探探駐地BOSS的底，結果等趕到地方之後，卻發現駐地BOSS們一隻都沒在家裡待著……

大惑不解的一葉知秋等人大驚，立刻發動全山搜索，尋找失蹤的BOSS蹤跡。

一行人地毯式鋪開尋找了差不多半個小時，最後才終於在離駐地甚遠的荒山野嶺巧遇了正好迷路到那一處的九夜在刷BOSS，準確點兒說，是駐地的三隻BOSS聯合起來刷他。根據雲千千的初步估計，應該是此人先迷路到第一家BOSS的所在，然後惹怒主人，開打，打著打著不小心把BOSS也帶溝裡了，兩「人」再一起迷走到第二家、第三家……直到最後終於形成了一人三BOSS的四人行之壯觀場面……

雖然最後九夜終於還是不敵BOSS的戰力，找了個機會飛逃竄走，但其矯健的身手和風騷的戰技還是被旁觀的一葉知秋驚為天人，就算不說其他的，這人能在三隻 BOSS 的聯手下至少撐出了半小時，這也代表了相當的實力來著。而且在一葉知秋到達駐地並開始尋找之前，還不定人家已經和 BOSS 纏鬥了多久了呢。

於是乎，一葉知秋帶著人跟上九夜，熱情邀請對方一定要加入自己的公會幫忙打打駐地，酬勞好說，事情結束後要走要留也不勉強。再於是乎，正好也要回城去幫自己在拍賣場慘死的朋友找人報仇的九夜順勢答應了下來，一個回城石飛了回來……

「拍賣場慘死的杯具!?」雲千千糾結了下，有點兒不大好的預感。

燃燒尾狐也大驚：「咦!?難道是我們……」

「是我們今天在拍賣場看到的死了的那個人!?」雲千千大汗，連忙接下了後面的話。

被人搶了話頭的燃燒尾狐愣了愣，接著終於也明白過來了，回神後同樣一頭冷汗。

馬的！原來那人是九夜的朋友！

再馬的，自己居然差點順嘴把自己殺人凶手的身分給曝光出來……

「嗯！」九夜沉著臉嚴肅點頭：「我倒要看看，究竟是誰敢下這個黑手！」說完還特有威懾力的把弄了一下手中的匕首，刀光一閃，頓時那叫一殺氣凜凜，差點沒把他對面那兩人的寒毛都嚇立起來了。

「呃……其實我覺得我們身為赫赫有名的修羅族人，對外的時候還是要以德服人比較好！世界如此美好，你卻如此暴躁……打打殺殺是解決不了任何問題的。你覺得捏!?」雲千千都快哭了。

「對對！子曾經曰過的，那啥……仁者無敵來著！」燃燒尾狐跟著抹汗點頭。

九夜奇怪的瞟了這兩人一眼：「又不是你們殺的，緊張什麼!?」

「……」問題是那人其實還真就是咱殺的啊！主犯雲千千和從犯燃燒尾狐無奈而悲傷的互視了一眼，終於沒說話了。

「對了！既然遇上，一起去酒樓坐坐？我那個朋友正好現在在那裡等我。」九夜突然邀請二人。

「不必！我很忙，已經預約了王婆、李嬸、二丫頭、三妞等等創世紀知名 NPC，正要一一去她們家拜訪！」雲千千汗、大汗，連忙拒絕。行凶犯去見受害人!?有沒有這麼狗血的安排啊！

「王婆和李嬸那邊不是我去的嗎!?」燃燒尾狐驚、大驚，死死抓住雲千千分配給自己的指標不放鬆。

雲千千表情嚴肅一拍燃燒尾狐的肩膀：「我剛才充分考慮了你的建議，鑒於你確實無法一次拉來兩份任務物品，所以本蜜桃決定發揚國際互助精神，順便幫你一起完成任務，而你就陪九哥去見見朋友好了……呃！不用太感謝我，瞧瞧你多見外，都感動得哭了！」

「……」老子這是氣的！燃燒尾狐含淚怒瞪雲千千，淚流了個滿面。

「什麼任務？」九夜已經非常了解雲千千的胡扯模式了，直接忽視其話中的瞎掰部分，抓出重點來問道。

「擴充空間袋，可以漲到 90 格！」燃燒尾狐哽咽回答。

九夜一把抓住正要逃離現場的雲千千，沉吟片刻後抬頭：「等等，既然有這任務，那我叫我朋友過來，和你們一起順便也做了！」

「……」

等待九夜朋友到來的這段時間裡，雲千千和燃燒尾狐的心情是忐忑的。別的不說，這兩人畢竟是殺過那人的，雖然人家可能根本沒注意到殺自己的人是誰，但是要坦然面對受害人，畢竟還是需要勇氣的一件事。

雲千千自認自己雖然臉皮已經厚到了一定的程度，卻也不敢保證能在這樣的情況下依舊若無其事，於是，這段時間裡她做得最多的就是和燃燒尾狐私下偷偷發訊息，交流感受並表達自己的不安心情：「怎麼辦啊狐狸，我覺得我有點兒緊張，你說那人會不會認出我們!?」

「緊張個屁！又不是去相親！妳要早有這覺悟的話，當初就別去殺人家啊！」燃燒尾狐狸特鄙視雲千千這樣放馬後炮的行為。

「話不是這麼說來著，當初那不是不得已嗎！」雲千千憂心忡忡：「其實我真是挺愧疚的，一會兒見到那人的時候，不知道會不會連話都不知道該怎麼說了，我臉皮薄，你記得……」

正說著，九夜的朋友終於到了。雲千千當下臉色一轉，熱情的笑著衝了過去：「哎呀哎呀！這位就是九哥的朋友吧!?剛我聽九哥說起過你的事……拍賣場殺你那人太不是東西了！要是讓我知道了是誰的話，絕對把他揪出來碎屍萬段給你出氣，馬的不給那人點顏色看看，他就不知道花兒為什麼這樣紅！」

說到後來，雲千千的臉上滿是一片正義夥伴的義憤填膺狀，好像真的是發自內心為此人感到不平一樣。

「……」愧疚!?臉皮薄!?不知道話該怎麼說!?……燃燒尾狐斜睨雲千千，眼中寫滿了深深的鄙視。

沒一會兒的工夫裡，九夜的那個朋友很快就和雲千千成了好哥兒們。

雲千千此人套關係的能力實在太強悍了，只有她不想拐的人，沒有她拐不到的人，五歲就開始鍛鍊起來的口才可不是說笑就能破解的，如果用武功境界來說的話，雲千千的糊弄本事已經到了天人合一的境界，糊弄即是不糊弄，不糊弄即是糊弄……十句殺一人、千里不留行，談笑間強敵灰飛煙滅，蜜桃一出，誰與爭鋒……

總之，在雲千千的刻意拉攏下，那哥兒們很實誠的就把自己的家世都報了一遍，只差沒把自己幾歲才不尿床的事情都說了出來。

九夜的這個朋友叫零零妖，認識他的人都喜歡稱其為小妖。在創世紀中的屬性是人族刺客，專攻暗器，聽說這是他老本行，現實裡人家是警察，佩槍的那種……雖然子彈和暗器有著根本性的區別，但勉強也可以把手槍看成是暗器發射的機關。

零零妖和九夜的認識是現實裡的交情，關於這一點兩人倒是都守口如瓶，不知道是不是因為有什麼保密協議的關係，不管雲千千怎麼旁敲側擊，對方就是咬緊牙關不鬆口。

聊著聊著的，大家一熟了之後，零零妖忍不住就把自己在拍賣場被殺的事情又說了一遍，言辭間頗多抱怨，照他自己的說法，當時被雲千千糊弄著喊話的那人已經被其誤會確定成殺人凶手了。聽到這裡，雲千千和燃燒尾狐當下就鬆了一口氣。

可她這氣還沒順完，零零妖緊接著的下一句話卻又讓這水果噎著了。

「對不起啊蜜桃！本來九夜還特意叮囑我把雷心殘魂拍下來送給妳的，但看這架式，估計東西也已經被那男人給拍走了……」零零妖一臉真誠的慚愧著。

雲千千聽完之後則是默了，繼而淚了——你不早說!?害姐姐自己損失了10幾金才搶到手……

燃燒尾狐吹口哨望天，滿頭大汗裝作沒看到雲千千的淚眼怒視：香蕉的！關老子屁事！東西是妳要搶的，人是妳要殺的……早知道做人實誠點，這損失不就沒有了嗎！

「算了，下次還有機會，反正那人用不了那道具，總得拿出來再賣。」九夜倒是無所謂，很淡定的安慰零零妖。

零零妖這哥兒們厚道，那是真慚愧啊，即便是九夜表示了安慰關懷，他卻依然覺得內疚：「唉——話不是這麼說來著！主要是我覺得不好意思，蜜桃是多夠意思的朋友啊，本來是她的東西，就因為我的失誤，居然就沒了，而且這又是你拜託我辦的事，我實在……咦!?蜜桃妳怎麼哭了!?」

「沒什麼，我感動的！」雲千千抹淚哽咽。

燃燒尾狐白眼鄙視之——那是傷心自己錢包損失的淚！

「那怎麼還流汗了!?」零零妖是真關心雲千千了。

「……感動得太專心了，發熱！」

「……」燃燒尾狐繼續在內心為其配旁白反駁——放屁！那明明是作賊心虛了……

接下來，雲千千對於零零妖的不公遭遇表示了安慰，並言明自己一定會為他報仇，嚴懲「殺人凶手」。而燃燒尾狐迫於雲千千的淫威，為避免對方日後對他今日不聞不問的態度打擊報復，不得不口不對心的也對雲千千的「不公」遭遇也表示了安慰……私底下的！

寒暄過後，幾人互加了好友，零零妖就和九夜一起轉頭進了貧窮少女的家中去接嫁衣任務。出來後幾人一起分配了下任務，一人負責一個分擔區，就開始了各自去搜集任務物品的行動。

至於說到一人只能領一份任務物品的問題，雲千千認為這不是問題，人家不給就不給唄，咱還可以騙，可以偷，可以搶，可以……總之！東西是有的，關鍵是你會不會拿！

九夜和零零妖也覺得無所謂，這兩人一個是囂張慣了，一個是當警察的職業習慣，遇上抓著搜查令或是有搜集證據的特殊任務時，他還不是想闖誰家就闖誰家，想拿啥就拿啥來著。區區一個NPC也敢和他叫陣!?反了她了！

燃燒尾狐突然覺得在這一行人中就自己最純潔來著，他真是善良得跟小白兔一樣了，眼前的另外那三人簡直就是大灰狼啊！

雲千千被分配到的任務是去借王婆的針，一衝進NPC家中，雲千千立馬展示任務，幾句標準客套話說過之後，王婆磨磨蹭蹭、不甘不願的取針去了。

拿到任務物品後，雲千千二話不說的轉身出門，一關門，轉身掏出針磨了磨，乾淨俐落的插到牆上，開門再進屋：「王婆，我的針掉了，再拿根來！」身為NPC，使命就是負責發針給玩家，只要玩家身上有任務而沒任務品，王婆就必須發放，這是沒得商量的原則，所以雲千千喊得也是特別理直氣壯。

「掉了!?」王婆驚訝兼鬱悶，仔細感受了一下，還真是沒發現對方身上有任務物品存在的痕跡，於是王婆瞬間鬱悶，心疼的打開抽屜，拿出針盒再取了一根給對方，還仔細的叮囑一遍：「這回一定要保管好了啊，要知道，一針一線都是來之不易的，雖然它只是一根針，但也是不能浪費的……當妳不再把針只看成針的時候，它就不再是一根普通的針，而是神針……」

「……謝了！」雲千千鬱悶，拿過王婆手裡的針，轉身出門，再插，接著又推門回來：「王婆，針又掉了！再拿根來！」

「又、又掉!?」王婆還沒來得及把針盒收回去，轉眼就聽說了這麼個噩耗，頓時震驚得無法言語。這姑娘的手不至於粗到連根針都捏不住吧!?

「對啊！掉了，快再拿一根來……如果妳不嫌麻煩的話，一次丟給我個百八十盒也不是不可以的，我不會嫌這玩意兒占我空間格！」

「……」

如法炮製的一連回去了三趟，在王婆快要哭出來的淚眼中，雲千千總算拿到了第四根針，轉頭出門把牆上插的三根都拔下來後，雲千千終於向王婆告辭：「謝了王婆！」

「滾吧滾吧！」為避免雲千千再掉針，親自出門送人的王婆親眼見到雲千千耍詐，已接近抓狂。

大家搜集任務物品都挺順利的。即便有不順利的如燃燒尾狐，在得到了雲千千的教材式指導後，按照丟棄物品訛詐法如此這般炮製了一番，也就輕鬆的搜集齊了四件任務物品。

重新聚起來把贓一分，四人一起完成任務，空間袋順利升成中級。

「一葉知秋 CALL 我了，你們要不要一起去看看？」九夜把空間袋重新綁定回腰間，低頭看了一眼通訊器後淡定道。

雲千千和燃燒尾狐對視一眼，有點兒不大好意思去湊這個熱鬧。畢竟前不久才從人家那裡訛了 10000 金，落盡繁華的成員們現在都還在西華城裡滿大街乞討，自己兩人身為剝削階級，實在是沒那臉去見這麼多的苦主。萬一人家看到自己之後心情一激動，情緒一亢奮，搞不好這可就是要出人命的耶！

「嗯，大家不熟，而且我們的實力也不太夠，還是不去湊這個熱鬧了吧！」雲千千為難了一把後開口。

「也好。」九夜也不勉強，略微沉吟片刻後點頭，帶著零零妖轉身準備閃人：「雖然說一葉知秋出的僱傭金挺高的，但這個拿駐地的風險也確實有些大，實力不夠的話去了估計就是送死。你們不去也行。」

「等等！」雲千千突然猛的一把拉住正要離開的九夜，腦子裡飛速盤算三秒，繼而臉色一正，正義凜然道：「我重新慎重的考慮了一下，文明的進步來源於人類對希望的追求，幾千年來，總有許多英雄豪傑為著自己的理想而拋頭顱、灑熱血，他們為了自己的信念，哪怕犧牲生命也在所不惜。他們的生命已經脫離了低級趣味，成為了一個高尚的人，一個純粹的人……這是一種多麼偉大的精神，我為這些英雄們的執著而感動。駐地任務雖難，卻阻止不了我一往無前的信念，我也願意高尚純粹一把！」

被刺激得頭暈腦脹的燃燒尾狐想哭：「大姐，您能說點兒有用的東西嗎!?大家都熟，別說這些有的沒的好不好！」

「有用的話就是，我願意去幫一葉知秋！」雲千千乾咳一聲後堅定宣布，接著突然收回臉上的正經神色，小心的跟九夜確認：「你剛說一葉知秋給的僱傭金高!?不是騙我的吧!?」

「……」

又一次見到雲千千的時候，一葉知秋的心情是十分複雜的。驚訝、愕然、鬱悶、痛苦、糾結等等的表情從他臉上一閃而過，最後集合成了一個扭曲而古怪的表情。

嘴角不受控制的抽搐了幾下，看著正舉著爪子一臉熱情和自己打招呼的雲千千，一葉知秋突然閉上眼睛深呼吸了幾下，接著猛的轉頭，小聲對身邊的副會長叮囑道：「通知下去，讓公會裡的弟兄們千萬不要靠近這姑娘，小心保管好各自身上的隨身貴重物品。不要和她做交易，不要和她說話，不要……」

「要啟動全公會一級警備狀態嗎!?」副會長一臉凝重。

「不用！這是那個單挑BOSS的高手帶來的朋友，做得太過了會惹人不高興，只要小心點兒就行！……如果實在避不開的話，想辦法介紹她和來幫忙的唯我獨尊認識，禍水東引！」

「好！我馬上安排下去！」

臉色嚴肅的副會長匆忙離開，一邊走一邊打開公會頻道。

一葉知秋則在轉過臉來後瞬間換上一臉熱絡燦爛的微笑，大笑著上前迎接雲千千等人：「真是稀客啊！這不是蜜桃多多嗎？今天怎麼有空來我們公會玩？提前打個招呼的話，我也好安排人迎接妳來著。」

「你們認識!?」九夜狐疑轉頭看雲千千。

「嗯！他建公會用的幫派令還是從我和狐狸這裡買過去的。」雲千千嘿嘿一笑，接著同樣高興的迎了上去，抓住一葉知秋的手熱情的上下搖晃了幾下，一副哥兒倆好的樣子和人寒暄招呼：「一葉會長別來無恙？想著您最近建公會應該挺忙的，所以就沒敢來叨擾，聽九哥說您要打駐地了，我這不就趕緊來幫忙了嗎！本來還以為一葉會長會因為高價從我手裡買幫派令的事情而心懷記恨，沒準兒還會讓手下人別靠近我，甚至別跟我說話交易來著……現在看一葉會長這麼熱情，肯定是我多慮了，您果然是心胸寬廣來著！」

「啊哈哈……瞧妳說的。我怎麼會這麼小心眼!?」一葉知秋乾笑著打哈哈，等一背過臉去，當即就先趕緊抹了把汗——香蕉的！這水果眼睛還挺毒，居然看出來自己不想見到她了!?……

一番客套並介紹之後，賓主順次落坐。一葉知秋不愧是一會之主，很快就調整好了心態，絕口不提10000金從雲千千那裡買到了幫派令的事情，直接轉入正題：「感謝幾位能來幫忙！我們現在召集的人手還沒有最後統計，所以也不確定最後會有多少人參加。但是落盡繁華打算一次拿下四個駐地的話，兵分四路是肯定的了！」

「我們的人這幾天收集了一下四塊駐地的BOSS情報，西華城的四個城門外，根據練級區的不同，駐地BOSS的難度也相應有些區別。其中難度最小的是東門，駐地內的小怪分布是20級至30級，BOSS最高50級。而難度最大的則是西門，駐地內小怪分布為25級至40級，BOSS最高60級……我想請九夜兄弟帶人負責西門的駐地攻打，另外三個城門外的駐地由我和其他人負責，不知道你們這邊有沒有問題？」

一葉知秋簡略的介紹了一下大概情況，接著就提出了自己的要求。

「就這麼點兒情報!?」九夜還沒說話，雲千千已經愣然的插了句嘴。

一葉知秋掩面羞愧中，他也知道自己說出來的這點兒情報有些拿不出手，簡單到令人髮指。可這不是沒辦法的事嗎!?要是條件允許的話，他也願意把任務流程和 BOSS 詳細屬性什麼的都調查清楚，問題是這條件也不允許啊！

「大姐，難不成妳還想讓咱把 BOSS 的屬性和必殺絕招都給摸清楚!?現在玩家的普遍平均水準也才 30 級來著……」一葉知秋無奈看向雲千千道。

「至少前置任務你們得先做了吧!?任務道具你們都沒提前拿到嗎!?你千萬別告訴我說你就是打算指揮人壓上去，用人海戰術硬推倒 BOSS !?」雲千千抱頭抓狂了。

「前置任務？任務道具？」一葉知秋也想抓狂了。這是啥米東東，聽都木有聽說過。做駐地任務還需要什麼任務道具？

「對啊，大家都知道的嘛！要想拿駐地的話，最好就是先做前置任務，這樣難度就會大幅度降低，從戰鬥任務變成半劇情半戰鬥，比如說你們的駐地要想做前置任務的話，就要去……」雲千千滔滔不絕又滔滔不絕，就在話正說到關鍵的時候，卻突然打住了。

「比如說要去哪裡!?」一葉知秋聽得正來勁，結果卻突然冷不丁的來了個卡殼，頓時把他給難受得不行。

這就好比某臺播放的電視劇中，劇情正要發展到高潮，觀眾們全都屏住呼吸、聚精會神的等待下文的時候，結果電視臺不厚道的把這片子給切斷了，改成插播廣告時間……這是多麼讓人抓心撓肺、鬱結不解的情況啊！

大家都知道!?大家知道個屁！駐地任務中的前置任務被公布並流傳出來，那根本就是前輩子的事情了，有了攻略以後再想做任務，當然是易如反掌的事情。可是在目前所有玩家都還處於探索期的時候，別說前置任務如何完成了，就連這個名詞都還是第一次被人聽說……雲千千可不管人家鬱悶不鬱悶，她就是突然覺得自己掌握的訊息其實挺值錢來著。

把利益得失迅速在心裡計算了一下。看了看眼前急切的一葉知秋，雲千千突然嘿嘿一笑，鬼祟的做出一副為難狀：「話說現在可是資訊時代，這個駐地前置任務的事情也算是難得的情報了，要是能用上這辦法，一葉會長可是能省大工夫來著……」

「……」一葉知秋咬牙按下吐血的衝動，沉默良久後，終於伸出一個巴掌惡狠狠道：「50金！再多就沒有了！」

「才50金!?」雲千千大驚。

「大姐，我們公會的人現在全在大街上端著飯碗要飯呢，要不您去看一眼!?」一葉知秋想哭啊。

作為共同販賣幫派令的合夥人，善良的燃燒尾狐一聽這話，頓時向雲千千投去了暗含指責及鄙視的一瞥。雲千千這樣厚的臉皮也忍不住羞愧了一把，擦了擦額上的冷汗，這水果終於勉強的鬆口了：「好吧！看在你們也挺不容易的分上，50金就50金吧……」

「……」聽她這口氣，自己是不是還應該說句謝大爺賞啊!?無語的一葉知秋陷入了深深的糾結當中。

相信全國人民都看過《西遊記》這部講述了一個灰社會小混混浪子回頭、積極向上，最後終於修得正果的正面宣傳小說，在這本小說中，扮演主角的那隻獸人族的猴子很風騷，人家拿著一根燒火棍就敢四處找人幹架，把天上地下都鬧了個天翻地覆，讓天庭政府和地獄、龍宮等地方機構都深深的為之頭疼。

而在小說的後半部，則用大幅篇幅詳細描述了這隻猴子在被感化後的努力拼搏。為了重新得到政府和社會的認可，獸人族猴子脫去了以往野蠻的、沒有社會責任感的行為模式，從一個大混混搖身一變，洗心革面成為了一個小保鏢，憑自己的努力混飯吃，認真的保護著自己的雇主。

而這一路上的艱辛實在是不足以為外人道的。在這個過程中，有許許多多的妖魔鬼怪不停的為其製造障礙，有試圖以美色權勢等籌碼誘惑拉攏猴子家雇主的，也有以強硬手段直接擄人，妄想把猴子重新拉回社會底層的，更有一副卑劣的骨頭架子披著人皮使了三回離間計，直接讓雇主與那個獸人族混混翻臉的……

小混混猴掙扎過、迷茫過，也失敗過，但是，社會大家庭畢竟是溫暖的，天庭政府不計較此猴以前的劣跡斑斑，積極的開導和幫助他重新站起來，為其從五指山出獄之後的第一份工作大開綠燈，提供了許多的方便。直到猴子終於順利完成第一份僱傭工作，把雇主送到了西天成佛，而他本身也獲得了「鬥戰聖佛」這一認可了自己工作成績的榮譽勳章，從此真正的成為了一個對社會有用的人……呃，猴兒！

整部《西遊記》的小說情節模式歸納下來之後基本上是這樣的：小猴師父被抓了，小猴被打了，上天庭，找兄弟求法寶，捲土重來，大發猴威將壞人殺之；接著走到下一個國家，小猴師父又被抓了，小猴又被打了，於是再上天庭，找兄弟求法寶，猴者歸來，繼續殺壞人救師父；再再走到下一個國家……

從這個故事就可以看得出來，一個人的力量是有限的，而集體的力量才是無窮大的，要想順利完成任務，我們就不能做一個只會大鬧天宮的猴，再強大的武力也是有局限的，我們應該學會依靠集體，利用智腦提供的一切便利條件，積極尋找能促進任務完成的幫助。

駐地任務的前置任務說白了，其實也就和混混猴子找法寶搬救兵的模式差不多。每片駐地上都有三隻必須要解決的BOSS，而這些BOSS也不是孤家寡人、莫名其妙就被刷出來了的。BOSS們有屬於BOSS的交際圈，也有各自的喜惡和弱點。而摸準對方的特性，用適當的方式對症下藥，比如說找出克制對方的道具什麼的，自然也就能輕鬆的完成任務了。

九夜負責的西城門外駐地上一共有三隻BOSS，分別是吸血鬼城堡的吸血鬼伯爵、地精岩穴的地精族首領，以及一隻抓了公主後卻不吃不X，光把人留在自己的洞裡，明擺著是等人去救的腦殘惡龍。

為了方便給一葉知秋講解示範前置任務的尋找和完成步驟，雲千千大方的允許一葉知秋加入了自己的隊伍。帶著這個見習的，雲千千直接拉著一隊伍人就奔向了西華城的圖書館。

「這裡的圖書館館長上知天文、下知地理，江湖人送外號百曉生，乃當世之奇人，知曉創世紀中的一切種族的特性、各片地圖之環境以及種種旁門左道、道具藥品……要想知道BOSS的弱點，那就只有先來見他！」雲千千一邊講解一邊順手收過了一葉知秋遞來的情報費50金。

一葉知秋默默無語兩行眼淚，這水果不過是帶自己見了這麼個糟老頭子，一眨眼的工夫居然就能賺走50金，這可比打劫還來得有賺頭啊！

「江湖人!?哪個江湖人送的這麼個外號啊!?」燃燒尾狐驚訝，對於西方遊戲裡居然也能有「百曉生」這麼東方化的風騷外號而吃驚不已。

「江湖人在江湖，這說得範圍廣一點兒就是指所有的遊戲玩家，而細指下來自然就是本蜜桃了！」雲千千笑咪咪的一指自己，頓時一隊伍人的臉色都變得很精彩，有點妊娠前期的欲嘔感。

推門進了圖書館，一把白鬍子的館長大爺正坐在裡面，戴著副眼鏡專心致志的看書。雲千千左右看了下，確定沒有其他玩家在場，這才放心的上去套話：「大爺，早上好啊！喲，看著書呢！《創世紀百科知識大典》……嗯！這書不錯，在我們家鄉也挺有名的，是一本很暢銷的兒童啟蒙讀物來著！」

「……」隊伍裡的人皆大汗，妳家小孩兒才倒楣到用這足有三塊磚頭厚的百科全書來當啟蒙讀物……

館長大爺鎮定的推了推鼻梁上架著的眼鏡，合上書，淡定的抬頭瞥了雲千千一眼，恍惚間後者有種自己像是看到了無常般的錯覺。

「這位小朋友，妳來圖書館想找什麼書？」館長大爺不急不緩的問道。

「我不是來找書的，我是來找您的！」雲千千笑嘻嘻的坐下，一點兒也不拿對方當外人：「大爺，我們是剛創建的公會，想打塊駐地下來讓兄弟們開荒發展，也好為創世紀大陸的經濟繁榮做出點兒貢獻，可是您也知道，現在外面的地盤上到處都是些占山為王的，我們要想把土地拿過來，自然也就困難了那麼一點兒……於是乎我就想來問問您，有沒有什麼辦法讓我們能夠兵不血刃的順利奪取駐地？對了，忘記跟您介紹情況，目前我們要對付的有吸血鬼伯爵、地精首領和一隻惡龍！」

隊伍裡的人都開始擦汗了，這水果說話也實在直白，跟人問事情都不客套鋪墊一下的，這麼單刀直入實在是讓人有些接受不了啊！

反倒是館長大爺很鎮定，人家依舊一副寵辱不驚、不焦不躁的德性，又瞥了雲千千一眼，捋了一把長長的白鬍子，淡定的吐出三個詞來：「大蒜，麥酒，夜明珠！」

「啥意思!?」一葉知秋忍不住插了句嘴。

雲千千把這沒見識的傢伙拍回去，不好意思放他出來丟人現眼。想了一想之後，她才疑惑道：「您的意思是，這三樣東西是對付我剛才說的那三個 BOSS 的!?」

「沒錯！」館長大爺點頭：「吸血鬼怕大蒜，讓你們的人在身上塗抹使用後再戰鬥，可以降低對方的戰鬥力。地精頭腦簡單又喜歡食物，把麥酒運過去放在顯眼處，它們喝完自然會醉倒，戰鬥力也會大減，甚至有可能直接醉倒！惡龍喜歡發光的東西，你們可以用夜明珠分散它的注意力，為了不破壞你們身上的夜明珠，它出手的時候一定會有所顧忌！」

「可是傳說中吸血鬼也怕純銀製品，更怕十字架啊！為毛非要用大蒜!?」零零妖忍不住嚷嚷了起來。這是個愛美的，最受不了身上一股怪味，讓他往自己身上抹蒜，那還不如直接讓他自盡算了。

「對啊！而且喜歡麥酒的是矮人吧!?我們要對付的是地精耶！這設定是不是有點 BUG？」燃燒尾狐撓了撓頭，跟著發表疑惑。

「……夜明珠太貴，玻璃球行不!? 其實我個人認為玻璃也挺閃亮的！」一葉知秋身負財政壓力，一忍再忍之後，終於還是一個沒忍住的惆悵了一把。

「……」九夜淡定，很淡定。

館長看了看那一行人，沒過多解釋，只說出了一句話，卻讓大家都差一點集體抓狂：「這屬於設定問題，有意見可以去找遊戲程式設計師提！」

「……」身為一個NPC，您知道的確實太多了。

雲千千倒是沒覺得怎麼奇怪，她笑嘻嘻的表示毫無壓力，只是在臨走前疑惑的問出了一個與任務無關的問題：「謝謝大爺！……但是您為什麼那麼痛快的就把任務關鍵告訴我了!?」如果她沒記錯的話，前世想從這個館長口中問得什麼情報，都要幫對方打掃圖書館或做些其他什麼事情來當報酬……難道是自己運氣太好，全身上下王八之氣亂竄，讓對方起了什麼惜才之心，所以才這麼痛快!?

館長大爺重新打開自己面前的百科全書，聞言抬頭看了雲千千一眼，又推了推眼鏡：「如果我沒看錯的話，小朋友應該是南明城國王私下中揚言要抓的那個姑娘吧!?本來是想叫你們幫我把圖書館裡的書籍都給重新整理一遍的，但是妳這樣的性格，我怕書籍整理完後，藏書中的技能書或是其他什麼書籍會神秘失蹤一部分……所以還是算了！你們走吧！沒事就少來，有事也千萬別再來了！」

「呃……我個人認為您似乎對我有些誤會！」

滿頭黑線的雲千千一臉嚴肅，掙扎著想要糾正館長大爺頭腦中對自己的誤會，可惜對方似乎完全沒有想聽的意思，一副兩耳不聞窗外事，一心唯讀啟蒙書的專心模樣。

在隊伍其他人飽含了詫異、震驚、好奇、崇拜等等情緒的複雜目光下，雲千千終於敗了，掙扎無果後，她只好悻悻然的帶著人離去。走出圖書館後，這水果還不忘咬牙切齒的對著南明城的方向遙遙豎了根中指：「……你大爺的！」

身為一會之主，一葉知秋手下的行動力是巨大的，出了圖書館後不到一小時的時間裡，落盡繁華的成員們很快就從西華城的市場上搜集到了大量的大蒜和麥酒，就為了這點兒物資，這個遊戲第一公會還差點沒和城裡的食肆酒樓打了起來。

麥酒你們搬走也就算了，反正這東西做得多，就跟現實啤酒一樣普及，基本上每家店裡都有個百八十件的放著。但整個市場上的大蒜都被你們給攏巴攏巴收走了，咱們拿什麼做菜啊!?雖然說大蒜這東西不比鹽，未必每道菜都得要用上，但十道菜裡面也總有五、六道得加它吧!?你們用不用這麼缺德啊，連這東西都搞市場壟斷!?

落盡繁華的人個個掩面，被打擊得不行。他們只想著用來攻打駐地BOSS的輔助物品要越多越好，但是被這麼指責，實在是讓人有點受刺激。這些NPC什麼眼神啊!?自己就算要壟斷市場也犯不著去壟斷大蒜吧!?這也實在損害創世紀第一公會成員們的自尊心了!

結果等心理飽受創傷的高手們終於頂住壓力把大蒜給搬回來之後，還沒等一葉知秋安慰一下，雲千千又不客氣的把人給鄙視了一把：「拿那麼多做啥!?錢多了沒地方花了!?我們打個BOSS最多也就用得著去五支隊伍，每人一整顆蒜就夠抹的了，只要你們帶回來的這些零頭就成……剩下這麼千八百斤的，你們打算搞壟斷!?」

不要跟哥兒們提壟斷，熟歸熟，妳再這麼誣陷咱還是會翻臉的!搬蒜的幾人個個淚流滿面。

一葉知秋也挺尷尬，公會裡的弟兄們對駐地任務都挺上心也挺緊張的，一聽說是任務要用的東西，頓時個個都積極了起來，畢竟這是遊戲，很多現實裡的常識拿過去是行不通的，說是抹上大蒜，但誰知道抹多少才算夠啊!?其實就連他自己在剛才都沒覺得這些手下做錯了，要不是雲千千這麼一說，估計等到了去打BOSS的時候，一葉知秋還真會叫人把所有的大蒜都給背上……

「算了算了，看你們也挺不容易的！」看了委屈的幾個玩家一眼，雲千千也無奈了，頭大的瞪著幾乎堆滿落盡繁華半個倉庫的大蒜堆一眼，她鬱悶的轉頭跟一葉知秋商量：「買都買回來了，再賣回去也不大現實，剩下這麼多實在是難辦來著……乾脆你把用不上的那些蒜當公會福利發給手下的弟兄們吧！」

「……」只聽說過現實裡過年過節給人發紅包發水果的，就是沒聽說過還有人發蒜……您是不是想讓落盡繁華的人都崩潰了才算完啊!?

一葉知秋帶著手下弟兄們一起怒目瞪視雲千千，用沉默來表示了自己的憤怒和抗議。

雲千千被瞪得縮了縮腦袋，尷尬的一摸鼻子咕噥道：「我就這麼一說，不樂意就算了唄……」

九夜在旁邊看了一眼搬回來的東西，檢視過後發現還少了一樣，於是皺眉回頭問一葉知秋：「夜明珠呢!?」

「我叫級別差不多的兄弟們都到海邊沙灘刷去了，這東西只要每人拿一顆在身上揣著，能起到震懾作用就可以，所以需要的量也不大，估計最多到明天就能刷夠數目。」一葉知秋整了整臉色，平靜回答道。

「是不是錢不夠了!?這東西在市場上挺貴的吧！」雲千千湊了個腦袋過來，一針見血的指出了一葉知秋此舉的無奈之處。

一葉知秋聞言噎了噎，終於一個沒忍住的淚流滿面，他發現自己真是越來越討厭雲千千了……

「那我們明天再來!?」燃燒尾狐拉了零零妖，兩人一起走過去，和雲千千一起湊著腦袋商量了起來。

「還是別了吧，人家在忙著準備，咱們卻去逛大街壓馬路，這有點不厚道！」雲千千認真的想了想，開口提議：「要不咱們也去海邊沙灘，趁著落盡繁華的人都在那刷怪，咱們分散了各自找個他們的隊伍組進去，就在那附近野個餐啥的，順便也能賺點兒經驗值!?」

「……其實我覺得妳這個建議比單是去逛大街還要不厚道！」零零妖黑線。

落盡繁華的其他幾人怒目雲千千，一葉知秋已經徹底疲憊了，轉頭當作自己啥也沒聽見。算了算了，忍一時風平浪靜，退一步海闊天空。這水果的消息靈通，以後沒準兒還有用得著她的時候，咱為了大局著想，不和她一般見識。咱是有風度的人，有涵養的人，有……「靠之！屎可忍尿不可忍！妳踏馬的還敢再缺德點兒嗎!?」最後，越想越不平衡的一葉知秋終於還是沒忍住的爆了粗口。

「……」

經過舉手表決後，雲千千以掌握真理的少數優勢壓倒其餘大多數人群的意見，拉著隊伍風騷的到海邊沙灘賺經驗值去了。

再經過一夜的海邊燒烤露營之後，雲千千順利的又提升了個幾級，可惜美中不足的就是，因為她沒有自己動手使用技能的關係，雷心的境界還是一動不動，半點兒沒見提升。

第二天，揮別了身心皆遭受打擊並且辛苦了一整夜的落盡繁華眾成員們，拿上人家拼命刷出來的一堆夜明珠，玩了一晚上的雲千千等人終於神清氣爽，精神頭倍兒足的踏上了征討西門駐地的道路。身後依舊還跟著旁觀見習的一葉知秋，以及另外四支調過來協助打BOSS的隊伍。

申請任務後，被一葉知秋申請挑戰的駐地附近就都被圈了起來，普通小怪的刷新暫時停止，駐地範圍中只留任務怪繼續據守。而在任務期間，不管是一葉知秋的人還是其他玩家們殺了任務怪，都算作是一葉知秋的任務完成。

小怪不刷新了，這些地圖根本就沒有什麼刷頭，於是其他玩家們自然也退散開，懶得在這繼續攙和。本來熙熙攘攘、寸土難求的練級區，就這麼被人給包圍了，像是私人土地似的，清靜得讓人感動不已。

要是平常練級的時候也能有這麼空曠的地界，那自己升級得多迅速啊！參與本次駐地攻打的成員們都唏噓得不行。

「大家小心，前面就是駐地的攻打範圍了，從這裡進去之後任務就開始計時，限時一天。如果在任務期間和任務駐地範圍內死亡的話，不管是誰都無法立即復活，死亡玩家將變為地縛靈狀態在這片地圖裡遊蕩一小時，一小時後才可以復活回城。我的希望是大家都盡量別死，能不動用後援隊就別動用，畢竟道具都在各位的身上，其他人都沒做過準備工作，要殺BOSS有點困難……」一葉知秋複述了一遍接任務時得來的情報，小心叮囑著包括雲千千等人在內的五支隊伍全體成員。

「九哥！一會兒我叫你走就走，叫你停就停，千萬別離開我的視線範圍，也千萬別讓我們離開你的視線範圍啊！」雲千千也連忙拉過九夜，慎重的叮囑一遍。馬的這傢伙要是在這迷路了，再一個不小心逛到哪個BOSS家被掛掉的話，那就任誰都救不了他了。

九夜不屑的冷哼了一聲，什麼話都沒說。零零妖知道九夜的習慣，所以只是捂嘴偷笑，沒覺得雲千千的這一番話有什麼奇怪的。就是燃燒尾狐和一葉知秋等人稍微顯得疑惑了那麼一點兒，他們感覺就像看見幼稚園老師帶小孩兒出去郊遊似的——小朋友，你們千萬不要亂跑哦！要去哪裡必須跟老師說，不准隨意活動，不准離開老師的視線範圍，不准……

其實只要小心一點兒的話，小怪是根本不難應付的。畢竟會被選來參與駐地攻打任務的都不會是庸手，再加上復活的時間限制，一葉知秋更是不會在挑選人員的時候大意。

雲千千負責盯著九夜，一葉知秋負責盯著其他人，五支隊伍戰力強大，一切順利的，很快就清光了最早出現打前鋒的幾撥小怪，挺進了吸血鬼城堡的所在懸崖。

一看見城堡，雲千千立刻吩咐上了：「快快！大家都把大蒜抹身上，一個地方也別漏掉，小心抹漏了哪兒人家就咬你哪兒！不想缺胳膊斷腿的就別在乎這點味道……零零妖！說的就是你！」

所謂的女主角

遊戲暱稱：蜜桃多多
400!!
350!!
325!!
150!!
成交！
平時的活動是…
至於在遊戲裡…
大紅一瓶五十金，一組一百瓶算你們便宜四千金就好♥
太貴了！我們在城裡面五十金都能買一組了！
不買！
BOSS
那麼請BOSS送你們回城買便宜的水吧。慢走不送—
女人！我全包了！
會長！

所謂的男主角

遊戲暱稱：九夜
阿婆，請問我家要怎麼走？
又迷路啦真是的…
前面直走左轉再右轉就到啦。
平時的活動是…
至於在遊戲裡…
現在的網遊真是愈做愈差。
連最基本的常識都沒有。
他們不知道魚不能在陸地上生存嗎？
密語
是你自己迷路到海裡去啦！

49．正點的小正太

吸血鬼是許多西方神話中著名的怪物。傳說中屬於被上帝遺棄的一族，非人非神非魔，處境十分之尷尬，其社會地位基本上等同於現實中的人妖，非人非妖非……

但是在許多寫手們的小說中，這樣尷尬的種族卻又經常作為主角出現，因為他們夠帥、夠酷、夠冷血，具備了成為面癱主角的一切要素，其不能生活在陽光下的特性，更是讓人有一種心疼的憂鬱感和追求危險的刺激感。

最重要的一點是，吸血鬼雖然處境尷尬，同時卻又是世人公認的貴族階層。畢竟要讓一個帥哥沒事就摳腳的話，那再好的形象也都成浮雲了，而身為貴族的高傲的吸血鬼們則絕對不會犯這樣的過錯。

雲千千監工，盯著所有人把大蒜從頭到腳都給抹了個遍之後，不一會兒就新鮮出爐了五支蒜香撲鼻的隊伍，聞著這無比神似樓下熱炒店的熟悉香氣，雲千千恍惚了一下，老有種想要用雷咒電他們的衝動，好試試看能不能整出幾道烤蒜香排骨啥的。

「都弄好了!?來吃狗！」定了定心神，雲千千一聲令下，於是二十五條行走蒜香排骨一起朝吸血鬼城堡的方向移動了過去。

推開中世紀造型的古堡大門，裡面是一片燈火輝煌，雲千千等人此行的任務目標，高貴的吸血鬼伯爵大人正坐在大廳裡，閒適的手舉一個盛滿血紅色液體的玻璃高腳杯，細細啜飲並閉眼品評著。

聽到大門被推開的聲音，吸血鬼愣了愣，睜開眼睛和門外的五支隊伍互視了一眼後，他突然臉色一變，張口驚呼：「太沒禮貌了，你們進別人家之前怎麼不敲門!?」

「對不起對不起！」一葉知秋條件反射的連忙鞠躬道歉，轉身就要出去，準備帶上門再重來一次。

雲千千黑線的抓回一葉知秋，恨恨的剜了他一眼：「搞什麼啊!?我們是來入室殺人的耶！有點兒專業素質好不好！」她長這麼大，就沒聽說過劫匪闖進事主家前還會敲門來著。

「你好，我要進來殺你，請開門好嗎?」、「你好，我要進來偷東西，請問你現在方便嗎?」、「你好……」……世界太瘋狂，老虎愛上羊，要真有這樣傻的惡徒，那還是趁早別幹這種工作了！就算有禮貌講素質也不能體現在這種時候好不好!?身為特殊行業的人群，就得有無視社會法則的霸氣！

雲千千霸氣的走了進去，毫不客氣的坐到吸血鬼面前。一拍桌，她橫眉豎目囂張道：「我們是來打駐地的，你要是識相的就自己認輸，不然咱就開打……你自己選吧！」

吸血鬼被對面這姑娘身上的一股大蒜味給熏得差點暈厥過去，他屏住呼吸，本來就沒有血色的蒼白臉色頓時又白上了幾分，難受的別過頭去：「說話歸說話，你們能不能先去洗個澡!?」

「開什麼玩笑!?這大蒜就是特意為了見你才抹的，洗掉了我們噁心誰去!?」雲千千嗤笑一聲，乾脆的拒絕掉對方的請求。

吸血鬼頓時更想暈了，不止是想暈，他還想死來著。

雲千千才不管他內心怎麼糾結，直接招呼起還站在門口的那幾支隊伍的隊友來：「那個誰誰誰，你們也進來坐會兒啊！如果這吸血鬼實在不肯和談的話再打，現在先不急，咱們商量商量先！」

一葉知秋帶來的人和燃燒尾狐幾人都挺尷尬的，面面相覷，不知道該不該聽雲千千的話過去坐著。

他們覺得，自己既然是來找碴的，那麼就不應該和任務目標這麼和諧共處，要不到時候打起來大家都尷尬……

妳可以不要臉，但妳不能以為大家都跟妳一樣的不要臉！

其他人還正在心裡腹誹著，九夜已經淡定的應聲走了過去，學雲千千的模樣，根本沒客氣的同樣在吸血鬼伯爵面前沉默坐下，頓時蒜香味更加濃厚，吸血鬼伯爵開始翻白眼，覺得連呼吸都變得有點兒困難了。

「……」看了九夜的動作之後，一葉知秋幾人更加沉默。別人都過去坐著了，看似還根本不當一回事，就他們在這裡站著，感覺自己真是挺傻的，可要是現在才過去的話顯得更傻。

機不可失，時不再來……一葉知秋及其身後的同伴們一起扼腕鬱悶。

「你們到底想要做什麼!?」吸血鬼伯爵被熏得頭昏腦脹，終於失去風度的尖叫了起來。

「想做任務啊，剛才不是已經說過了嗎？」雲千千順手把擺在桌子上的那瓶血紅色「飲料」拿了起來，給自己和九夜都各倒了一杯，端到吸血鬼伯爵面前示意：「能加點兒糖嗎？」

「……」

所有人均一起沉默了，吸血鬼伯爵甚至忘記了要繼續厭惡大蒜的味道，愕然的瞪著雲千千，猶如看到了史前怪獸。就連九夜的嘴角都忍不住跟著抽了抽。

握拳抵在唇邊輕咳了一下，九夜委婉的提醒雲千千：「這是吸血鬼喝的……」

「那又怎麼樣!?」雲千千不解的皺眉轉頭：「咱們來這裡作客，主人家連杯飲料都不給倒!?不會這麼摳門的吧！」

「吸血鬼喝的都是人血！」一葉知秋一行人終於還是走了過來，順帶著也補充了一句。

「拜託，遊戲裡的都是資料，你們以為這還真是人血啊!?充其量也就是資料類比出來的血味果汁。

除了味道可能有點兒不大好，其他也就沒什麼了！就跟現實裡喝蛇血酒似的……」

「呃……這麼一說的話，似乎也對哈!?」所有人面面相覷，突然覺得雲千千給出的結論還挺新穎的。

「血味飲料。現實裡可是沒有的哦！你們不也跟著來點兒!?」雲千千抓起瓶子引誘其他人，把吸血鬼伯爵給丟到了一邊。這畫面看起來給人的感覺好像她才是吸血鬼，正在誘人墮入黑暗深淵一樣。

「來點兒吧！」九夜考慮三秒後，最先平靜給出答案。

而有了先驅者帶頭之後，後面的人也就不再猶豫，紛紛跟風，興奮的一起湊上了熱鬧。

「那我也來！」

「一杯就好！」

「我不加糖，能攙點兒酒精嗎!?」

「我想加橙汁，血小板不會因此而凝起來吧!?」

「唔……沒準兒，不知道遊戲程式設計師在設計的時候加了血小板的設定沒？」

「管它的！凝起來了正好裝回去，回頭吃火鍋的時候還可以切了燙來當菜吃！」

「對哈對哈，這遊戲裡都沒找到賣豬血的，燙人血吃也不錯！還可以做血豆腐試試。」

「啊哈哈……決定了，駐地打完後回去吃火鍋！在這多順幾瓶血回去！」

「支持前面的哥兒們……」

嘰嘰喳喳嘰嘰喳喳……

吸血鬼伯爵一臉驚恐的看著這些本來應該是要來殺他的人們在自己家裡到處搜羅人血，那興高采烈的樣子，好像不是人類來征討吸血鬼，反倒像是窮親戚進城裡親戚家大掃蕩，更像是土匪正在打劫善良平民……

這世界太混亂了，他能不能回火星去!?吸血鬼伯爵徹底的惶恐了，與玩家的這首次面對面就給他留下了嚴重的心理陰影，而且這個陰影估計在未來的很長一段時間裡都會伴隨著他，無法抹去。

一葉知秋帶來的包括雲千千等人在內五支隊伍全體成員們，大家一起在雲千千的帶領下把吸血鬼的城堡給翻了個遍。從上到下從裡到外，連旮旯兒都沒放過，但凡是用瓶子裝起來的血液製品，全部被這些人當作火鍋或下酒菜原料給抄走了。

吸血鬼伯爵呆滯得根本不知道該給個什麼樣的反應才算正常，只能傻傻的和略顯尷尬的一葉知秋對坐著大眼瞪小眼，順便眼睜睜的看著自己家被掃蕩一空……差不多半個小時後，終於再也找不出其他血瓶的玩家們才意猶未盡的回到了大廳，咂巴咂巴嘴，這些人的眼珠子還在四下打量，希望能發現一瓶漏網之魚。

吸血鬼伯爵欲哭無淚的看著面前的二十五人，感覺自己的古堡都因他們的存在而四處散發著一股蒜香排骨的味道。更可怕的是，從對方搜集的血瓶的數量來看，他發現已庫存了準備吃上一個月的「糧食」似乎都沒有了……

「好了，既然大家都做好準備了，那就開打吧！早打完早收工，去看看地精那裡有啥好東西沒！」雲千千一看大家都集合回來了，清清嗓子拍手建議道。

吸血鬼伯爵直到這時才反應過來，悲憤的看了這群人一眼，他傷心的嚎了一嗓子，終於抑制不住悲傷的轉身化成無數蝙蝠，飛散著撞開古堡的門窗，向外四散著飛逃了出去……

家裡都是蒜味，這日子沒法過了！庫存的糧食都被搶走，這日子沒法過了！更可怕的是還有個那麼卑劣猥瑣的姑娘待在自己的古堡裡，帶了一幫一聞就噁心的人們準備圍殺自己，這日子真是徹底的沒法過了啊嗷嗷……

蝙蝠群們集體含淚奔去，其場面之悲愴，甚至讓人連看上一眼都覺得心酸。

蝙蝠們吱吱亂叫著一起飛出古堡，消失在外面那遙遠的天邊，直到再也看不見。而門窗洞開的古堡裡則瞬間變得異常蕭條，一眼看過去就像是經歷了燒殺搶掠之後的敗落遺址一樣。

一行人都愣愣的站在古堡中沒能反應過來，雲千千僵硬的保持原姿勢許久，過了好一會兒才回過神來，抹了一把汗黑線道：「這是個什麼意思!?」BOSS跑了耶！這任務算是完成還是沒完成啊!?

一葉知秋估計也和雲千千有同樣的疑惑，第一時間低頭看了一眼自己的任務面板，接著才放心的舒了一口氣：「沒事，任務完成了！」

任務完成了，也就代表吸血鬼是認敗而逃了……

隊伍眾人一聽，頓時又是一陣無語，好一會兒後，有人吶吶發言：「可能是我多慮了，但是那吸血鬼是不是被我們的行為給嚇跑的啊!?」

「胡說！」雲千千嚴肅糾正道：「明明是他看到我們的實力太過高強，自己知道自己不會是我們的對手，所以這才逃出去留得青山在了……而且我們身為討伐吸血鬼的正義隊伍，品質之高尚純潔也是足以讓如他那般的卑劣種族自慚形穢的！」

「……」確實自慚形穢，但估計人家慚愧的可能不是因為您品質高潔，而是他身為一個黑暗生物，卑劣猥瑣之本質竟然都比不過您一個普通人類……隊伍裡的人突然集體感覺臉上發燙來著，和雲千千比起來，這些人總算是還有點兒羞恥心。

第一關BOSS，算是不戰而勝。這有好處也有壞處，好處就是可以節省力量，為後面的關卡做好更充足的準備，而壞處則是因為不殺BOSS就沒有該關卡的獎勵品。吸血鬼伯爵化身成蝙蝠群這麼一跑路，大家還殺得到個屁啊！殺不到BOSS自然爆不了東西，除了一口袋血豆腐的原料，大家就再沒其他收穫。

討論了一番得失之後，一葉知秋最後簡單的做了一下工作總結，得出了「保持警惕、更加努力」的八字方針。接著，大家有說有笑的又開始向下一個地精領地的方向前進。

「地精群馬上就要出現了，麥酒是給首領喝的，沒必要浪費在這裡，大家準備應戰！」

雲千千的話音剛落，前面一片岩石群後面突然響起了連綿不絕的尖銳呼喝聲，成百上千的矮小地精們裹著破布、舉著自製的粗劣武器，從岩石群後轉了出來，直撲向雲千千等人的隊伍。

雖然小怪群的數量有點兒超出預計，但是隊伍裡的人都早已經十分有經驗了。雲千千的隊伍居中，後面的四支隊伍飛快分出兩支近戰隊來衝到前面，舉盾提劍與地精群短兵交接，形成阻隔帶，制止這些地精們繼續前進。

頓時間，金鐵交擊聲連續不斷的響了起來。十人組成的阻隔帶只能說是勉強支撐著的。除了因為地精群的龐大有些超出預計以外，關鍵還因為雙方之間身高的差距。

玩家們一般都是在一米六至一米八之間的，再矮或再高的都屬於比較少有的了。而地精則一般皆為一米二、三的身高，人家武器那麼一舉，向前那麼一刺，高度正好就對準了一個男性都比較難以啟齒的隱私部位。雖然說知道這些地精們也許並不是故意選那兒戳的，但這一番攻擊之猥瑣之卑劣之低下之……還是忍不住讓十個近戰的勇士們都辛酸了一把，黯然垂淚。

一葉知秋很快也看出問題了，同為男人，他也深深的能夠理解自己手下這些公會成員們難以言說的痛苦。擦了一把冷汗後，一葉知秋連忙在這些人沒被影響出什麼心理陰影前下令補救：「法師隊以近戰隊所在位置為中心，無差別集中投範圍技，儘快援助救出近戰隊伍……蜜桃的隊伍隨意攻擊，九夜兄弟，麻煩你在旁邊策應一下，看到哪個兄弟被戳得不行……呃！我的意思是，看到哪個兄弟損血太多了的話，就麻煩你去支援一下！」

這樣的時候，連九夜都深深的明白了地精的不好惹，他倒是有信心不被這些小怪圍住，但任憑誰也沒辦法接受有人老盯著自己那裡攻擊來著，這還是有一定心理壓迫作用的。

聽了一葉知秋的話，九夜淡淡點頭，算是應了下來，然後就抱手站到了一邊，頭一次沒有主動出戰……

落盡繁華果然不愧是第一公會，雖然最開始有些手忙腳亂，但是一葉知秋一聲令下之後，大家還是很快的做好了調整配合，四支隊伍裡的人齊齊行動起來，技能一個接一個的放，間隔把握得非常好，完全將進攻的節奏掌握在了自己的手中，壓制住了地精群的攻擊。

而雲千千也是一個非常有職業道德的人，既然拿了人家的僱傭金，自然要好好保護雇主的生命財產安全，這其中也包括了要保護雇主的菊花。在戰場中跟選白菜似的挑揀了一下，雲千千選中一片地精群最集中的位置，直接一片天雷地網放出去，秒殺一片地精。

一直旁觀的九夜見狀，似乎若有所悟，也拿出了自己曾經丟擲過的那種黑丸子道具，隨便朝了個方向一丟，同樣一片天雷地網瞬間發動了出來，和雲千千一樣的秒殺了一片。

「對了，九夜兄弟也有群攻法術！」一葉知秋大喜。他只知道雲千千的職業是法師，而對於九夜的定位卻一直是近戰職業。直到見了這麼一手，一葉知秋才猛然想起九夜曾經也在希望之光副本前放出過範圍技能。

「我沒有！」九夜淡定的解釋道：「蜜桃的才是她自己的技能，我的是道具，從修羅族族長那得來的，一共只得了五顆……」說完又拿出一顆在手裡拋著，一副要丟不丟的樣子，似乎在選投擲點。

一葉知秋吐血，繼而狂汗，連忙阻止：「既然是道具就別丟了，等關鍵時刻再用吧！」你大爺的！自己家底不豐厚還敢這麼折騰，萬一後面再出個什麼厲害點兒的小怪群又頂不過怎麼辦！

雲千千則和一葉知秋不同，她傾向於努力慫恿九夜繼續丟道具：「丟吧丟吧，人生總是有捨才有得，一個道具的價值就在於使用它的那一剎那，你總想著還有下次，總覺得每一次都不到使用道具的關鍵時候，這樣只會讓它根本發揮不了作用的成為一個裝飾品，等到大家都有了範圍技能，你這道具貶值了的時候，一切就都來不及了……去吧去吧！用力的丟下去吧！……」

馬的！自己怎麼就沒啥可以使用五次的近戰道具!?這修羅族族長也太偏心了，明明自己才是雷心繼承者、第一號的修羅族入夥人來著！今天她還非得讓九夜把這破玩意兒給用完不可……

最後，九夜的天雷地網彈終於還是沒丟，一葉知秋手下的人已經把地精清完了，只剩最後的地精首領還在洞穴裡埋頭睡大覺。

「把麥酒丟進洞口去！反正是用木桶裝的，砸也砸不壞。」雲千千帶著人轉到岩石群後，很快就找到了地精族的居住洞穴入口。

「丟多少？」負責裝麥酒的玩家問。

「有多少丟多少，能直接砸死它更好！」雲千千忿忿然，她還在記恨九夜身上仍舊有三顆天雷地網彈的事情。要不是一葉知秋拼死阻止的話，九夜早就把那東西給玩光了。

自己的招牌技能居然還有別人會使，這感覺真踏馬的讓人不爽啊！雲千千喟然長嘆，一臉的鬱悶。

裝麥酒的玩家聽從雲千千的建議，把自己空間袋裡裝著的麥酒直接對準洞口往下一倒，頓時響起了一片重物落地聲和骨碌碌的桶子滾地聲。

「唉喲！」突然，從地底洞穴中傳出來一個不和諧的人聲，在一片骨碌碌的聲音中顯得是如此的獨特。

雲千千一驚，下意識的拉起九夜就跑，很沒義氣的把其他人都留在了原處。燃燒尾狐比較了解雲千千，一看這架式，當下也不問原因，跟著一通狂跑。一葉知秋等人和零零妖還沒反應過來，聽到聲音後愣了愣，居然還想朝下看看是發生了什麼。

結果這些人還沒來得及把頭探下去，一個綠油油、皺巴巴、還長著一對尖耳朵的大光頭已經從洞穴中探了出來，開口叫罵：「是誰竟然敢攻擊偉大的地精首領!?信不信我叫上我的一百萬部下滅了你們!?」

眾人一愣，繼而終於明白過來了是怎麼回事，合著是他們的酒桶砸到這次的目標 BOSS 本人了。

「地精愛說大話，它根本沒百萬部下！我燃燒尾狐可以對天發誓！」雲千千躲在一塊岩石後面縮著腦袋，捏著嗓子憋出雌雄莫辨的假音吼了一聲。

旁邊的燃燒尾狐頓時淚流滿面，他傷心的看著毫無愧色的雲千千，十分瞧不起這顆既想做壞事、又不敢留真名的水果……有必要這麼缺德嗎!?人家那地精又爬不上來，那兒還有二十個人正圍著呢……

「攻擊！」雖然麥酒戰術因為操作不當的緣故沒能發揮作用，但一葉知秋愣了愣後還是很快的做出了正確判斷。反正橫豎也是要打，乾脆就上了吧！看這樣子對方也不可能放自己離開，然後特意喝醉了回來再等死了。

落盡繁華被挑選出來做任務的幫眾們果然不愧是專業人士，一聽這話，立刻在第一時間形成了專業的包圍圈，把地精首領團團圍住，趁著人還沒從地洞裡爬上來，直接一圈劍影刀光夾雜著數道法師們放出來的風火雷電一起捅了下去，旁邊還有個使刀的哥兒們用的是刀面，跟拍地鼠似的猛砸人腦袋。

天時不如地利，地利不如人和……落盡繁華直接占了後兩樣強勁優勢，把地精首領給揍得委屈得不行。

雖然自己矮，但是自己濃縮得夠精華啊！只要能從這洞裡出去，站上實地，自己隨便幾個範圍技能輪流使下來就能把這些菜鳥全給秒了。可如今自己是有力也使不上啊，尤其是那個叫燃燒尾狐的孫子，居然還當場拆穿自己的謊話，真是太不厚道了，自己要是能出去，第一個就滅了他……鬱悶的地精首領欲哭無淚，感覺真叫一委屈……

雖然地精首領目前沒有什麼優勢，技能也不方便發揮，但人家畢竟也是目前排得上位的BOSS，幾分鐘的狂轟亂炸之後，地精首領那顆綠油油的大腦袋居然依舊在洞口處屹立不倒，遠遠看去像是地裡長出來的一顆高麗菜……就是賣相差了點兒。

正當一葉知秋有條不紊指揮攻擊的時候，突然地裡爆出一片黃色光柱，雲千千連忙捏著嗓子再次友情提示：「是土系群技能，地精估計踩著什麼穩住身子了，大家小心！」

話音剛一落，果不其然的，以地精為中心處，地面上蕩開了一圈如水般的波紋，足足囊括了半徑十五米內的所有範圍。正在攻擊地精首領的一葉知秋等人頓時站立不穩，腳下一個踉蹌，手上的技能和攻擊都被打斷，個個前撲後仰。

地精首領趁這機會飛快竄出洞穴，仗著身材矮小的優勢從一葉知秋等人的包圍圈中逃了出來，直奔剛才發出提示聲的據說是燃燒尾狐藏身處的大岩石方向。

雲千千隨時注意著外面的狀況，一看尋仇者到來，頓時刺溜一聲躲開老遠。

地精首領衝過來後，直接開口就吼：「誰是燃燒尾狐!?」

「哈!?」燃燒尾狐傻眼的愣了愣，條件反射的應了一聲，他是完全沒想到地精首領居然真的把帳算到自己身上了。其實只要他不發出剛才那一聲的話，人家也根本不會認出他來，名字都是看不到的，要是沒有介紹，誰會知道其他人叫啥啊！

仇人見面，分外眼紅。尤其是這人還連壞了自己兩次好事，還好守住自己洞口的人沒能及時提防後面那聲提醒，不然自己能不能出來可就難說了！你大爺的，孫子提示得很爽是吧!?看大爺怎麼收拾你……

地精首領怒，大怒。恨恨的看著燃燒尾狐，一副欲將對方殺之而後快的忿然表情。

燃燒尾狐冤，實在冤，他淚眼朦朧，心情潮濕得不行，要不是情況不對的話，他還真是想找個地方好好的大哭一場——香蕉的！剛才的兩次提示都是那水果喊的，關自己屁事啊！

九夜剛才是看著沒有自己插手的必要，這才在旁邊休息。這會兒見著地精首領主動送上門來了，那還有什麼好說的，當即抽出一把匕首，匕首上黑光暴漲，武器只有兩個指頭那麼長，黑光卻足足漲了一條胳膊的長度，整個跟未來戰士裡的鐳射劍似的，看著就是把好貨。

在雲千千的眼紅嫉妒中，九夜反手握住匕首迎上了地精首領，攻勢凌厲，瞬間劃掉地精首領頭上肉眼可見的一截血條。

一葉知秋等人大受打擊，自己等人累死累活，那血條降的速度跟烏龜爬似的，這位一刀一截，看樣子頂多再六、七下就能把人剁掉……這人和人的差距怎麼就那麼大呢!?

「雷咒！」雲千千身上電流纏繞，紫色雷光明暗遊走，舉手一抬間，也發動了技能，頭頂天空被撕裂，一條胳膊粗細的閃電挾裹著凜人的氣勢劈下，如雷霆萬鈞，直接砸中地精首領的腦袋，頓時又刷掉人家一截血條，而且看起來比九夜刷掉的還猛。

一葉知秋等人這麼一對比，頓時更是震驚，直把雲千千驚為天人。

這兩人前半段路都是蹭經驗值蹭過來的，九夜倒是出了力，但也都是使普通技能。這一攻一法的亮相了之後，場面效果確實很驚人。

「哼！」壓下了九夜的風頭，雲千千終於滿意的收回法杖，帥氣深沉的淡定遠目，一副高手睥睨天下的風騷姿勢。

「咦!?這閃電似乎有點兒眼熟!?」一片駭人的安靜間，零零妖突然疑惑出聲。

雲千千狂汗，連忙轉回頭乾笑：「眼熟什麼啊!?電系技能不都是這麼回事嘛！我這技能特普通，真的！」

「……」看著雲千千一臉的真誠，在場的人都有點默然。

燃燒尾狐直接羞愧掩面，他覺得自己丟不起那個人。

這也能叫普通!?一葉知秋扭頭瞥了身邊一個手下成員一眼，那人也是主修電系的法師。

眼看自家會長那一臉狐疑的神色，此人當即大汗，連忙壓低聲音小聲報告：「老大，我真沒藏私，咱電系法師裡沒出過這種怪物……」

「嗯！我也知道，就隨便那麼一看，你別緊張。」一葉知秋鬱悶加失望，隨口安慰一下那人之後就不說話了。

在九夜和雲千千的配合下，再加上反應過來的其他人也重新加入了戰圈，地精首領雙拳難敵眾手，很快英勇就義。一葉知秋鬆了一口氣，抓起地上爆出來的戰利品，也不小氣，直接平分給了出力最大的雲千千二人，等待大家就地休息恢復完畢之後，又一揮手，帶著眾人向最後一個 BOSS 所在的方向前進了。

惡龍的領域其實比前兩片區域還好走。畢竟在西方神話裡，龍都是有龍威的，一頭龍所居住的領域中，其他魔獸們都會因龍威的壓力而被驅散。

即使是在遊戲中，程式設計師們也充分的考慮到這一點，直接把惡龍周邊的範圍設成了無怪區。別說是任務期間了，就算是平常的時候，這裡也是一片祥和的……真的，只要不算上那頭時不時出來巡視一圈的惡龍的話，這裡真的很祥和。

這段路程走得很平靜，雲千千邊吃零食邊拉著隨時有迷路危險的九夜同學，態度顯得十分輕鬆。

「蜜桃，這頭龍該怎麼打？」一葉知秋趁著雲千千一包零食吃完，另外一包還沒拿出的空檔，連忙見縫插針的湊進來問了一句。

「用技能打唄，還能怎麼打!?」雲千千奇怪的看了一眼一葉知秋，摸出一包餅乾放進嘴裡，咬得喀嚓喀嚓清脆作響。

「我不是這意思。」一葉知秋無奈了一把：「我是說，惡龍有沒有什麼弱點？」

「喀嚓喀嚓……弱點!?」

「嗯！既然這一片沒有小怪作為阻礙，那程式設計師一定會把惡龍的難度相應提升一些，不然也對不起最終 BOSS 的名頭啊！……難道妳都沒覺得有點兒壓力!?」

「喀嚓喀嚓……壓力!?」

「是啊，壓力!巨大的壓力！」一葉知秋有點兒抓狂，他也知道想讓這消息靈通的水果盡心賣力的最好辦法是出錢，但問題是他現在還真就沒啥錢：「蜜桃啊!妳就當是幫幫我好了，幫忙出個主意吧！」

「喀嚓喀嚓……幫忙!?」

「嗯!成嗎!?」

「喀嚓喀嚓、喀嚓喀嚓、喀嚓喀嚓嚓……」

「……好吃嗎!?」一葉知秋無語了。

「還成!」雲千千漫不經心的應了聲。

「那能給我吃點兒嗎?」一個聲音突然插了進來，帶點童稚的奶聲奶氣。

「不行!」繼續漫不經心。

「哦……」童音很失望，像是被拋棄的小狗狗一樣可憐巴巴的，讓人一聽就有種不忍心的感覺。

雲千千卻是白眼一翻，根本沒啥愧疚感……馬的一會之長再怎麼窮也不至於連袋餅乾都買不起吧?還跟自己伸爪子要吃食，他好不好意思啊!真是丟了落盡繁華……的臉……咦!?

「噗——」終於反應過來聲音有差別的雲千千突然噴了，她猛的扭頭，看著身後不知道什麼時候出現的正點小正太，愕然三秒後尖叫:「你誰啊!?」

50．南明城的盛況

這個問題沒人回答雲千千，大家都同樣在瞪眼迷茫中。唯一能解答的小正太也忙著憂鬱：餅乾木有要到，好想吃……

洋娃娃似可愛的小正太鼓著蘋果臉，眼巴巴的看著雲千千手上的餅乾，一聲不吭的任人打量。

雲千千看看自己的手，再看看小正太，為難了一下，突然把手裡的餅乾遞到小正太面前柔聲問：「想吃嗎？」

小正太一喜，連忙點頭，仲爪子就想拿零食。沒想到雲千千比他更快的閃電般縮回手去，把剩下的餅乾都倒進了自己嘴裡，鼓著腮幫子一邊加快速度猛嚼、一邊瞪眼怒視小正太：「不給你！」馬的果然沒猜錯，這臭小孩兒想搶自己的食物，作夢！

「……」旁觀其他玩家汗，大汗。就連不動聲色的九夜都忍不住抽搐了一把。

要說大家也都是走過南闖過北的人物了，什麼樣的大風大浪沒見過啊，但是在雲千千的身上，這些人還是不由得一再挑戰自己的神經承受底線，接二連三被刺激得很銷魂。

小正太顯然也沒想到自己會受到這樣的待遇，愣了一愣之後，紅豔豔的小嘴一扁，突然就放聲大哭了起來，其聲之愴然，其情之悲戚，足以讓聽到的人都忍不住黯然淚下……孩子，你跟誰要東西不好，怎麼偏偏就選上那個卑劣的水果!?那傢伙沒有同情心的，根本就不是人！

急急的幾下把餅乾吞下了肚子，雲千千伸手一抓，把小正太的領子提住，一使勁……沒有提起來。無奈只好繼續這麼抓著，瞪著對方開始審訊：「說！你從哪來到哪去!?家裡幾口人，人均幾畝地，地裡幾頭牛，雙親健在否，有沒有什麼作案前科!?……最關鍵的是，你這麼小的年紀，為什麼會一個人出現在惡龍的領地範圍裡!?」

「沒準兒是任務，而且獎勵估計應該是超級雞蛋……呃，寵物蛋！」一葉知秋撇開正揪著神秘小正太訓話盤問的雲千千，抓了同來的其他人壓低聲音一起討論：「一般小說不都這麼寫的嗎？如果在荒山野嶺遇到什麼小孩兒，其一般都是某個超強生物的化身，比如說幼年期神獸啦、幼年期神人啦、幼年期……然後主角體貼關懷此小孩兒，小孩兒自然感動感恩感謝，心甘情願的認主角做自己的主人，幫泡妞幫打架幫嚇唬人……」

燃燒尾狐是實誠人，一聽這話立刻大驚：「這麼說的話，蜜桃不是沒機會了!?她對人家的態度這麼惡劣，人家一定不肯認她為主的！」

「你聽他掰！」雲千千不屑的翻了個白眼過去。嘖！這幫人連討論都不知道小聲點兒，不知道有些事情只能私下說，不能讓別人聽到嗎!?

「想作夢也可靠點兒成嗎!?以程式設計師的卑劣程度，怎麼可能會這麼簡單的讓你踩中狗屎遇到這樣的好事情!?小說裡還說主角一進遊戲就能在柴火堆裡翻出超逆天神器，隨便尖叫一下都能自行領悟範圍技能群體震懾，喝個清水至少也是能永久增加體質999點的……」雲千千毫不留情鄙視眾人：「你們就是典型的網路小說看多了，最後是不是主角還會一路順風順水，直接成為遊戲第一人，順便再透過遊戲統治全球經濟啊!?……我就想不通了，現代擬真遊戲和現實經濟是互通掛鉤的沒錯，但能透過遊戲上世界首富榜還能享譽全球也未免太誇張了吧!?一個破遊戲都能影響這麼巨大，那麼遊戲公司算什麼？難不成是上帝!?」

這理論……還真是破壞大家青春的幻想啊！

其他人都聽得一愣一愣的，九夜突然淡定的打岔了一句：「……跑題了。」

於是回過神來的眾人連忙小雞啄米似的點頭，眼神很委屈。他們只是討論這小正太的神秘身分而已，誰也沒說要拿小說裡的腦殘模式來代入好不好!?

「我只是想告訴你們，幻想和現實是不同的，不要期待天上會掉餡餅，一般情況下，天上只會掉鳥屎……」雲千千苦口婆心、諄諄教誨一葉知秋等人。

「嗯……」一葉知秋等人對此假設集體表示感覺很噁心。

經過雲千千的威逼再威逼，可愛小正太咬死牙關，一句情報都不肯吐露。當然了，這也可以理解為人家年紀太小，根本不知道什麼有用的情報。

一葉知秋在旁邊看得有點兒不大忍心，於是委婉提示雲千千可以嘗試一下利誘法，畢竟人家要求也不高，就那麼幾塊餅乾而已。但是雲千千更委婉的表示要她出血是不可能的，如果一葉知秋願意付帳買單的話倒是可以另說，於是一葉知秋終於閉嘴……他是真沒錢了！而且地球人都知道，這水果手裡的餅乾肯定都是天價，基本上其價值是等於大於同體積黃金……

「現在我們來推理一下吧！」忙活得滿頭大汗也沒有得到什麼進展之後，雲千千一手抓小鬼，一手招呼來其他人商議：「我估計這小孩兒要嘛就是惡龍，要嘛就是惡龍的孩子或親戚孩子，不然他一個小朋友也不可能出現在這荒郊野外的……大家認為呢？」

其他人對視一眼，繼而紛紛表示同意後一種假設，畢竟傳說中的惡龍可是綁架了一個成年公主的。

雖然說惡龍也沒把人家公主怎麼樣，但不排除其想以真情感化公主心甘情願嫁給它的可能。一個小孩子不可能有這樣的惡趣味，如果真要綁，人家也得去綁公主的女兒。你總不能認為小孩子是缺乏母愛或者說缺乏口糧了，所以想給自己找個奶媽吧!?……而且還有更關鍵的一點證據，如果這孩子真是綁架公主的惡龍，自己一行人現在哪可能還可以這麼囂張!?

「很好，看來大家和我想的一樣！」聽完其他人的意見後，雲千千認真的點頭：「那麼現在可以假設這個小孩是和惡龍有親屬血緣關係的。接著下一個問題又來了……我們該怎麼利用這個孩子為我們創造便利條件!?」

「讓他幫我們在惡龍面前說好話？」一片沉默後，有玩家試著提出建議。

「小孩子知道個屁！到時候就怕他不僅沒說好話，還得跟惡龍告狀說我們不給他吃的。」雲千千駁回此提案。

「那麼我們和他套套交情，一會兒惡龍看這小孩的面子，說不定會給我們一些方便？」又一哥兒們提議。

眾人皆默然——不是「我們」。明明是妳自己不肯給……

「人不為己，天誅地滅……你覺得這小孩兒能有多大的面子，讓惡龍和善到即使聽說我們要剁它的龍頭都不會生氣的地步!?」鄙視這個不長腦子的，自己要幹的可是屠龍的勾當耶，這可不比去隔壁家借個醬油啥的……這種方便只有傻子才會給你！

「那乾脆我們收這小鬼頭作寵物吧？」

「收了寵物以後，這小鬼就等於是和惡龍沒關係了，而且小鬼死了以後還可跟隨玩家再復活……到時候惡龍下起手來更沒啥心理壓力了！」

「要不……」

一個個建議被相繼提出，可是總在下一秒就被雲千千否定提案拍回。到了最後，眾人終於無奈，面面相覷的再沒一個人出聲了。沉默許久後，一葉知秋尷尬的乾咳一聲打破沉默，鬱悶問道：「蜜桃，咱不說虛的了！妳直接說妳自己的意見是什麼!?」

雲千千認真思考三秒鐘，接著轉身，乾脆的刷下一道雷來把小孩兒劈暈，扔到地上宣布：「來個力量大的把這小不點兒背上！記得溫柔點兒，從現在開始他可就是我們的人質了！」

「……」禽獸！

雲千千等人猜得沒錯，這小正太果然是惡龍的孩子，關於這一點，只憑一大一小兩龍幻化回人形後的長相來看就明白了。看到有人拎著自己那正在昏迷中的兒子闖進自己家，惡龍當下大驚，連忙主動從石窟裡走了出來。正要上前去看看小正太情況如何的時候，雲千千已經指使九夜刷出匕首抵上了小龍……人的咽喉，同時開口威脅道：「再敢過來一步我就撕票！」

「妳……」條件反射強停下腳步的惡龍被刺激得眼前一黑，險些暴走。

「我什麼我!?還不快把公主交……呃！抱歉，說順口了，」一時還以為我們是來救公主的……」雲千千向其他人道了個歉，接著轉頭繼續威脅惡龍：「你兒子現在在我們手上，想讓他活命的話，你最好乖乖聽我們的吩咐！」

「好！」惡龍將牙關咬得咯咯作響，雙拳也捏得死緊，一字一句都像是從牙縫中往外迸出來的：「你們想要什麼!?」

「呃……」這回換雲千千為難了。自己想要什麼?你直接說說你能給什麼不行嗎!?自己等人就是來完成任務的。目前已知的完成條件是斬殺惡龍，還有沒有其他過關的辦法現在還不知道。要真是把這條件一說，萬一逼著人家來了個無毒不丈夫，在兒子和自身之間選了後者，直接出手發難怎麼辦!?

畢竟大家都知道，留得青山在，不怕沒柴燒，把本錢留住，將來還是有機會生其他兒子的……一年生一個，十年就可以組成一個足球隊，還可以湊兩桌麻將，到時候現在這區區「一個」兒子算個屁啊!?

憂鬱了幾分鐘，雲千千終於鬱悶，轉頭問一葉知秋：「我們該提什麼條件啊？」

一葉知秋也糾結了一把，估計考慮到了和雲千千同樣的問題。不過人家畢竟是幹會長的，關鍵時刻的決策力還是有點兒，糾結完後也沒多猶豫，直接一咬牙一狠心道：「我們要打這片駐地，任務說最後得拿了你的龍頭去王宮換地盤，於是我們就組著隊伍來群X你了……現在有你就沒兒子，有兒子就沒你！幹還是不幹你直接給句話！」

「一葉會長，咱還是頭一次發現你有這麼厲害的一面！」雲千千崇拜的看著一葉知秋。她覺得自己果然還是很純潔的，看看人家當會長的多無恥啊，直接明目張膽的就敢放話要拿人家子孫換人家的命……

「過獎過獎！」一葉知秋猛擦汗，一放完話也就頓時沒勇氣了，刺溜一聲竄回隊伍，一邊和雲千千敷衍打混，一邊在公會頻道裡提醒自己帶來的這四支隊伍隨時準備幹架。

果然，惡龍聽完一葉知秋的要求後沉吟半晌，終於還是堅定搖頭：「這個不行……」一葉知秋等人大失所望，正要準備開打，惡龍慢悠悠的又加了句：「但是我有其他辦法可以讓你們獲得駐地！」

「什麼辦法？」一葉知秋連忙制止正在抄傢伙的眾人，開口問了一句。

惡龍沒回答，脖子朝後一扭，一聲龍吟後，一中年大嬸從石洞深處笑逐顏開走出：「親愛的，你叫我有事嗎？」

眾人一聽這稱呼大驚，沒想到這位原來竟是惡龍的老婆!?這還是一朵牛屎插在了鮮花上……惡龍玉樹臨風、英俊瀟灑，典型的俊朗帥哥；此大嬸卻身材臃腫、臉長得跟包子似的，典型的市井婦女，就是披頭散髮提個籃子去菜市場買10元的蔥都要硬從小販那裡再搶2元的蒜的那種。

雖然極其不理解龍哥的審美觀，但看在人家說有辦法讓自己不打就通關的分上，一葉知秋等人還是強忍不適，禮貌的衝中年大嬸齊聲問好：「龍嫂好！」

中年大嬸眉花眼笑，笑得那叫一花桶亂顫：「好好，大家都好！」

看樣子她對一葉知秋等人還挺滿意的。

但惡龍聽著這話有點不爽了，皺眉嚴肅批評這些人：「不要亂說話！這個女人可是清清白白的西華城公主，你們別毀了人家的名譽！」

「噗──」惡龍這話當場嚇噴了一片人。就這貨色也能叫公主!?還值得您費大勁把她從王宮裡綁架出來!?是他們不明白還是這世界變化快!?

看著眾人驚愕的反應，惡龍悲憤的一咬牙，揮手再把不捨得離開的公主大嬸又給趕回了洞穴深處，接著這才含淚開口：「就如你們所看到的一樣，公主在我這裡。王宮之所以願意拿駐地換我的頭，也是為了要奪回公主……你們直接把人帶走吧！這樣駐地任務就絕對可以完成了！」

雲千千終於忍不住同情了惡龍一把：「好吧！帶走您辛苦綁來的公主真是挺對不起的。但是龍哥，其實您如果有需要的話，我們可以給您介紹幾個水靈點兒的妞來著……您也別太委屈自己了！就這樣的還值得您費心的把人擄來!?」

「不是我把人擄來的！是她在野外踏青的時候看到了我，然後硬是纏了上來，賴在我家就不肯走了啊！」惡龍惆悵哀怨悲啊，一想起那段不堪回首的往事，他就忍不住有種想要落淚的心酸感：「這些年來，王宮對我這裡派出了好幾批勇士想把公主接回去，結果無一例外的都被公主給教訓回去了，我又不願意無故殺人，只好期盼別人來帶走公主，可惜每一次的希望卻總換來失望，最後只好認命的躲開，以保住自己的清白……王宮想要我的頭，就是希望公主能夠死心，乖乖回王宮去。」

大家狂擦汗，合著這根本不是惡龍綁架公主，而是悍婦強行調戲良家龍男啊！怪不得王宮要編出惡龍搶走公主的謊話，還非要殺龍滅口了，要是讓其他人知道了王家公主的剽悍的話，那大家的臉可就一起跟著全都丟盡了……

雲千千憐憫的瞥了惡龍一眼：「對您的遭遇我們表示深切的同情和哀悼……可問題是，公主跟我們走了沒問題嗎!?她不會在事後發通緝令什麼的報復我們來洩憤吧!?」她可是已經被南明城的皇室父女倆給仇視過一次了，再要連西華城也惹上的話，估計以後創世紀裡都找不到什麼清靜的地方了。

「你們不是想見死不救吧!?」惡龍大驚，一副無助少女即將被推下火坑前的絕望模樣，看得大家都挺心酸的。

「蜜桃，要不咱們幫他一把吧!?堂堂一個龍族淪落到現在這地步也挺不容易的。」燃燒尾狐看著都有些不忍心了，忍不住幫對方說了句好話。

「嗯……這問題關鍵得看一葉會長怎麼說，是他做任務又不是我做任務！」雲千千糾結了一會兒，乾脆把責任轉到了別人的身上，這樣要通緝也不是通緝她了，隨便怎麼樣都行。

一葉知秋愣愣的盯著任務面板看了會兒，數分鐘後終於抬起頭來無奈苦笑：「任務已經變更了，現在的要求是要迎回公主……不接都不行了！」

「……」

和惡龍達成友好協定後，雲千千等人歸還了小龍孩兒，在惡龍激動的目光中，一行人以大無畏的姿態雄赳赳、氣昂昂的踏進了洞穴深處，準備去和公主談判。

在路上，大家還就如何帶回公主的事情進行了一番討論，眾人的見解十分統一，大致意思就是建議依舊比照著雲千千剛才拐帶龍孩兒的方法去行動，其對話基本上如下——

「還是打暈吧!?」

「嗯嗯！打暈！那公主的外型看著太嚇人了，肯定是潑婦級的……」

一見到雲千千等人到訪，公主連忙熱情的迎了出來。剛才這些人對她的稱呼真是挺合人家心意的，這會兒再看著這一行人，公主臉上那叫一和藹可親。

一進入代表公主寢室的那個石洞，大家立刻知道人家的生活是真不錯。雖說追男人追到洞裡來了，但公主的家底也不是說笑的，一個簡陋的石窟硬是被人布置得富麗堂皇，比起龍族的收藏倉庫也是不遑多讓的。上等的絲紗垂簾、上等的金銀製器、上等的美酒佳餚、上等的精緻家具……就是主人不那麼上等，看上去和整個房間有點格格不入。

更可怕的是，這個洞窟裡還站著幾十個一看就知是上等的精兵，據公主介紹說，這是她的私人侍衛，以前那些膽敢來打擾她和龍哥「幸福」生活的勇者們就都是被這些侍衛給打回去的。而且公主本人也是個高級法師，手中的法杖更是由王宮大魔法師傾力打造的紫階上品……

一聽這話，大家頓時都無語了，打暈擄人的方案沒法再用，只能走一步算一步。

雲千千被群眾推舉出來代表談話。閒聊打屁半小時，和公主基本上熟悉了之後，雲千千終於切入主題，大致意思就是糊弄對方，說自己等人是受國王所託，想要來迎接公主回王宮並順便商量一下她和龍哥的婚期安排及婚禮瑣碎等等。畢竟兩人名不正言不順，不早早確定下來的話，很有可能橫生枝節，在外界產生不好的輿論和影響云云。

公主淡定微笑後委婉表示，自己好說也是皇家人，騙人打空頭支票的勾當她才是祖宗，尤其是國王早在之前就慎重聲明過他絕對不會接受一個異族來做自己的女婿，更別說龍哥屁股後面還帶了個拖油瓶。她願意看在兩人剛才交談甚歡的面子上原諒雲千千善意的謊話，但是如果後者執意要繼續企圖欺騙她，破壞她和龍哥的美好愛情的話，則旁邊的侍衛們可能會做出一些不大友好的事情來。

一葉知秋等人大汗，默默不作聲的等待雲千千再次力挽狂瀾。

雲千千果然也不負所望，非但沒有被公主的威脅嚇到，而且還再接再厲，話鋒一轉，放棄誘拐而改用柔情攻勢，娓娓而談，教導公主既然要追求幸福，那就要有點表示，現在已經不興霸王硬上弓那一套了，其實龍哥不是不愛她，只是沒有安全感，如果公主能爭取到家人的理解，到時候再來迎娶龍哥，那才是皆大歡喜。再退一步說，就算龍哥不願意，一旦公主獲得國王的支持，直接帶人上山把龍擄下來封后，那也不是不可能的事情，總好過現在兩人不明不白的在洞窟裡窩著卻一點兒進展都沒有……
果然，公主對雲千千後面提出的這一建議大感興趣，沒有立刻反駁而是認真的思考了起來。
雲千千一看有門，連忙再加了把火，表示自己等人拿下駐地之後，一定會為公主的進兵大開方便之門，全力協助公主追求幸福。反正跑得了和尚跑不了廟，跑得了蜜桃多多跑不了一葉知秋……人家落盡繁華的老家在這裡，公主要真是被騙了，還怕找不到人算帳!?
一葉知秋想吐血來著，幾次想說話，結果卻都被事先就接受過雲千千暗中囑託的九夜給強勢鎮壓了下來，於是他終於只能含淚看著公主恍然大悟的瞥了自己一眼，再轉回頭去爽快的同意了雲千千的意見。
他大爺的！老子和這水果根本不是一夥的啊公主，您要找人算帳可千萬別來找咱……一葉知秋滿目悲愴，一身落寞，傷心得像是瞬間老了十歲。
和公主之間的協定達成之後，公主豁然開朗，心情大好的力讚雲千千，簡直把對方推崇成了自己的閨中密友第一人，甚至還大方的要給對方賞賜，同時表示事成之後還有重謝。
雲千千謙虛的推辭一番後，毫不客氣的順手摸走了公主使用的那根紫階法杖，開心不已的當場換上，並預祝公主能早日把國王說服，到時候自己一定幫公主把龍哥追到手。
暫別公主之後，雲千千等人出了洞門，讓公主有時間打點家當，之後才好跟著他們一起下山。
雲千千左右看看還有時間，乾脆一彈響指，招呼眾人：「走！去見龍哥！」
燃燒尾狐第一個滿頭冷汗的撲了上來，連忙把這水果給按住：「蜜桃啊，妳剛剛才把人龍哥賣給公主，現在去見他是不是有點兒不大好!?」
「對啊對啊！」一葉知秋也反應了過來，連忙過去壓下雲千千：「妳過去是想幹什麼!?難不成妳事後想想又同情龍哥了，想通知他等公主一離開就跑了!?」我草！被這水果一攪和，現在自己全公會的人連帶還沒到手的駐地都成了公主手裡捏著的人質，到時候龍哥真要走了，落盡繁華也就徹底玩完了……

「想什麼呢你們!?」雲千千鬱悶的轉頭看這兩人：「龍哥拜託我們把公主弄走，我們現在已經按照他的吩咐完成任務了，難道不該跟他去要點報酬!?」

「……」沒聽說過賣了人還要人給妳數錢的，人可以無恥，但不可以無恥到這分上，您實在是太無恥了姐兒們！

九夜也有點看不下去了，沉思了一會兒，他走過來給出中肯的評價：「嚴格說起來，妳並沒有幫那個龍族解除威脅，反而讓他即將陷入更大的危險之中。」

「他的危險跟我有毛關係!?」雲千千一臉的莫名其妙，正了正臉色，掰著指頭認真的跟人算起帳來：「龍哥拜託我把公主弄走，我弄走了對吧？他並沒有要求我還要一直限制公主的行動，保證對方以後也不會來騷擾他對吧？……現在結婚了有離婚的，減肥了有反彈的，啥東西能沒個保存期限!?更別說人的思想這麼複雜又瞬息萬變的事情了……我又不是智腦，哪能保證公主離開後就一定不會反悔？只要現在把公主弄走了，我的任務就是完美結束了，之後再發生什麼事關我屁事!?到時候姐姐如果心情好，沒準兒可以考慮再來接他一次委託，反正不就是糊弄嘛……」

眾人拜服，深深的欽佩著雲千千此人能把死人說活，又再把活人說死的本事，這一整天的相處下來，大家的世界觀、是非觀等等都遭遇了巨大的衝擊，在這個剎那，他們甚至開始懷疑起人性本善這句話來。如果真是性本善的話，這得要多麼卑劣的環境才能培養出這麼極品的水果啊!?

雲千千可沒工夫管大家的感慨，她已經衝去了惡龍帥哥的面前，得意洋洋的吹噓起自己說服公主的功績來。

龍哥對雲千千的努力工作表示很欣慰，人家也不是小氣的龍，當場拿出一件龍甲戰衣，據說是他用當初自己蛻皮（!?）時換下來的鱗片縫製而成的，除基本的防禦外，此衣還可對物理和法系的攻擊皆免疫10%，加快速度3%，更有破除詛咒的效果。只要公主前腳一走，他後腳就把這戰衣雙手奉上，算是感謝雲千千拯救他於水深火熱之中的謝禮。

一葉知秋嫉妒得眼睛都紅了，恨不得剛才衝過去完成任務並兩頭索要獎勵的那個人是自己。這衣服可是極品耶！給那卑劣的水果也實在是太浪費了。

可是轉頭再一想，就算給了他這個機會，他也沒人家那本事糊弄公主來著。就算他糊弄了公主，也沒那麼厚的臉皮再來敲詐受害龍來著……所以如此這般的一總結，一葉知秋終於還是只能扼腕嘆息，恨世道不公，為什麼如他這般正直的十佳青年居然還沒一顆爛水果吃得開!?

軟磨硬泡的半強行拉走了對龍哥眷戀不捨的公主之後，將其帶回王宮中，系統立刻第一時間宣布一葉知秋的任務完成。同時在全遊戲發布廣播，宣布第一個擁有駐地的公會誕生了，落盡繁華的全體公會成員們齊心協力，終於順利奪下了西華城西郊附近的ＸＸ山頭，希望廣大英雄前去落草為寇……呸！不對，是共同發展來著……

聽著公會頻道裡歡天喜地的一片慶祝聲，一葉知秋的心情並沒有預想中那樣的雀躍，他感覺自己現在已經可以淡看紅塵，脫出三界羽化成仙去了。

有駐地就是沒駐地，沒駐地就是有駐地……浮雲，一切都是浮雲……一葉知秋滿眼淚花的預想著將來公主暴怒帶兵圍剿自己的場面，或者是龍哥最終慘入火坑，憤恨指責自己背信棄義的場面，無論哪一種可能，都讓他十分的鬱悶。

「老大，我們什麼時候去拿剩下三個駐地?那蜜桃多多確實挺懂行的，後面三個駐地也找她一起去?」有手下在公會頻道裡興奮建議道。

一葉知秋一聽之下大驚，沒心情再傷春悲秋了，連忙大聲的斷然否決該項提議：「絕對不可以！以後大家誰都不可以接近那個蜜桃多多三尺之內，一看到她立刻退避三舍，千萬不能和她有任何牽扯，切記！切記！」

「……」除了一起去過駐地任務的那四支隊伍，其他公會成員皆無語迷茫中。

對於九夜的戰鬥力，一葉知秋還是很捨不得的，而雲千千雖然看似更加強悍，卻同時也更加危險。這水果剛才糊弄完公主再去糊弄龍哥的行為留給一葉知秋的印象實在是太深刻了，這就是典型的吃了東家拿西家啊……一葉知秋估摸著，如果是價錢開得合適的話，沒準兒雲千千轉個手就同樣也能把落盡繁華給賣了，至於到底多少價格才算合適呢？估計對方開個30金就能讓她脫手賣出落盡繁華……

真踏馬的便宜……剛一想到這裡，一葉知秋自己都一個沒忍住的心酸了一把，抹把淚，他決定還是要慎重的把雲千千此人和自己的公會隔離開來，千萬不能讓這水果有任何的可趁之機。

於是一葉知秋找到雲千千，委婉的表達了自己不再需要那麼多傭傭玩家的意思。畢竟前置任務做了之後，進攻駐地就顯得不再那麼困難。當然了，一葉知秋表示自己並不是想要卸磨殺驢，對於雲千千的貢獻他還是很感謝的，所以就算不用雲千千參與接下來的戰鬥計畫，他還是會按對方已經參加了行動來算酬勞……不過他現在已經沒有現金，所以只能寫系統借據，期限是一週內付清。

雲千千倒是沒意見，反正她只要有錢拿就好，又不是吃飽了撐著沒事幹，誰還會非要跟著去費那勁不可啊！

收好借據，向九夜和燃燒尾狐等人告了個別，腰包鼓鼓的雲千千就志得意滿的離開了西華城——剩下的三座主城也快要分次開始系統活動了，更多的油水還在等著她去撈來著……

《禍亂創世紀01》完

敬請期待更精彩的《禍亂創世紀02》

飛小說系列042

禍亂創世紀01

悲催世界——姐的苦，你們懂嗎！？

出版者■典藏閣

作　者■凌舞水袖　繪　者■lemonlait

總編輯■歐綾纖

製作團隊■不思議工作室

郵撥帳號■50017206 采舍國際有限公司（郵撥購買，請另付一成郵資）

台灣出版中心■新北市中和區中山路2段366巷10號10樓

電　話■(02)2248-7896　傳　真■(02)2248-7758

物流中心■新北市中和區中山路2段366巷10號3樓

電　話■(02)8245-8786　傳　真■(02)8245-8718

ISBN■978-986-271-306-8

出版日期■2013年1月

全球華文國際市場總代理／采舍國際

地　址■新北市中和區中山路2段366巷10號3樓

電　話■(02)8245-8786　傳　真■(02)8245-8718

新絲路網路書店

地　址■新北市中和區中山路2段366巷10號10樓

網　址■www.silkbook.com

電　話■(02)8245-9896

傳　真■(02)8245-8819

☞您在什麼地方購買本書？☜

□便利商店＿＿＿＿＿市／縣＿＿＿＿＿＿＿＿＿＿便利超商

□博客來　□金石堂　□金石堂網路書店　□新絲路網路書店　□其他網路平台

□書店＿＿＿＿＿＿＿市／縣＿＿＿＿＿＿＿＿＿＿書店

姓名：＿＿＿＿＿地址：＿＿＿＿＿＿＿＿＿＿＿＿＿＿＿＿＿＿＿＿＿＿＿＿＿

聯絡電話：＿＿＿＿＿電子郵箱：＿＿＿＿＿＿＿＿＿＿＿＿＿＿＿＿＿＿＿＿

您的性別：□男　□女

您的生日：＿＿＿＿＿年＿＿＿＿＿月＿＿＿＿＿日

（請務必填妥基本資料，以利贈品寄送）

您的職業：□上班族　□學生　□服務業　□軍警公教　□資訊業　□娛樂相關產業

□自由業　□其他＿＿＿＿＿＿

您的學歷：□高中（含高中以下）　□專科、大學　□研究所以上

☞購買前☜

您從何處得知本書：□逛書店　□網路廣告（網站：＿＿＿＿＿＿＿）　□親友介紹

（可複選）　□出版書訊　□銷售人員推薦　□其他

本書吸引您的原因：□書名很好　□封面精美　□書腰文字　□封底文字　□欣賞作家

（可複選）　□喜歡畫家　□價格合理　□題材有趣　□廣告印象深刻

□其他＿＿＿＿＿＿＿＿＿＿

☞購買後☜

您滿意的部份：□書名　□封面　□故事內容　□版面編排　□價格

（可複選）　□其他＿＿＿＿＿＿＿＿＿＿

不滿意的部份：□書名　□封面　□故事內容　□版面編排　□價格

（可複選）　□其他＿＿＿＿＿＿＿＿＿＿

您對本書以及典藏閣的建議＿＿＿＿＿＿＿＿＿＿＿＿＿＿＿＿＿＿＿＿＿＿＿＿＿

＿＿＿＿＿＿＿＿＿＿＿＿＿＿＿＿＿＿＿＿＿＿＿＿＿＿＿＿＿＿＿＿＿＿＿＿＿

未來您是否願意收到相關書訊？□是　□否

未來若有校園推廣您是否願意成為推廣大使？□是　□否

感謝您寶貴的意見

From＿＿＿＿＿＿＿＿＿＿@＿＿＿＿＿＿＿＿＿＿＿＿＿＿＿

◆請務必填寫有效e-mail郵箱，以利通知相關訊息，謝謝◆

印刷品

$3.5
請貼
3.5元
郵票
不思議信箱
FUSHIGI POST

235 新北市中和區中山路二段366巷10號10樓

華文網出版集團　收

（典藏閣－不思議工作室）